再婚超市

王婕◎著

河南文艺出版社

目 录

Contents

引　子

中国离婚率最高的城市排行：

一、北京，39%；

二、上海，38%；

三、深圳特区，36.25%；

四、广州，35%；

……

最低的省份是西藏。

据有关方面统计，从20世纪80年代以来，中国内地离婚率直线上升。1980年中国内地结婚七百一十六万六千对，离婚为三十四万一千对，离婚率百分之零点七。至1995年，结婚为九百二十九万七千对，离婚则达到一百零五万五千对，离婚率为百分之一点八。十五年间，离婚率上升了近两倍。1997年，中国内地离、结婚比例为十三比一百左右，而1980年这一比例仅为百分之四点七六。

从人民法院受理的一审离婚案件数量来看，1990年是八十一万多件，1991年是八十六万多件，1994年上升到一百零三万多件，1997年达一百二十四万多件，1998年略有下降。另外，还有多数人是到民政部门办理协议离婚的。

第一章

男人部落：中年丧妻

1

李先后正在审理一个民事案件时，手机忽然在办公桌上跳个不停。因为正在开庭，作为审判长，他要求在场的人把手机关掉或调成静音，他和两个陪审员、书记员四个人的手机并排放在一起，所以，在手机上的指示灯第一次闪动时，虽然大家都看到了，他却没有接听，而是继续听当事人陈述案情事由。手机也仿佛较上劲儿一样，只喘了一小口气就又闪了起来……

书记员小陈是个新分来的政法大学毕业的高才生，别看她年龄不大，却十分精明，对于人际关系总能处理得恰到好处，见人不是叫领导的职务就是叫叔叔或李哥啊王姐的，给人一种甜妹子的感觉。李先后的手机灯闪个不停，她比庭长还着急，她知道在这种情况下，李庭长是不可能带头破坏法庭纪律的。她迟疑了一下，偷瞄了大家一眼还是小心翼翼地拿过电话，头低到办公桌下边，轻声地“喂”了一声。她本想告诉对方，李庭长正在开庭不能接电话，让对方一会儿再打。可是，对方不等她开口就带着哭腔并声嘶力竭地说：“先后，嫂子出车祸了，你火速过来，快！快！”

手机里急促而凄惨的声音，周围的人基本上都听清楚了。但是，在开庭这种严肃而神圣的场合，安静是首要的，大家一致把目光转向李先后。李先后也听见了，老婆在回老家的路上出车祸了。瞬间，他心里生出“完了，完了”的感觉。

这几天，他的眼皮一直跳，连续三天都没有停止。老婆呢，因为她母亲的三周年祭日要赶回去。他本不想让她回去的，可是她却说自己不断做噩梦，总是梦见已经死去的母亲在跟她说话，跟她叙过去，要她陪着去大医院看病等等，非说不回家心里难安。今天一大早她又在床上跟李先后说做梦了，说梦见母亲对她说：“你是我最疼的闺女，这么久也不看我，真狠心啊。”说完这话母亲很生气地扭身走了，头都没有回一下。她心里很难过，还沙哑着嗓子说我们也是为人父母的，能够体谅到母亲生气的理由。李先后不想安慰她，眼都没睁嘟囔着说：“梦，梦，痴人才说梦呢，全是瞎扯淡，死人能说话啊？你也相信那个？真是的！”过了一会儿，老婆娇柔地直往他怀里钻。这是她少有的撒娇举动，也许是早晨人体的荷尔蒙充足，他情绪极好，就拍了拍老婆的脸，还紧紧地抱了她一下，这才不得不拿起床头的电话，拨通了一个熟悉的号码，请同学帮忙找辆车送老婆回老家，目的是让她晚上好跟车一起回来。老婆看他给自己找车，样子更加妩媚起来。他一直以为老婆真是俗话所说的：女人四十豆腐渣。就是说人老珠黄，对性没什么要求了。其实他们从结婚以来，生活过得总是四平八稳的，平淡得不能再平淡了。每次总是他主动出击，完事就完事了，她总是一副既来之则安之的样子，没有激情也没有反抗。四十岁过后，他更觉得她对那事是应付，做就做，不做就不做，没什么想法。现在妻子第一次那么主动用手轻轻抚摸他那东西，一瞬间他就兴奋起来，男欢女爱直到顶点。事后他又躺了一会儿，这才起身穿上老婆为他准备好的干净内衣和工作装。临出门时，他一再对老婆说晚上一定要回来，老婆还温柔地说：“你要真不想让我去就不去了。”他说：“车都要来了，去就去吧。”

上着班的这一个上午，他好像有预感一样，人在工作着，心里却一直静不下来，这哪是自己的工作作风和工作状态啊。他一直是一个工作认真而投入的男人，从来没有过三心二意、心神不宁的工作现象，今天却像小孩子一样总想往外跑，为什么呢？现在，终于有了答案。这个先兆，不正是被心理学家们定为第六感觉的心灵感应吗？动物都有第六感官，他现在感觉自己的第六感官特别灵验。记得前年，有一次坐大客车去乡下办案，那是一辆载有三十三名乘客的大巴。车一上路，他总感觉会发生点什么事，少有的心慌，他就尽量改掉坐车就睡觉的习惯，身体坐得直直的，为了不使自己瞌睡，就一直在心里哼着歌曲，两只手也紧紧抓着面前的座椅铁梁。当汽车走到一个叫鹰嘴崖的地方，不知怎么汽车就一下子偏离了公路，跌入垂直距离达四十余米的山坡下，酿成特大交通事故。而他，则因为事先有充分的思想准备，毫发无损，也是全车人中唯一没受一点伤的人。失事的大客车已经完全散架，有二十五人当场死亡，另有两人在送往医院途中或抢救中死亡……从那以后，李先后这个不迷信的人就很相信第六感觉了。可是，今天早上自己的感觉怎么会不明显呢？只是不想让妻子去，当她坚持要去自己也就没有再阻拦。唉，如果自己当时硬下心来坚持不让她去，也许一向温顺的妻子就不会再坚持，也许她就能够躲过这一劫了，自己怎么又一时心软了呢？李先后一直是家里的一言堂，老婆永远是服从的臣民。不料，今天的宽容和支持，竟然会是这样的结局。老天真是太无情了。如果酿成恶果，自己无意中倒成了送她走的罪人了，难道这就是所谓的命运吗？

李先后坐在单位派的去车祸现场的轿车上，心急如焚，恨不得插上翅膀飞了，一再催司机开快点再快点，脑子里总浮现着老婆含羞而深情地看他的那个眼神，尤其是早上做爱的情景还历历在目。她在性生活上从来没有那么主动过，难道她也有预感？如病人一样算是一次“回光返照”？车速很快，李先后在颠簸的车上还想到他们恋爱的时候，从没有在人前拉过手。有时候老婆悄悄拉一下他的手，他也总会在不到一分钟的时间里借故把手抽开。刚结婚时，他们一起出门时总是一个在前一个在后，要离好几米的距离。偶尔见别人拉了手，妻子会赌气般强行挎了他的胳膊，走不到一百米他就会装着系鞋带弯下腰。妻子知道他不想让挽胳膊，在他装模作样系了鞋带之后就不再挽他胳膊了。哪像现在的小青年在大街上也搂抱着，还旁若无人地亲嘴。自己现在不老也不小了，也还是不敢那样做，也没那份激情了，却对老婆有了互融于心的亲情，或者说是“泥（你）中有我，我中有你（泥）”，总觉得不能没有她，这种情分早已转化为一种亲情，就是过来人所说的少年夫妻老来伴吧。他一遍又一遍地想着心事，后悔又生气地推测着这几天前前后后的事情。

其实，跟他报信的电话里只说他老婆被撞伤了，却没说她已经停止过心跳和失去了自主呼吸。因为怕他受不了，电话里只说伤得很重，让他火速赶到。他焦急地走在路上，一边想着心事一边打电话问在哪家医院。打电话时他是表面紧张，想心事时却是心急如焚。同学说就在市医院，到了再打电话。

李先后来到医院门口，已经看见同学赵明坤在等他。赵明坤的脸像霜打的丝瓜叶，不停地叹气。他火急火燎地问："我老婆怎么样了？"

"医生正在抢救。"赵明坤说这话就像蝇子嗡嗡一样，不过他已经听清楚了，谢天谢地，人只要有救就好。

李先后急步来到病房里，见到妻子的病床前放了一台呼吸机。他的心一下子像掉到了冰窟窿里，对于借助呼吸机呼吸他是知道一点原理的。那一年朋友的妻子因为有心脏病，医生说不能生孩子，可是他们非要生一个，结果产妇在剖宫产的时候突然心脏停止跳动。孩子保住了，产妇心脏重新启动之后没有了自主呼吸，身体发紫，牙关紧咬，身体也有些抽搐。一位大夫冲过来，立即给产妇上了呼吸机。产妇从脖子以下的身体完全不能动了，整个过程也就二十分钟。以后那个产妇没有再醒过来，是依靠呼吸机呼吸的，十天以后出现肾衰竭而死亡。

李先后的心好痛，他望了一眼妻子，她的头上包着纱布，睡得非常安详，如果不是躺在医院里，他会以为妻子是睡着了。但是他实在不敢看那个要命的呼吸机，他很想扑在妻子身上痛哭一场，可是他是个大男人，又是个威严的法官，不能在别人面前过于失态。他擦了一下不自觉从眼眶流出来的眼泪，望着医生。医生听说是家属到了，就说："病人因为心脏骤停，人工呼吸后心脏启动了。但是由于心脏停止跳动的时间过长了点，脑细胞受到严重破坏，就没有了自主呼吸，现在只能借助呼吸机呼吸。病人的心脏复跳后，我们又检查了她的身体，有两根肋骨骨折，目前没有气胸及脏器损伤等并发症，我们立即针对性地采取了一些处理措施。为防止心室颤动及心脏停搏的反复发生，先用药物改善她的心率功能，维持呼吸功能，然后就使用了呼吸机，防止急性肾衰竭……”

听着医生的话，李先后有些害怕，他不知道妻子会不会是一个幸运者。病房里人太多，同学赵明坤把他拉到了外边。他轻声骂道：“你是蠢猪啊，车开那么快干什么？你怎么没有……”他不由自主就拿出审判庭上的语气来。

同学好像犯罪了一样说：“躲车，都是因为躲车。唉，就是啊，怎么不把我碰死，偏偏碰了嫂子。”

李先后这个时候才想起来是自己用人家的车，请人家帮忙的。可他并没有说对不起，又扭头进了病房。

一连三天，李先后都那样守在妻子身边，妻子不吃不喝，他也没有了食欲。第一天妻子还拉了大便，是他亲自处理的，后来就偶尔有小便，再没有大便了。

默默守着妻子，就想起来两个人的相识相爱经过。

与老婆初识时，她扎着两根土气的辫子，穿着当时最时髦的绿格子上衣，一条屁股上补了圆圆大补丁的劳动布裤子，害羞得没说话就脸红到脖子根儿，让他感觉可爱极了，像个红红的苹果，只想咬一口。但是那时他胆子小，只是偷偷地看她。后来他们偷吃了禁果。记得他刚刚上班半年时，老婆来单位看他。晚上他只好安排一个女同事来自己宿舍陪老婆，自己跟别的同事挤挤。可第二天那个女同事就不愿来陪她了，说一个晚上老婆都不理人家，问什么话她也只是“嗯”一声，感觉她很不高兴的样子。第二个晚上吃完晚饭，他就和老婆并排坐在床上，问她为什么不理女同事，是不是生气了。老婆也不说话，只是含羞地笑，手不停地绞着衣角，他起身去拿东西，妻子以为他又要离开，就用手拉了他一下。到他看她的时候，她红着脸，低着头，可眼睛的余光分明在关注着他的一举一动。他觉得羞答答的她十分可爱，就顺势拦腰抱住她。老婆的呼吸开始变粗，不但没反对还顺势把头倚在他的肩上，渐渐地她的身子有些酥软，瘫了似的躺在他怀里，把脸深深地埋在他脖子里，他怎么用手推也推不开。等他低下身子再看，老婆的脸早已成了红布了。他看着更可爱，就顺手摸下去，而她竟然配合默契地应着他，此时无声胜有声，他兴奋极了。就是那晚，他们并不熟练地完成了人生那神圣的事情。李先后想到这些，自己就想笑但又笑不出来。再想到新婚之夜时，他还半真半假地说老婆不纯洁，不是处女，把老婆气得眼泪溢满眼眶，他这才笑眯眯地抱住她进入甜蜜被窝。等他要进行时，老婆才嗔怨地小声说："我不是处女怨哪个小狗了……"

不过，这事只有他们知道，别人都不得而知。在别人眼里，老婆那么胆小害羞的女子是不敢越轨的，岂不知女人爱上男人时，就是上刀山下火海都敢，献出自己自然更是心甘情愿。事后他也对她海誓山盟，说一定会对她负责，结果也是完满的。现在人生就要进入相扶相伴阶段时，他怎么也没想到会遇到这样的事情。

第二天儿子也跟学校请了假来到医院，要换他回去休息。他怎么也不同意，强抑着巨大痛苦对儿子说："放心吧，妈妈一定会醒过来的。她能理解你在上学，这时候也是她最需要我的时候，我是咱家的山啊，你们不靠我靠谁啊？我在她身边，她才能感觉到有靠儿，就能慢慢醒过来。到你妈醒来了，你再和你姨妈们一起照顾她吧。"儿子觉得他说得有道理，就乖乖地同意他继续照看妈妈。

看着妈妈人事不省，叫了几声也没有一点知觉，儿子伤心地哭了起来。李先后心疼地抱了一下儿子，然后又拍了拍儿子的肩膀。这是儿子长大后，他第一次这么亲昵地拥抱儿子，儿子像读懂了他的含义，对父亲点了点头。病人在昏迷时大声哭泣是不吉祥的，小姨子明白这个道理，忙用手捂住儿子的嘴，同样满脸是泪地把他拉出病房。

儿子出去后，李先后也噙不住眼眶里的泪水，但是他是最能控制自己情感的男人，匆忙抬手擦去泪水，并端正自己的坐姿、稳了稳神态，坐到陪护椅上定定地看着老婆那一起一伏的胸部。平时，他并没感觉到她多么重要，可一旦家里没了她，将怎么过？俗话说，每个成功男人背后都有一个无私奉献的女人。虽然自己没有什么事业，快五十的人了只混了个处级，再往上也没大希望了，可是跟同龄人比，跟老家的伙伴比比，优越感还是很大的。毕竟也算个官儿吧，大本事没有，养家糊口、供儿子接受高等教育是没问题的。老家的同学，那些并不见得能力比他差的人、学习比他好的同学，有的是一般干部，有的下岗做小生意，他感觉他们生活得很艰辛。他有个表弟，只比他小一岁，小时候跟他关系特别铁，在乡下种几亩地，现在虽用上小型拖拉机了，一年四季仍耕作不停，生了四个孩子，老婆也忙里忙外的，却没一个供到大学，一年下来收入微乎其微。孩子要结婚，来向他借钱，来了之后哥长哥短地叫个不停。妻子看着这个像六十岁的老男人，又望望他，不由生出一脸疑问。等表弟走了以后她忍不住问："李先后，你是不是欺骗了我，你到底多大了？"

李先后纳闷起来："怎么问这个？难道我还向你隐瞒了年龄？"

"表弟看上去像六十岁的人，他叫你哥哥，我就怀疑你的年龄了。"

李先后哈哈大笑起来："老婆，你还能不知道种田人的辛苦吗？如果我在种地当农民，可能比他还老，你啊，也许更老，像小品里的宋丹丹了。"

老婆虽然没什么看得见的大贡献，可是对于这个家来说却如牛一样，总是默默地付出，这样他才能全身心地投入工作。家里无忧，男人才没烦恼缠身。所以说，一个家离了谁都不行啊，这个家实在不能少了她。

2

李先后太困了，伏在妻子的床头做了个梦。梦中妻子还是原来的样子，他们一起去旅游，妻子不小心掉到一个窨井里了，怎么也拉不出来，他大声地喊人来救，可他喊破了嗓子也没人来帮他，他又急又怕一下就吓醒了。早晨的阳光已经照在李先后的身上，他抬起头用惺忪的眼睛看着窗外，突然一个熟悉的身影一晃而过，那个身影是他永远也忘不了的。他急忙到门口看，还不到上班时间，门口什么人也没有，他怀疑是自己眼睛的错觉，狠揉了两下眼睛又回到病房。妻子仍然十分安详，安详得让他感到一阵一阵的寂寞和孤独，连伸个懒腰的心情都没有。

坐下来继续陪妻子，不由得就想起那个人影来。她穿上白大褂肯定更好看，因为她生就的端庄和秀气，随着年龄的增长只会越来越气质不凡，也就会更能让自己着迷。只是，梦终归不能当真，往事不可追啊。

"你在想什么啊，病人没心跳了。"护士边说着话边把他往外推，"快叫医生啊！”

李先后这才匆忙往外跑，医生、护士们也匆忙地跑来跑去，再不准他进去。半小时后，医生失望地对他摇了摇头走了，护士推着老婆往太平间去，他紧跟推车，声泪俱下地说：“怎么会这样，怎么会这样？”翻来覆去地念叨着，没有人回答他。

妻子安静地躺在一袭白布下，他看了看没有表情的护士，很不情愿地看着车上的白布，伸手轻轻地掀起白布。妻子脸上并没有血，留着还是他看到的那副痛苦表情，眼依然是半睁半闭没完全合上，好像平时和他调情时一样，正一动不动地看着他。他不由得又抬头看了看周围的几个护工，还是伸手为妻子抿了抿眼皮，让她完全闭上眼睛。

肇事车司机和他同学，都已经打好绷带小心翼翼地站在门外，妻妹在大声痛哭，他的泪再一次如河流一样顺着脸下来。有人去扶他，他却猛一下甩开，起身站到妻子脚后，从正面的角度再次定定地看。这时，他才失去了法庭上多年养成的一贯做派，如失去重心的物体一样要倒塌，众人忙搀扶住他，他几乎不能移步，大家半抱半抬着把他弄到车上拉回家。

无论多么痛苦，李先后都坚强地支应着前来治丧的亲朋好友。一些具体的事情，由单位派来的专门人员负责，家里的亲戚就由他弟弟主事过问，李先后也由专人陪护着。遇到一些要决策的大事时，会有人问他的意见。比如，他妻子的坟墓是安葬在市公墓还是老家，儿子本想让安葬在市公墓，祭奠起来方便，可是这事还是得听父亲的。李先后也看出儿子的心思，可他还是说：“回老家吧。她是一个恋家的人，将来我也想回老家，还是老家宁静些。”

于是，就派人先一步回老家选坟址。选坟址是弟弟带人去的，弟弟回来跟李先后很详细地说了位置和方向，告诉他选在村子的东南方，那儿是村里的坟场地。在地址的右前方有一个不小的树林，后面有一个小土丘，远远看去，靠山临风景色很美。弟弟还特别小声地对他说，看坟地的先生是自己多年的好朋友，他说这样的坟地很难遇，而且那个地方有一股灵气。李先后也没说什么，仍然面无表情木木的，一副无所谓的样子。弟弟还想多说几句，见他这个样子，只得作罢，去忙别的了。

其实，李先后心里并不平静。他想，什么灵气不灵气，就是迷信说的好风水。唉，如今还论什么风水不风水啊，只要一家人平安就行了。这天降大祸，如当头一棒，已经让自己受不了了，不再奢望什么好事，别有祸事找上门就万福了。眼前就是有个大元宝他也不想去抢，钱对于人生来说，真真就是身外之物。老婆整天精打细算地过日子，别说什么奢侈的事了，就是好一点的衣服或物品，她都不肯买。前些年，女人们疯子一样买金项链金戒指金耳环，老婆却不要。李先后知道她是心疼钱，在一次出差时自作主张给她买了一个黄金戒指，结果她拿到金店兑换了一对金耳坠给母亲。看见人家女人都在做美容，他也动员她去尝试一下，她总是笑着说，是不是嫌弃她了，找这个借口，她可不愿花那冤枉钱。有时，别人请李先后去一些娱乐场合消费，他回来也动员老婆，周末想带她去享受一下。老婆说他愿意去就自己去，还是不愿浪费，说自己下岗在家，能吃上饭就不错了，不敢想浪费的事儿。李先后见说不动，以后也不再说了。只有一条老婆最舍得，那就是为家里不断地做好吃的，变着花样做，不厌其烦地做，所以父子都成了胖子。她的理论是，自然的食疗最好。

省来省去节约的结果呢，转瞬间，一切都不是她的了，只有她将要埋下去的那一方土地暂时属于她。人生就是这么残酷，早晨还贪婪地认为什么都是自己的东西，拥有多少金钱和财产，这一转眼还有什么是她的呢？想明白了，看透了，这世间只有健康地活着时，你才拥有物质和一切；你两眼一闭就什么都不是你的了。人生就是这样，还去功名利禄、尔虞我诈个什么啊？

有些事，如果你没有经历过，只听别人说说，很难悟透其中的道理和深意，一旦你亲身经历了，才会有刻骨铭心的感触。李先后深深地感觉自己一下子老了很多，明白了许多半辈子没弄懂的人生哲理。因为就这么几天，让他感悟到上半生没有悟透的人情和事理。当别人劝他时，他总是不断地重复着一句话：人生太假了，只是一口气的事儿，就因为没了那一口气儿，人就成了鬼，就什么也不是了，什么也没有了，活着真是太没意义了！虽然他没有哭天号地，但大家从他的话里话外已经感觉出了无限悲凉，这时候劝慰的话都是多余的，领导、同事和亲友们便只是例行公事地让他节哀，也不再多言。

一切安排就绪，老婆单位的领导也出面了，在遗体告别仪式上念了念提前写好的老婆生平经历，最后一项是遗体告别。李先后去跟老婆最后告别时，他看到一生从没化过妆的老婆被美容师淡淡地上了些彩妆，真是非同平常。不单脸蛋漂亮不少，整个面部也很安详，那红红的嘴唇好看极了，眼睑也呈着粉红色，他还从来没发现老婆的鼻子是那么笔直，他像是第一次这么认真而真切地看她。这擦了口红的妻，真是换了个人一样，五官搭配起来虽然说不上漂亮，却是十分耐看，以前自己怎么就没感觉到呢？她口型小巧，有几分淑女样儿；两颊上的红晕，又似她劳累后泛上两颊的红色，这个他倒是常常看到。他想起来了，老婆是一个不怕热却怕冷的人，再热的天，只要他不在家，老婆从来不舍得开空调自己享用，总是说她没觉得热，热一点扇扇就行了，说自己是穷命，不怕热。还说过去老辈人说，热是大家热，冷是穷人冷。现在时代不同了，冷热都是穷人的事，富人有空调，四季如春。可是今天，老婆真正享受到空调的好处了。看她那好像睡着一样的表情，平静得跟他每天开门回家看到的一样，更像晚上他去厕所方便回来看到她平静睡着一样的面容，没有在医院看到她时的那种痛苦。两天不见，她好像也是经历了许多人情世故，懂得了更多人间冷暖，脸上虽平静而安宁，心里却像有了心事？如果，她还有那口气儿，也许会害羞这么多的注目礼呢，她的脸一定早就红透，准低下头谁也不敢看，更不敢化了妆地见这么多人，更别说还如此坦然地展示自己了。他想到这儿，腿怎么也抬不起来。

火化工人等大家离去，就忙着把尸体推进火化炉，一千多度的高压电伏转瞬间把一个人缩小到论斤两来计算，以后就融于泥土回归自然中去。

等他平静下来，看见身边的人，才接过不知是谁递过来的水杯喝了一大口。可能是水喝进去心里盛不下，眼泪这才下来。弟弟让他去选骨灰盒，他就跟在弟弟后面。走在院子里，明明是阳光高照，他却总觉得头上有个什么东西罩着，把天上的太阳套了圈子一样，世界好像混沌了，他不假思考地说："她一生节俭，就让她奢侈一回。选个最贵的。"

接下来就是事故理赔了。李先后觉得自己已筋疲力尽，赔的钱再多也换不回老婆的命了，他把钱看得淡极了，就说按交通规则，依法律行事吧。他觉得自己心痛难忍，不愿见人，更不敢见熟人朋友，不想看别人知道了事故后向他投来的那种同情眼神。这些天来，他怕透了这种眼神。他有了这种态度，儿子也只得随他决定，于是事故就很顺利地处理完了。

3

丧事办完后半个月，李先后去上班了。领导和同事都同情他，也不给他正经事做，有案子要审时，就让他做个陪审，不让他操心具体办理。他觉得自己闲得无事反而更痛苦了，男人没了事业就仿佛失去重心一样，有找不到根的感觉。男人很多时候是靠事业活着的，李先后更是。原来因为老婆下岗，他自然就成了家里的重心，在单位总是办案审判别人，口气自然就养成了霸气、独断的作风。老婆天生的温柔，十足的贤妻良母，在他面前如小绵羊一样温顺。这样的生活下来，他就养成我行我素的性格。在家里，通常都是老婆、儿子提议，他最后拍板。日子过得风调雨顺，他丝毫没觉得家是羁绊，或有什么不自在不顺心的，在家里，他永远都是饭来张口、衣来伸手。

星期天，他高兴了就和老婆一起逛逛街，或去办公室玩会儿游戏。儿子已经在上大学，老婆属正宗的传统女性，把家里收拾得一尘不染，衣服也总是熨得有角有棱，每顿饭都是把饭端到他面前。这样的生活，仿佛是他们家铁定的规律，没有谁感觉哪点不对，儿子在家，也是受到母亲同样招待的，习惯早已成了自然。无论他出差在外还是喝酒晚归，老婆都没有抱怨，只是轻轻地说点关心的话；他在电脑上玩游戏，她也会一直陪着他，温情地看他玩，看他笑就跟着笑，听他骂就跟着骂。

宁静而温馨的日子被这天降大祸彻底打碎，李先后一瞬间觉得他是如此的孤独无依，觉得天变暗了地也变灰了，自己如断了线的风筝，整天飘在空中，从家里飘出来到单位，再从单位飘出来游回家。特别是下了班回到家后，再没人为他拿拖鞋，接过他脱下的衣服挂在衣架上。有几次他习惯性地把衣服举在手里，等人来接，见没人接才霎时间醒悟过来，心里顿时一阵酸痛。家，是那么冷，冷得让他这个不怕冷的人也觉得寒。特别是这出奇的静，如果自己坐下不动，一根接一根地抽烟，那整个家永远是死寂一片，静得让他害怕。

此时此刻，李先后倒希望真有鬼神和灵魂的存在，希望老婆能够给他显一回魂，或是留个影子让他看一下也好，可是，都这么久了，就是没有一点迹象。每晚临睡时，他总想着做个梦吧，有时还对着她的遗像说，你给我个梦吧，在梦里说说你现在怎么样了，如果怕我担心就随便说点什么也行。可是，二十几天过去了，仍然什么也没有。这样一来，他觉得是自己无情，为什么自己连梦也没有呢？不是日有所思夜有所梦吗？自己难道天天想的还不够多不够分量，对老婆的情不够深不够真？有时他越想越睡不着，越睡不着越乱想，最后不得不用安定帮助自己入睡。他开始只吃一片，后来要两片、三片才能入眠。

结婚二十多年了，儿子也马上能自立了，该享点福时，她却这样没福分地扔下自己走了，你怎么就不管我了呢，我饭都不会做啊，你让我往后怎么过下半生？想到这儿，他在被窝里流下了眼泪，这样的夜他怎么还能睡得着？有时候，他是先迷迷糊糊地睡一小觉，仿佛听到老婆在叫他，猛然就醒了过来，再也没有一丝困意，于是又想起过去生活中的点点滴滴，像电影一样在脑子里晃过来晃过去，直到天亮。

其实，老婆活着时，说实在话，他并没有多么爱老婆或依恋她，无论出差到多远的地方，哪怕是去西藏，他总是说走就走，从不婆婆妈妈。他常常耻笑别的同事，吃顿饭都要打电话跟老婆请假，没一点男人尊严。如今，自己怎么就变得这么怀念她眷恋她呢？人啊，就是这样，拥有的东西不觉得稀罕，一旦失去时才明白其珍贵。

不管是男人还是女人，寂寞就容易胡思乱想，李先后就是在这样的情况下，又一次不自觉地想起年少的事来。那是李先后才八九岁的时候，他从小个子长得快，理所当然地成了自己家那一带的孩子王。邻家有个小妹，才五六岁的样子，常常只是静静地看他们疯玩。他们打闹着玩笑时，她也跟着怯生生地笑，看样子很想参加进来。李先后主动叫过她两次，每次叫她或打手势招呼她，她总是害羞地低下头然后转身跑回去了，可是他说不出为什么，小女孩越是这样，他就越想把她拉进来一起玩。一次，他大胆地走过去对她说："别怕，来和我们一起玩吧，没人敢欺负你。"但是，小女孩子还是低头用脚尖搓了一会儿脚下的地，看了他一眼后又一次害羞着扭身走了。少年李先后很失落，那天他再没心情带领大家玩“打擂”游戏。后来，才听小朋友说，那女孩子是杨医生家的，李先后就记在了心里，他总是有意无意地在她家附近那一带玩耍。那年夏天的一个中午，忽然下起了瓢泼大雨，老中医晒的中草药眼看着就要被雨水冲走，大人们都在睡午觉，李先后看到后，一招手就有几个小朋友一起跑来，大家不顾豆大的雨点儿打在头上，一起帮老人抢收。孩子们身轻腿短跑得飞快，老人一趟没回来他们就跑了三趟，把老人晾晒的一大片中草药全部抢回屋里。老人很感激地说：“今天晒的药材都是很昂贵的品种，如果淋湿了，不单要失去一定药性，价格也要大大地降低。中药就贵在原料原味上，你们帮了我大忙了。”老人很感谢他们几个，就拿出五块钱让他们去买东西吃。李先后看着老人递过来的五元钱的票子，心里激动了一下，脸顿时红了。好大的票子啊，他长这么大还不曾拥有过这么多的钱呢。当时冰棒是三分钱一根，鸡蛋才一角钱一个，他拿过的最大票子就是一元面值的。自己的私房钱才攒了两元多，那都是一分两分积攒起来的，其中最大的票面是五角的，那五角钱还是自己捡了好多麻绳头卖的钱。为拥有那五角钱，他高兴过一周，还跟同学吹牛说，自己要攒五元、五十元、五百元。有多少次，他做梦梦见自己已经攒够了五元钱。眼前，他伸手就能得到五元钱，然而，他只看了一眼那张彩色的钱币，就又一招手，大家冒着瓢泼大雨一溜烟全跑走了。

老人看着几个孩子的身影消失在大雨中，感叹着说：“这孩子，挺义气。”

李先后获得了老人的好感，他就成了医生家的常客，他总会找到这样或那样的活儿帮着干。这样下来，他就和老医生的孙女成了无话不谈的好朋友。一年又一年，他们都在不断成长，他渐渐地不想再和小朋友们疯了，只想跟小女孩待在一起说说话。即便不说话，他心里也十分甜美。多少次他想拉一拉她的小手，但是却不敢，他已经十四岁了，怕女孩不同意，太伤面子。后来机会终于来了，那年秋天，女孩正好好地走在放学回家的路上，忽然从小巷里窜出一条大狼狗，直往小女孩身上扑，当时她脸都吓白了，惨叫声都变了调。李先后听到叫声猛回头时，才明白是她在叫，他一个箭步跑过去，用自己的身体护住她，并用手里的书包砸向狼狗。那狗又凶狠地向李先后扑来，他抱紧女孩蹲在地上，心想就让你咬我吧。那狗也是见跑就咬的，见人蹲下来它反而没有下口咬只是狂叫，也许这就是狗怕蹲的见证吧。幸亏狗的主人及时赶到，才免了一场灾祸。直到女孩挣脱开手时，他才癔怔过来，自己还在紧紧地拉住她没松开，瞬间，他却又像手里握着一团火一样猛然把手松开。小女孩还在抽抽搭搭地哭，他不知道如何安慰她，只有跟在她后面一直把她送回家，然后才回自己的家。

那晚，他躺在床上翻来覆去睡不着，眼前总是出现小女孩受惊吓的惨白的脸，他感觉到一阵揪心的心疼，后来又回想起抓握小妹妹小手的滋味。那是一只柔软得如绸缎一样的手，让人感觉不到有骨头一样；她的小身子也娇巧极了，他抱住时感觉自己浑身都是力量，像一个顶天立地的男子汉。想到这儿，他决定以后要保护好她。那晚他做了人生中的第一个美梦，梦见他们紧紧地拥抱住了，小妹妹高兴地看着他，娇柔地倚在他怀里，越靠越紧，他紧张得喘不过气来，一股气流慢慢往下沉、下沉，忽然感觉下身一阵冲动，一种兴奋而美妙的快感传遍全身。

从那以后，他在心里把保护她爱护她当做己任，有了这样的秘密，他反而再不敢正眼看女孩，想去她家却又不敢，只是每天上学他都要等到她先出门，然后他在不远不近的后面尾随。小妹妹似乎也发现了这个秘密，两个人却都没有再当面说过话。在他高中毕业的一个周末，他大着胆子去老医生那儿看看，想遇到小妹妹说上几句话，哪怕是能看她一眼也好。听老医生说，女孩子的父亲，也就是他儿子，升了什么部长了，就要搬到县委大院去住了，而自己只是小市民的家庭，母亲还是农村户口，自己自然也没有商品粮，自觉比人低一等，再美好的思想也越不过那个世俗的坎，他只能偷偷品味那种美好感觉。正说着话，小妹妹从外面回来了，他们只对视了一眼，她就低下头回房间去了。正在李先后犹豫着走不走时，恰巧老医生起身去送一个朋友，她忽然从屋里出来往他手里塞了个纸条，又风一样飘回去了。他不敢说话，只好顺势把手放到兜里去，跟老医生打了个招呼后走了。他急匆匆跑回家，把门闩上后才从兜里掏出纸条来看：晚上在东郊的棉纺厂东门第三棵树下见。

李先后一下子觉得浑身血液都在奔跑。他急忙去洗脸，找梳子，照镜子，把自己所有的衣服找出来。可他只有两身稍能见人的衣服，准备好后又照了照镜子，看时间还早，只好躺下来头枕着两只手想她今天应该是个什么样子，想想笑笑，第一次感到时间过得太慢，太急人。他把闹钟调到八点，可是小妹妹纸条上并没说几点啊，他觉得不说也一定就是晚上八点。因为他明白，她不可能出来太早，太早她不敢；也不可能太晚，太晚了她回去不好说。但是现在离八点还有整整两个小时啊，太长了。他忽然想起以前怎么也拉不来小妹妹一起玩，他就找来小人书给她读，从此小妹妹就主动找他了。他收集了手下小朋友家里的所有小人书，并让小朋友们把能找到的全拿来，就这样，他从给她读到他们一起看，就是那样他们成了知心好朋友的。现在大了，他不舍得丢弃那些小人书，就自己钉了个小木箱子，把小人书宝贝一样锁在里面，哪些是她最喜爱的，哪些他就视为珍宝。此时，他又钻到床下拉出小木箱，用手把锁上的灰尘擦去，这才打开来，一本一本地翻看。最后看时间差不多了，这才又洗了一把脸准备走。

李先后去得太早了，天上的半个月亮还不是十分明亮，星星也只有看不清的几颗。他一直在那儿等了一个多小时，半个月亮明亮了，星星也多了，小妹才姗姗而来。来了也不跟他打招呼，一直往郊外的方向走去，他心跳着在后面不远不近地跟着，就像以前上学时那样，她知道他在后面跟，他看着她在前面走，一直走到了一片稻田地头，她才站住，并没扭头看他。

李先后走到她面前却不知道说什么，只好一个劲儿地挠头，小妹也较劲儿一样地不说话。他觉得实在挠得没趣了，才吞吞吐吐地说：“我高中毕业了，可能要下乡。”

“哦。”她只这么一声，依然没了下文。

“我们不知道还能不能见面。”

她没再回话，又一次伸来手，他急忙去接。接过就着月光看，是一块小手帕，上面没有花儿，却栩栩如生地有两只蝴蝶在飞，月光虽明却难以辨出真色彩，他只看到一大一小两只蝴蝶，这些就够了，李先后已经醉了。

“我要走了，不能回家晚了。”说完她真就这么走了。李先后还没醒过神，觉得这约会也太简单了，这时他听到走出几米外的小妹说：“我是那只小的。”

就这么一句话，他后来活了大半生也难以忘怀。这会儿，他很想再握住她的小手，他来时就下定决心一定要正儿八经地再握一下她的手的，感受一下梦里的那种感觉，可是他实在不敢说出来，更不敢强迫她。

李先后后来经历了下乡、当兵、转业，也曾有意回去找过小妹妹几次。可是他每次去老中医家，都只是叙叙旧，扯些陈芝麻烂谷子的事，就是不敢往那事上提。其实，他是在听老中医说了他儿子在不断高升的事后，就不敢再问起小妹的。那时他被安排在一个小乡镇上的政法所工作，哪敢高攀副县长的千金呢，而且还听说她在上大学。后来，父母非让他跟曾经救过爷爷命的人家的孙女订婚，于是，他的梦就此不再做了，可心里却并没忘记那个小女孩。第二年被迫结婚后，生活便平淡得如平板滑轮车，一站一站地滑下去，直到如今。

说来也巧，他结婚刚半年时，带着老婆一起回家看父母。刚走进家里的小胡同，听到有人叫先后哥，他愣了好一会儿才明白眼前的人就是昔日的小妹妹，十年不见，她已经长成了亭亭玉立的靓妹。当时他的眼有些直，刹那的癔怔之后，他清醒了过来。为了掩饰羞涩，他不好意思地又抬起手挠挠头，不知道怎么说话，有些笨拙地介绍着身边的妻子。当时，他真想把妻子像个气球一样捏炸了。好容易与日思夜想的人遇上，能够静静地站在马路边说说话，也是人间很温馨的事啊，可是事实让他有些无地自容，他很想找个地缝钻下去，此时此地的相见场景令他难堪。小妹妹表情复杂地看了他一眼，有些不情愿却还是甜甜地叫了一声“嫂子好”，然后还没等李先后再说话她就匆忙走了，像一阵春风一样。事过好久，李先后总感觉女孩的眼神里有很多意思，是怨，是气，是想念，还是不愿相见？可气的是怎么就那么巧呢，偏偏是刚结婚后又是和妻子在一起时遇到她的，他有好多话想说，可她怎么就那么匆忙呢？难道她也在找自己？他一直都想找她的，太想了。冲动的他真的就借一次出差的机会，去了她所在的市医院。然而，他得到的却是她出差在外地的消息。后来，想想自己已经结婚，是有家室的人了，就是找到她说了自己的思念之苦又算什么呢？人家是大家闺秀，以前就觉得配不上她，现在虽然工作好一点了，人家也不可能要他一个二婚头啊。就是她愿意了，自己这里能离得了婚吗？妻子已经有了身孕，父母那儿也过不了关啊，想到这些他才不再乱想了。可他总是觉得跟妻子只是过日子，没有热情也没有气恼，无论他脾气上来怎么发作，老婆总是顺从，以至于过了二十年也没跟老婆打过架。

偶尔，他还会想起她，回忆那种柔软如绸缎的感觉，想自己第一次的美梦。他冷不丁地会说老婆，你的大腿内侧才是人家手的感觉。老婆听了非问他是谁的手，他只得敷衍说："我握过太多女人的手，具体是谁的我也忘了。"

此时此刻，他的冲动又上来了，忽然想应该回老家找一找老医生，打听一下昔日的小妹现在何处，过得怎么样，哪怕是远远地再看看她，见了面只大大方方地握一下她的手，感觉一下她成年后手是不是还如玉一样光洁可人、柔软如绸……

李先后回了老家，装作偶尔想起的样子，向家人打听老医生家里的情况。家里人说老医生现在退休了，他的儿子当了县长，听说还要高升；他的孙女早嫁人了，是一个穿法官服、长得很帅气的青年，两个人经常一起回来。弟媳还咂着嘴说，那真叫做般配啊。弟弟也表现出羡慕的表情，说老杨家祖上积德，儿孙都是好样的。李先后虽然当面也点着头，心里却难免酸楚，就是这样，他还是找到她所在的南明市医院，一打听，原来她去重庆进修了。再想想，还不知道人家到底爱没爱过自己，或许自己只是一厢情愿呢，真见面反而难为情，又能说什么呢。犹豫了两天，他还是无精打采地回到了省城自己的家里。他又一次失去了寻找和与她见面的勇气，也觉得自己所爱的人幸福就是他的心愿，何必打扰人家呢。

第二章

女人部落：中年离异

1

说不出为什么，离了婚的杨冰倩出奇的平静，也长长地舒了一口气，她感觉自己像卸下一副重重的担子，满身轻松，说不清自己到底是愿意离这个婚还是被迫的。

中医越来越被世界肯定，杨德尚的中医术是市医院的撑门派，他退休后，又被返聘回医院，虽然他每周只坐诊一次，那远近慕名而来的求医者依然络绎不绝。中医术太深奥，对一些疑难杂症和慢性病的治疗，西医永远无法代替。如今国富民强了，人们更重视健康保养了，中医也更被国人重视了。医院虽建院几十年，中间却断了接班人，还没有人能有杨德尚的一半医术，更别说什么青出于蓝而胜于蓝了。于是医院领导多次暗示杨老传技于后人，却终没得到他肯定的答复，虽有几个跟了他几年的学生，却只从他那里学了点皮毛，没学到真东西。曾有个刚刚大学毕业、不知高低的毛头小子，自认为是名牌大学毕业生，拥有满腹经纶，才跟了几天，就大胆问老爷子这为什么那为什么，老人心里生气，表面依然是含而不露地说："悟吧，术是人悟的，没有悟性学一辈子也是白瞎。"把那小子戗得再也张不开嘴。能让老头子满意的好徒弟人选，一直没着落，从退休到现在，就这么拖了近二十年还是没人能让他满意。医院决定派人去找他明说，至少整理一下他的方子，以便以后研究学习。

市里也很重视此事，让院长想法疏通。卫生局为此事专门召开了一次会议，议来议去还是选不出让老爷子满意的人选。名牌的研究生、大学生们有些自不量力，总认为自己书读得比老爷子多，跟了三个月就觉得老爷子除了保守外并没什么大不了的，年龄大的、有些中医基础的，多数不愿再跟班式的当学徒了。议来议去，最后还是一位主管卫生的副局长说："杨冰倩不就是你们医院的人吗？她不就是最佳人选吗？"

"可她是西医啊。"院长说。

"中西早就结合了，你怎么还这么不开窍啊？她去当徒弟，他们老杨家既是术无外传，又是医院肥水没流外人田，于情于理都好听，老爷子再保守也会倾其所能地教她。"

大家都觉得此话有理，于是一致同意了这个决定。但是大家从小道消息知道，杨冰倩为上学离家两年，后院起火烧得正旺，不知道她愿不愿接受这个决定。院长说，让我先试试吧，做做工作，真行不通再说吧。

没想到，院长刚委婉地说出院里的想法时，杨冰倩就极爽快地答应下来。只是她担心爷爷信不过她一个搞西医的人，说自己毕竟没学过中医，怕有负医院重托。

院长表态说："你只用把所有的方子都整理出来，能抢救多少是多少，不要求你去学透读懂。"

冰倩只好说："我尽量吧，只怕辜负了院长的厚望啊。"

"你把能找到的能查到的都记录下来就行。记住，那些不起眼的方子和经验，都是医院的宝，也是国宝啊！"

这样说了，冰倩觉得自己再没有理由拒绝。自己的家已经不像家了，她也不想一个人待在家里苦恼，去爷爷那儿说不定会好一点，至少不那么寂寞了。想想自己过来的这两个月，大块的时间都是在那儿傻想心事，无论怎么想怎么分析，都觉得自己像做了一场噩梦。自从跟韦民认识，到恋爱、结婚后的这十来年，中间经历的高兴事和不高兴的所有事，都被韦民的不愉快全盘否定了。她怎么也想不通，你既然不愉快，为什么还要装高兴，什么活儿都那么热心仔细喜欢干呢，难道过去的一切只是为了利益？为了一个被人歧视的小护士摇身变成英姿飒爽的检察官，现在你有了资本有了能力，就可以否认过去，否定自己，否定婚姻和情感，我杨冰倩成了什么？是你炮头上的一个卒子，掩护你过了河，你能叱咤风云、翻云覆雨了，就可以牺牲我了？或者说我是你跃进龙门的跷跷板，你一旦借势跳过去了，就该去找你更如意的快乐了？难道我杨冰倩真成了没人要的黄脸婆，一个无用无能的废人了？杨冰倩不由得又想起韦民的父亲，想起他那见自己父母的讨好表情，还有见自己那么多次的明说暗喻，让她从心里看不起他，只是碍于他是公爹，她才没有明显地表示出来。现在，她觉得韦民还不如他爹呢，至少他爹敢于把目的表达明白，而你韦民呢，却不惜牺牲自己和别人的青春，更要搭上无辜儿子的美好童年，手段和心态都太无耻，他倒真是青出蓝胜于蓝了。心事想多了，人就容易迟钝，常常她要去一个房间拿个东西，人走过去了却忘了要拿什么，这样久了在单位也流露出来一些端倪，她不想让同事觉得她可怜，更害怕别人投过来的同情目光，所以她才这么爽快地接受院长的安排。

此时，对医院这样的指派，她一方面是抱着完成单位任务的心愿，一方面也想多陪陪年迈的爷爷。爷爷已年过八十，父母又调往省城工作了，照顾爷爷的重任自然就落在她的肩上。责无旁贷，于公于私她都应该多陪陪爷爷，让他老人家晚年得到更多的幸福。

杨冰倩从此开始了三点一线的工作和生活，家——爷爷家——医院。她不去想自己的事，也有意回避关于韦民的一切。她把韦民的所有东西都扔掉了，包括他的照片，他和儿子的合影，她想把十几年的青春和过去也像毁照片一样毁掉，可是却难以做到。

杨冰倩在医院整理了一些药单子，回爷爷家再翻箱倒柜查找，凡是能找到的她都收集起来，一时把爷爷家翻弄得跟来过贼一样。等她忙得蓬头垢面、大口喘气时，爷爷微笑着问："你学西医的，为什么忽然对中医感兴趣了？"

她也不多作解释，只说："您老这么高的医术，我不忍心让它失传了。"

爷爷深沉地笑笑，又说："其实，我早就想传你，但是……"

“但是我是您孙女，不是孙儿。”

“嘿嘿，你这是在批评我呢。我的观念也转变了，只是传外人这个弯还是难转变。”

“我可是嫁出去的闺女，您爱传不传。只是觉得您百年后，咱老杨家的损失太惨重，我只想收集一下你的那些方子，到时好给你立碑写传啊，多少也弥补一点国宝的流失吧。”

“不想学学?”

“水平不够。您不也说我学洋医吗？风马牛不相及啊!”

“丫头，还是像小时候那么厉害。”

其实，冰倩是采取了一种迂回的方法。她怕如果说是医院指派她来的，老爷子会反感，所以就只说自己是从家族观念出发收集整理医方。开始她就是这么想的，她觉得一个人学杂了不太好，能够陪陪爷爷，陪老人说说话，也是缓解自己心痛的方式。

真是不查不知道，一查吓一跳啊，原来爷爷保存了几个纸箱子的处方。她只有请保姆帮忙一一把这些方子找出来，有些已被虫蛀，有些霉变得看不清文字和克数，她只得边整理边请教爷爷。不料想，已经是几十年前的事了，又是那么繁杂的用药量，只要冰倩说出是什么病，老人也不看单子，只让她把别的能看清楚的读一遍，稍一沉思，就能知道这个破洞上是什么药、多少克。冰倩只知道爷爷一生医人无数，却没想到其中的细微、深奥，她真是太佩服爷爷了。在整理药方时，她有很多不懂，明明是同样的病，却是不同的用量；更为特别的是，看了多次的同一个病人，总是一个方子的那几味药在那里添添减减，却并没有改药，只是偶尔改一下药引子。看到这种情况，她忍不住有些生气地说：“您看您这老头子啊，这样给人开方子，也有点太不负责任了吧，只是量的多少变化了一些，反复还都是这几味药让病人吃了半年，这病能治好吗？这不是让人多花钱而得不到有效治疗吗？比如我们西医，消炎药种类很多，如果这种对病症没效了，我们马上就得换啊。”

“你道行浅啊丫头，中医里，只这一多一少就大有文章啊。外行人看着是同样的方子，可是这药力因为病人的病史病程的不同，都起着不同的作用。每个病人开始生病时，总不当回事，一拖再拖，把小病拖成重病，重得无法收拾了就有病乱求医。谁有病不想早日好啊，所以他们就找这个求那个，不管中医、西医，谁吹得大、包治的多、胸脯拍得响，他们就信谁。你也知道西医总是以消炎为主，但是很多慢性病也就是疑难杂症，西医只能治标，是无法治本的。这样的病人，他耗得久了，病已入到骨髓，治标是没用的，这时他们才想起找中医，鉴于这种情况的病人，怎么能上来就下重药呢？我一把脉就明白了几分，再了解一些他们的病史和对各种药的使用反应，也明白了他们体内的病因和药性了。中医讲究望、闻、问、切四大纲。望，是观察病人的神、色、形态及排泄物的性状特征；闻，是耳听病人的声音、气息，用鼻子闻病人身体或分泌物中散发出来的气味；问，是对疾病相关情况的询问了解，也就是了解病史病因和病程；切，是通过手与病人的接触以了解病情的方法。我们中医的精妙处、独到处主要是切脉，把脉识病情。看他的体质，把他的脉相，观他的神态，就能把病猜个八九分了。俗话说，医、易不分家。中医和易经原来是一家啊，后来才逐渐把它们分开。中医都会看手相的，病人的整个外观在医者看来都是有学问的，医者均通些相术，易者皆能看懂病史，无论社会发展到什么时候，它们都是相辅相成、共通共存的。中医讲究八纲：表里、阴阳、虚实、寒热。当我问明了病的生成和病的过程，开始只能给他少一点药量，起的是调理平衡的作用。每个人的体质，需要的都是平衡，一切器官都均衡了，这个人就是正常了。‘血为气之母，气为血之帅’，这是说气血关系最常用也是中医里最根本的一句话。气是由先天之精气、水谷之精气和吸入的自然界的清气所组成。气具有很强的活力，它既具有推动血液、津液的生成与运行的功能，又推动着脏腑组织的各种生理运转。气，又分为元气、宗气、营气、卫气以及脏腑之气。元气，又称元气，是由先天之精气所化生，并受后天水谷精气的补充，是人体生命活动的原动力。所以中医在一般情况下是不主张手术的，也就是怕伤了元气。病人接受治疗一个疗程后，他的西药药力退去了，而他自身也适应了中药药力，我才能慢慢地加重量；当病人体内已经有了很大的中药含量了，药在病处也聚集了一定的力量时，那就必须一点一点地再减量，让病人体内阴阳保持平稳又平衡，这样他才能有效吸收并起到祛病作用。药到适量方治病，少了无力，过之则会适得其反。”

“嗯，有点道理。听了让人很长学问呢。您再看看这几个方子，我专门要跟您理论的，就挑拣出来放在这里了。这儿，明明是两个不同的病人，又是不同的病，您却又给人家开出了同样的药方子，又作何解释？”

“这个更简单了，虽然他们的病不同，当我把脉时，他们的脉相是同样错乱不稳。俗话说，阻而生郁。如水流不通了，它就要想法转弯或流到不该流的地方去。血气者，人之神也。脉是什么？是人的神经和生命动象，血脉血脉，血和脉是紧紧连在一起的孪生兄弟。脉不通，则血难畅，血不活则脉难调，诊脉可知气血而通其神。脉在哪儿顿住了，就是哪里出了毛病，偏一点就会生岔，所以就有戏文里的行家名言‘病人无须开口，把脉便知病生何处’，这就是中医的神奇之处。只有我亲手把过病人的脉象，再教你把一把脉，你才能体会我这些话的意境和精道之理。说到底还是一个字：悟。你有这个悟性才能从事这个行业，没有的话，再手把手教你你也还是扶不起的阿斗。”

“那么多跟过你学的人，就没有一个有悟性、能悟透的？”冰倩忍不住说出了心里话。

“不是没有，是他们太急功近利急于求成，三天就想修道成佛，我看不惯此等浮躁之徒。”

“爷爷，我更不行啊，没有一点基础，心有余而力不足，就是想接你的班也难啊！”

爷爷没接冰倩的话，只是自言自语地说：“我从十一岁跟人学徒，头三年整理杂物，认认中药；后三年在药柜帮忙，识些药性；再三年才开始学医看病。九年啊，我才能跟老师学把脉。如今就是大学里才学四年，还学了很多不中用的。医，这个行业与别行不同，我们面对的是生命，人命关天。当你接收了这个病人，相应地来说，他的命就交给了你，在生命面前我们有责任和义务谨小慎微、一丝不苟，这就是选择这个行业的人的天职，也就是现在所说的职业道德。能遵守道德的又有几人？刚出校门到这儿还没三天就问这问那，好像你并没他水平高，说一些不知深浅的话，问些稀奇古怪的问题显摆自己，驴唇不对马嘴还自以为本事了得，让人哭笑不得。有的来了就拿出架势，恨不能一夜要把我肚子里所有东西都掏出来拿走。中医，博大而奥

“不累，领导安排的工作做好是尽职，做不好为失职，不敢谈辛苦二字。”冰倩忙正色回答。

“你看你，怎么这么紧张啊，在座的都算是一个系统的吧，放松点情绪嘛。你一个人就是半边天，我们几个才算半边天，你应该感到高兴才对嘛。”涂副市长打趣地说，有意让冰倩放松情绪。

院长也忙接过话说：“杨大夫先敬涂副市长一杯，算是对你迟到的惩罚吧。”

冰倩脸一下红了，忙站起来说：“我愿意接受惩罚，可是我不会喝酒。”她看见面前有一杯茶水，忙端起说：“我以茶代酒敬市长。”

“那不行，没有诚意，是不是?”涂副市长扭头问旁边的两位卫生局的领导。

“那是那是，酒场上有句顺口溜，叫不要小看梳小辫的，不要大意带药片的。”

另一位也说：“少喝一点，点到为敬。”

“学中医的人更应该懂得酒对人体的好处吧，活血通脉，对吧？怎么说不会喝酒呢。”涂副市长引经据典说。

“我是半路帮爷爷整理东西，不算是搞中医的。我对酒精过敏，所以是真的不会，这并不矛盾啊。”冰倩回敬道。

“尊重女同胞也是一种美德嘛，这样吧，我替本单位杨医生喝，算是敬涂市长了。”只听被称为方博士的那人，以极好听的京味儿普通话插话，然后一仰头，一杯白酒就喝了下去。

大家见这样，再也无法劝下去，只得让服务员拿了杯苹果醋给杨冰倩。卫生局两位副局长，一看这人如此可爱，又看了一眼市长大人，基本上明白今天的戏该怎么唱。院长在冰倩没来之前就详细介绍过，方可曾还是去香港吃过五年洋面包的博士。

既然你能喝，酒又是你医院花钱买的，那就让你肥水不流外人田，想法子给你喝个够吧。于是他俩来了个车轮战，嘴里说不尽的崇拜和敬仰，直到方博士脸色发白，不断摆手投降。涂市长一直和院长说着闲话，偶尔问杨冰倩一些关于爷爷的生活小事，没有理会他们的酒仗。院长看在眼里急在心里，也不敢多拦，冰倩不明白男人怎么喝酒喝成这样，也不便多言。

方可曾不懂得本地这种酒场规矩。每次喝酒，谁跟谁一伙的大家坐定就心知肚明。院长当然明白，可他心里也知道今天是三对三，涂副市长不会大喝，冰倩也除外，那就是二对二了，所以没想到他们会整方可曾。他心里也明白，今天的酒局，是方可曾不懂规矩引火烧身，他只能干着急却帮不得，因为是市长默许的，他也只在心里想，辛苦你了方博士，几百块钱一斤的东西，享受享受吧。说起来这种酒风有点可怖，但是这也是人之常情，不是大家都在说“感情深，一口闷”嘛。

涂副市长见差不多了，就笑着说：“方博士怎么样了?”

“不行了。”他的声音都有点变调，仿佛在强忍着不断上涌的酒力。

涂副市长就起身说：“好吧，今天就这样吧，冰倩也坐累了，早点回去休息吧。”

于是大家跟着起身，打算一起下楼。这时方博士说：“你们先走，我等一下。失礼了。”

市长关心地问：“怎么样?”

他只得笑了笑说：“没事，我等一下就好了。”

院长就给冰倩使了个眼色，意思自然是让她陪陪方可曾，他去送副市长一行。所以冰倩就微笑着说：“涂市长，二位领导，对不起，这家酒店有我一个亲戚，时间不是太晚，我想顺便去看她一下。”

“去吧去吧，没关系。”副市长很客气地说。

等他们一行刚走出大厅，杨冰倩就听到卫生间里的方可曾大吐起来。冰倩在外面等了好久，最后还是请了一位保安进去把他扶出来，让他坐在大堂的沙发上，又给他倒了水来，看着他喝完一杯又给他倒了一杯，他这才抬起头歉意地说：“对不起，我太失礼了。”

“好点了吗?”冰倩关心地问。

“好多了。我是不是很可怖，太过分了?”

“我现在才明白男人说的酒场如战场，真是可怕。不过，今天很感谢你为我解围。”冰倩说完这话，见方可曾又作呕吐状，忙绕过沙发去为他轻轻地拍打几下后背。

“谢谢，没事了，我不会再吐了。你走吧。”

“我送你，这也是院长的意思。”冰倩忙解释说。

“呵呵，那我们一起走吧。”说着话，方可曾站起来，却又站得不太扎实。他绅士地让冰倩先走，冰倩只得侧着身子一步一回头地走到前面。

上了出租车，关于先送谁他们又争了一会儿，最后，还是司机很识大体地说，谁近先送谁吧。其实冰倩家比医院还近，杨冰倩却故意说医院近，方可曾刚调来也不知道真假，只得同意先送他。

到了医院，冰倩怕方可曾猛然下车站不稳会摔倒，便不等车停稳，就急忙开门下来想扶他一把，而他认为是冰倩要跟他再见，也忙伸出手，轻轻地却又坚定地握了一下，握得轻巧而又有力。杨冰倩还没有见识过这样恰到好处的男人的握手，她最怕一些男人握手的时候紧紧握住不撒手，还一个劲地一握再握，眼睛直直地看人，特别是酒后的男人，近距离地和你说着酒话，那嘴里喷出的酒气能把人熏晕了。

等方博士走后，冰倩急忙交代门岗尾随着方可曾，务必看住他安全回到住处，最后还没忘记嘱咐一句说是院长安排的。然后，冰倩才让出租车送自己回家。

3

这天杨冰倩因为有事，便让孩子去奶奶家吃饭。虽然婚离了，可孩子与韦家还是有着割不断的联系，韦民的父母一直与冰倩保持着较亲切的关系，关心着他们母子。虽然杨冰倩尽量减少跟韦民的父母来往，可他们依然坚决地不认儿子，并扬言断绝父子关系，说韦民就是娶个天仙一样的女人他们也不认那个儿媳妇，只认杨冰倩这一个。冰倩嘴里没说什么，表面还如从前一样待二老，可她心里明白，韦民的爸爸其实恨透了那个女人。他一直耿耿于怀地认为，不是妖女（他一直在冰倩面前这样称呼金灿灿）插足，他一定会当上正校长。

第二天冰倩正在和爷爷讨论如何让中国的癌症病人也像外国人一样多延

长生命，并能真正提高生活质量时，有人按门铃，保姆去开门。杨冰倩原以为又是哪个老病人来求医的，没想到一抬头，看见和保姆一起进来的竟是方可曾。她说了声“你好”，便转身对爷爷说：“爷爷，这是我们医院新调来的方可曾博士。”

“杨老，久闻大名，我刚来几天，今天专程来拜见您。”说着话方可曾伸出双手，见老人礼貌地要从特制的高沙发上站起来迎接自己，急忙上前一步使劲按住他，并紧紧地握住老人的手说：“不敢劳驾您起来。”

“客气了，请坐。”杨老没再起身，指了指对面的沙发说。

“你们好像在谈论什么吧，感觉是一个很重要的讨论？”方可曾看到桌子上凌乱的处方，问冰倩。

“没什么，也就是我在整理爷爷救治不同肝癌病人的方子，说到国内的肝癌病人，普遍来讲没有国外的肝癌病人那么长的生命期。”冰倩如实说道。通过昨天的事，她对这位初来乍到的博士有一点点好感，特别是他那极富磁性的男中音，让她仿佛找到了久违的亲切和亲近，有似曾相识之感。

“这个事，其实咱们国家应该说是世界上治疗肝癌最权威的，只上海二军大的肝胆医院一个单位，就比国外几个国家加起来救治的临床病人多，无论是做手术还是保守治疗。可是，中国肝癌病人延长生命的时间确实远远低于国外，是我们的药不好吗，No!”

冰倩听了这个“No”，不由得偷看了爷爷一眼。聪明的方可曾便停下来不再说了。

“喝茶，信阳毛尖，没有咖啡呀洋博士先生。”冰倩故意这样打趣说。

方可曾的脸有些微红，见老爷子深藏不露，冰倩也没表示什么，只得又接着说：“我们是发展中国家，很多人做着一夜暴富的美梦，整个社会有普遍的浮躁情绪，无论是医学界还是社会上的各行各业，大都是这样子。但是，医学来不得半点虚假。可是你看看大街小巷里那漫天遍野的害人广告，都吹上了天，包治百病无所不能。假冒伪劣的和没经过一点科学鉴定的自治药物，就说能药到病除，更奇怪的是一些保健药也打着能治癌症的幌子，竟然在中央电视台大做广告，这些情况，难免让社会上不懂医的一些人受骗上当。我们的病人有几个懂得医学知识，能够理性地了解这些情况呢？多数是病急乱投医，听说哪儿好、谁吹得大，就不惜一切，有的人家甚至盲目到了倾家荡产，到头来不但没治好病，还贻误了治疗期，让自己的病雪上加霜。”

“嗯，是这个理儿。”老爷子终于说话了。

杨冰倩见方可曾喝下去了半杯水，忙去给他续水，同时也给爷爷的水杯再添满。

“嗯……哼。”爷爷咳了两声，说道，“世道变了，人也变了，医学行当里也更是乱了套了，如今真正学本事为事业献身的人有几个？明明是普通药就能治好病人的病，医生为了多拿奖金，却专拣贵的开；一些并无大碍的病，却告诉人家多么多么严重，开了一大堆药让人吃。我们那个年代，一服药都不给多开，东家大门上的对联是：宁让架上药生蛆，不愿世人多生病。”他顿了顿继续说，“那年代的东家也是做生意啊，开店铺也是为了赚钱，人家却有着那样的良心。唉，世道变了，人也变了，一切都变了！”

“没你说得那么严重。你只看到了坏的一面，中国发展这么快，当然要有个过渡期。”冰倩怕爷爷会说出更不好听的话来，便这样圆场。

方可曾这时便知趣地起身说：“我该走了。院里还有点事，杨老精神这么好，我会再来讨教打扰的，只要杨老不烦我。”

“哪里话！高兴呢，是吧爷爷？”冰倩应着代爷爷说。

“嗯。”老人点了点头，要起身相送，方可曾又一次轻轻按住他说：“您老别动，让杨医生送就行了。”

老人看了一眼冰倩，冰倩也说：“您就别送了，我代您送送方博士。”

于是，他们一前一后从房间出来，走在院子里时，方博士才仔细看了看院子说：“很古老的四合院啊！好是好，总是没有现在套房方便。”

“人老怀旧，住了一辈子了，他不想迁，只得遂他愿。无论什么样的住所，只要习惯了就是好的，住着舒适人高兴就算是幸福吧。”

“也是，你说话很有哲理啊。”他说完又压低了声音说，“昨天麻烦你了，不好意思，太失礼。”

“没有麻烦，不用客气，你下车我就走了。回去还好吧？”

“回去就睡了，一直睡到今天天亮，但愿我昨天没有胡说什么。”

“没有。”

“那也多谢了。再见!”冰倩送到大门时，方可曾先这样说。冰倩也礼貌地和他再见，就转身关上了大门。

“此人什么来历?”

“听说是院长的大学同学，香港大学的肝胆科博士。在医院开会时见过一面，院长想拉来做做招牌，估计待不长久。”冰倩见爷爷问她，就如此介绍了方可曾，却把昨晚的酒会有意隐去。

“他说的也有一些道理，还有点正义感。”

“变质的人到底还是少数吧。爷爷，你是从来不评价人的，今天怎么了?”

“我不是评价，是有感而发。这样的国家，百业待兴需要人才啊!”

“我也该下班了，儿子该回来了。”冰倩没接爷爷的话。

“是啊，下班吧，不能只工作不要家。事业固然重要，家才是人之根本啊!”

冰倩愣了一下神。从这话里，她已经确定爷爷知道她离婚的事了，这分明是在暗示她。她故意装着没听出来，换好衣服嘱咐了保姆几句话，便推上自行车走了。

第三章

男人部落：闪婚闪离

1

俗话说：中年男人有三喜：升官，发财，死老婆。这话，谁也没敢在李先后当面说出来。因为他年前升的正处，一直是市法院的中坚力量，有一定的资历，做事说话也有些分量，一般人不大敢跟他开这种玩笑。但是，从他上班以来，介绍对象的快把他的门挤破了，电话手机也响个不停，朋友们还别有用心地安排一些饭局和牌局，过后问他对一起吃饭打牌的女人感觉如何，他才明白那女人看他的眼神有些怪的原因。一两个月的时间，他粗略算了一下，介绍给他的对象不下五十几个，从二十八岁到五十岁之间。有次他听了介绍人要给他介绍二十多岁的姑娘时，就骂介绍人瞎扯淡，说我都快五十了，你不是要我命要我好看嘛！我这样的工作和身份，娶个二十多的女人，是当女儿还是当老婆啊，别寒碜我了，让我安静地过下半生吧，我可出不起那样的丑，将来也不愿戴绿帽子。有的介绍人面子难驳，没办法；有的是对方条件很诱人，他也选择性地见过好几个了。回到家，他就直接跟儿子商量起这个事来。儿子很开明，支持他尽快找到如意伴侣，因为他明白父亲不会做饭，更没干过家务，应该尽早找到女友。儿子只是合理地建议他，找个年龄稍小于自己的但也不能太小了，经济方面能够独立养活她自己的最好，性格嘛，当然是开朗型的，以便往后大家好相处，其余的就让李先后自己觉得好就行了。李先后觉得儿子的意见也很中肯。又一个月下来，接二连三地见过了好几个，当月工资就有些紧张了，他这才打定主意，以后，没有个感觉差不多的就不再去见面了。说来也真是巧了，还真有一个让他眼前一亮的女人。

单位的一个同事和院长的小姨子来介绍，初听她们说对方的条件，他还认为对方一定是个丑八怪，不然怎么这么好的条件八年了还没找到伴儿呢？不看僧面看佛面，他取了钱应约。对方是省政府机关某办公室副主任，四十七岁，名叫姜倩丽，副处级干部。第一面，两个人还真的互相有了好感。虽然他觉得姜倩丽比自己以前见过的女人年龄稍大了点儿，可她人却长得特别年轻，那眉眼、那皮肤、那身段，根本不像近五十岁的女人，远远看去，最多也就是三十七八岁的样子。关键的是对方也很看重李先后，当面就表现出主动出击的意思，特别是那天分别时，他们轻轻一握手，一下如有电流一样让李先后麻倒了。他有些激动，仿佛少年找到了自己心仪的女孩一样的感觉。她的手柔软如绸缎，真真是一双玉手。可能是李先后表现出来的这种心动，给对方传递了一种信息，第二天对方就主动打来电话，很自然地再次约会。两人都有相见恨晚的意思。

生活中的孤男寡女遇到一起，常被人说成是干柴遇烈火，李先后和姜倩丽或许就属于这样的吧，一个月不到的约会和电话交流，他们就双双坠入爱河，半隐蔽半公开地同居了。

他们两人在外人看来真是太般配了，官位不官位的先放一边不提，只说长相，真可谓是帅哥配美女，一起走在大街上人人都会觉得是佳配。李先后以前不太了解自己，通过这次重择配偶，他才知道自己原来如此抢手。一米八的身高，加上中年发福，没承想无意间成了当前的美男子；姜倩丽则是徐娘半老风韵犹存，加上自身的气质修养和官场上的历练，让人从外表难挑出什么毛病来。姜倩丽自身条件不错，又有好的官职官位，但她丧夫八年来，虽然交往过N个男士，她却绝少能看上，不是对方工作职位不好就是个子太矮或太胖，要不，就是年龄大她太多，再不就是孩子太小或家庭方面的情况不如意。八年间，她曾经有过两个男人，只是人家都是有妇之夫，她只能和他们偷偷解决一下情欲问题。因为自己身份不同，不敢像在宾馆当副总经理的同学李亚菲那样开放。李亚菲曾多次开导过姜倩丽，让她开放点儿，别太委屈自己，人生苦短，享乐不容错过，青春失去永不再来。李亚菲三十五岁已经离过三次婚，后来干脆不再结婚只和人同居。她说自己二十四小时都想过性生活，也可以说随时随地都能做，所以她自己也记不清和多少个男人有过性了。因为从事的服务行业，接触的人面很广，她如走马灯一样不断在换着性伙伴，长的两三年，短的几个月几天也不限，她只图曾经拥有，不讲什么天长地久。几个关系好的同学开始不惜翻脸地劝她，她仍然我行我素，久了，大家也就习以为常，明白了自古流传的“劝赌不劝骚”之俗话。后来，几个朋友们聚在一起时，对她的招呼总是“又换了吗”。李亚菲则面不改色心不跳地如实回答：“换就是换了，没换，说明这个男人还没到换的时候。”

姜倩丽常被大家戏称为“古典”，其实她心里也很想开放一把，潇洒走一回，曾偷偷地和倾心自己已久的一个同学有过一次性生活。那天，同学约姜倩丽吃饭，喝多了酒，他们就去宾馆开了房间，本想借酒遮掩畅快地燃烧一下内心蓄积已久的欲火，结果却让她大失所望。原来长相漂亮、个头中等的同学的东西是那么小，小得她都不忍心看，如小孩子玩家家一样草率了事。从此，她拒绝再和那个同学见面和交往。另外一个是下属一个单位的领导，也是在一起吃饭喝多了，她之前也确实很心仪那个又帅又酷的男人，也明白那人对自己暗送秋波已久，这次尝试的禁果倒让她满意而兴奋，还让她感受到久旱遇甘霖的滋味。也就是从那时候起，她才懂得李亚菲说的话，“女人要会浪”，也才明白高潮时那种死去活来的快活。于是，他们暗地里保持了好几年关系。因为终归不能结合在一起，日子长了，两人之间就生出许多恩怨来，后来渐渐地一年也见不了一两次，再后来就完全断绝了来往。但是，她却不敢像李亚菲一样在人前大胆承认自己的隐私。终于，现在她等到李先后这么一个各方面都能拿得出手，而且年龄相当的男人，她怎能不牢牢抓住呢？她常常要求跟李先后一起在马路上漫步，不为别的，就为了能出一口原来单身孤独的气儿，就为了让路人羡慕地投来一个眼神，博得一些回头率。这么多年了，她一直是那么羡慕一对对夫妻漫步街头的画面，企盼着自己也能有这样的一天，现在她就是想要告诉世界，自己也幸福着他们的幸福，不再是孤身一人了。

李先后也有自己的心事，他想如果和她结婚，也会被赞扬是最般配的一对，如今自己不也找到令人赞叹的女人了吗？所以每当姜倩丽要求逛街时，他就会欣然同意，但他不喜欢如别的情侣一样让女人挎着男人手臂相依相偎地走，而总是喜欢拉着姜倩丽的手走。有一次姜倩丽想跟他亲昵，问他为什么总不让她挎着他的胳膊，他只推说自己喜欢拉她的手，这样的感觉特别美。

姜倩丽很珍惜这份姗姗而来的缘分。她生长在上世纪50年代末，成熟在70年代，那是一种有爱不敢表达的年代，是要把丰满高耸的乳房紧紧地束平坦了，穿上军装充男人的年代。当到了明白了许多事情的90年代后，丈夫又永远地走了，夫妻情爱、男女欢爱，不再属于自己了。她懂得了美，也会美、有资本美了，却没有了欣赏的对象。如今已进入21世纪了，她再不死死地抓紧可怜的青春的尾巴，此生就会遗憾地老去，所以她恨不能使出女人所有的本领，如美女蛇一样紧紧地缠上李先后，让他离不开自己，这样她才能长长地出一口八年来积攒的闷气。

同居，对于中年过来人来说，并不算个事，很自然的水到渠成。没有谁强迫谁，更不存在谁勾引了谁，就那么越过了两人之间的最后防线。李先后怎么也没想到，姜倩丽这个近五十岁的女人还能如此让他心荡神迷，和原配老婆真乃天壤之别。她时而如甜甜的小猫咪，温柔缠绵，娇柔可人；时而又似风情万种的荡妇，疯狂热烈得让人欲罢不能。她丰满而迷人的身段，让他流连忘返，大有此生不虚度之感叹。李先后还在心里偷偷地感叹，老婆跟姜倩丽比，自己以前真像和僵尸做爱一样。老婆对性一直是可有可无的感觉，李先后以前并没注意这些，心想可能是女人本不好性吧，后来听一个医生同学说这就叫性冷淡，为此他还拉着她曾经偷偷地去看过医生。医生先讲大道理：性生活可以巩固加强夫妻间的感情，同时，一个家庭没有正常的性生活是十分可怕的，久而久之，这个家庭可能由于缺少性生活而造成夫妻间疏远、婚外恋和离婚。性学家指出，百分之九十九的性生活失调案例，并不是由于生理因素造成的。如果夫妻之间懂得彼此体谅和关注对方，那就容易获得美妙的性生活，夫妻间的精神生活也会充实美好。实际上，他们并不是没有性生活，只是老婆没有高潮，对性生活也不主动。接下来医生分析了造成性冷淡的原因：工作太忙，身体太疲劳，晚上回到家中已筋疲力尽，压力和疲劳是性激情的最大杀手！一个人没有时间和精力享受性生活，这将意味着他没有时间和精力享受美好的人生！再一个原因就是缺少性幻想，许多夫妻在生活中渐渐失去了性趣，其中部分原因在于他们缺乏性幻想。医生还说对方的不良情绪也会使配偶的性生活暗淡无光，对方在性生活中如持有怨恨、愤怒和紧张情绪，他们的性生活就会不和谐。对于夫妻来说，在性生活中培养良好的情绪是至关重要的。医生还建议采取这样的解决方法：调整一下生活方式，给自己一个放松的时间，在这段时间里吃好休息好，进行适当的锻炼。只有自己完全地放松，才会与爱人更好地相处；要通过各种方式让自己性冲动起来。许多女性一生中从未有过性快感和性冲动，这是十分可悲的。医生建议他们夫妻之间多进行交流沟通，问询对方的感受，如果无法接受对方的性生活，需要说出来与爱人共同化解性生活中的不良情绪。李先后知道妻子的性冷淡属于轻微型的，并没有要死要活的反对过，因此没有把医生的话当回事。老婆则觉得那是羞于出口的话，不单听不进去医生的话，还有些生气，说哪有把这种情况当病的！

李先后现在才明白，女人与女人原来有这么大的差别。他甚至为现在的自己感到庆幸。以前，同事们谈论女人时，他还嗤之以鼻，心想天下女人都一样，没什么好说的，结了婚就知道怎么回事了。如今他完全否定了以前的自己，整天乐颠颠的，真正生活在了甜蜜之中。

每天上下班时，他们两人也有着浪漫的年轻人之举，总会来个吻别，这个吻常常让他受用一天，直到接上下班回来的又一个。有时他们一晚上能折腾几次。星期天，是他们最甜蜜的时候，早晨亲热够才起床，一起听着音乐做好午饭；午休她也不虚度，她教会李先后跳华尔兹和探戈后，每次直跳到两人出汗，然后一起去洗鸳鸯浴，打闹调情一会儿，她就浪声浪气地说："我想要，快给我吧，别让我急死了。"有时他觉得自己不行，就采取别的方法满足她，这样才能安稳地和她相拥午休。李先后感觉，与这样的女人生活在一起才真正叫做浪漫，自己是世界上最幸福的男人了。

两个人高兴，就愿意讲有趣的事，这天姜倩丽说：“世界之大，无奇不有啊！”

“怎么忽然这样说？”李先后拥着她在床上问。

“我前夫特别喜欢抚摸乳房，每次总嫌我的小，他说他看见大丰乳就激动。而你呢，我感觉总是喜欢我的五个手指。我身体的部分，你抚摸我的手是最多的，也是你最迷恋的。”说着，她又一次伸出双手，两个人一起看。

“也说不出为什么，我就是喜欢女人的秀手，特别是肤如凝脂的玉手。你看你的十指上还有小窝窝，我一看就想亲吻，随后一种冲动就会传遍全身。”他说着不由得闭上眼，双手在姜倩丽的手上抚摸着，不住地深呼吸着抱紧她。

“其实，女人的乳房应该是男人的最爱吧？”

“我也说不清楚，反正我是最爱女人的小手。好看的手，像一个可爱的玩具，又憨态十足。在我心里，女人的手也算是一种性器官。如果礼节性地跟哪个漂亮女人握手，握着她漂亮柔软的小手时，我就有点兴奋。以前自己总会偷偷地脸红，心里总想使劲握，哪怕多握一点点时间。”

“我正要给你讲我同学的一个小情人的事呢。刚才我还不理解，想当怪事说给你听，听你这么一说，我觉得也能理解他了，并不是我们平常人想象的变态或者是有病了。”姜倩丽坐正了身体说。

“什么怪事？”

“就是李亚菲刚交的一个小情人，他特别喜欢女人的脚。”

“怎么个喜欢法？”

“她说他们见了面，小情人总是先抱起她的脚抚摸、亲吻。”

“为什么会这样？”

“说不清楚，就像你喜欢手一样，也是各人的爱好不同吧。”

“脚能跟手比吗？手是人体最美最招人的地方，也是最自如最灵活可爱的部分。”

“你有你的道理和原因，人家更有人家的理论和理由。”

“什么理论，什么理由？就是毛病罢了。”

“你啊，开始我也不理解，亚菲还一个劲儿地帮他解释，我听不惯，但是朋友之间不能为这点小事较真儿，我只是在心里耻笑她，没再当面反驳她。刚才听你说了你的感觉，我再想想她的话，觉得还是有一定理由和渊源的。”

“扯淡吧。”

“你别不服气。我问你，古代保持了几千年的女人裹小脚为什么？”

“那是对女性的摧残，你希望把你的脚折磨成那样啊？整个一变态吧。”

“不是女人自己喜欢。是在男权的社会制度下，女性没有地位和人权，统治者或者说当权的男性喜欢女人的小脚。还有，你更应该记得老俗语说：男人头，女人脚，能看不能摸。这不就是喻义着，女人的脚也是性器官吗？再比如说，环肥燕瘦，皇帝喜欢丰腴的杨玉环，唐朝就流行胖女人，以胖为最美，大臣们跟着也找这样的小妾，社会上自然就形成了一种趋势和风气。有句诗还说：皇帝好细腰，宫女多饿死。到了现如今，个别人、另类人的某些癖好还是存在的，社会发展到现在，百花齐放已经盛行，社会应该对有些千奇百怪的人和事物给予宽容理解。”

“可是脚总归不是手，太脏是肯定的吧？”

“不，脚其实比手干净多了。手一天要接触多少东西啊，哪样东西上没有细菌呢，特别是钱上，要经过多少人的手摸；而脚呢，从不接触这些脏东西，整天在鞋子里，还有一层袜子好好包住，只是时间久了，走路多了才闷出来一种气味罢了。可是人家却说，脚汗的味道恰恰也是一种性激素，亚菲说她男友不单亲她穿着丝袜的脚，还把她脱下的袜子闻了又闻，当成美味一样深呼吸，然后再一个脚趾一个脚趾地吸吮。开始她也不好意思，说洗一下吧，那人却说洗了就没味了，没味了就没意思不刺激了。”

“真是这样？”

“我骗你有什么意思！她说，他们这类人群还很庞大呢，小情人这种情况只是其中一种，叫做恋足癖，还有别的很多种呢。他们最崇拜的是酷烈，就是被五花大绑，身上流着鲜血。”

“变态！”

“你又来了！我偷偷在网上查过了，这种人群叫做虐恋，简称 SM。就是他们之间喜欢另类的性爱，如被虐待、毒打，也就是越打越能引起性兴奋，现在社会文明程度更高了，这种人也慢慢被社会承认并接受。李银河还有文章公开支持呢。听说他们还有不小的活动圈子，他们并不强迫或伤害不喜欢那些的人群，这只是他们的一种癖好。”

“她没说被亲吻脚趾时是什么感受?”

“说了一点儿，但是亚菲对性的述说不能全信。她说，想着自己的脏脚被他舔，很不好意思，后经他那么一说，她又觉得有点意思，再后来，他吮脚趾和舔脚丫缝时，亚菲说好痒，还真的能促进性趣，痒得她很想要，有种非做不可的欲望，也让她感受到另一种美妙的性兴奋，她说他们做得有酣畅淋漓的感觉。”

“听你这话，你也想试试?”李先后笑着问。

“去去去！她是她，我是我，我就喜欢你，有你就够，有你我的天下就全了。”姜倩丽撒着娇说。

李先后拍了拍她的脸，又拉过她的手亲着说：“这还差不多，少数人的癖好总归是少数人的，不可模仿不可宣扬。”

同居一个月后，双方都有了结合的意思。姜倩丽说自己孤身了八年，想大办一下婚宴冲冲这八年来的晦气，说抗日那么大的事八年都胜利了，自己的事虽小可是对自己来说也像天一样大，她想让所有人都知道自己终于如愿了。她还计划好请多少人、要多少桌宴席，要在四星级酒店承办，她还要穿上婚纱，正儿八经做一次新娘。她说她第一次结婚根本不算结婚，和平常人没两样，只请了两桌亲友，分了点喜糖，连个双人床都没换，在一间房子里窝住被人叫了几声新娘就算结婚了，三天后两人便各自上班。她恨自己早出生了二十年，说如果自己晚生十几年，一定会嫁得无限风光，活得风风火火，那才叫人生，才不枉活一回。所以，她坚持一定要大办这次婚宴。

李先后不同意的理由也很合理，毕竟老婆刚走两个多月，面子上先不说，儿子和亲戚会怎么样看他？已经年过半百的人了，不能做事像毛头小伙一样不顾后果吧。但是，姜倩丽软硬兼施，娇滴滴地说来道去，他也顾不得那么多了，只得半推半就同意下来。不过他说自己对外不宣扬，谁愿参加谁参加，让姜倩丽不要嫌他这边人少。姜倩丽表示理解，说只要他配合自己就一切 OK 了。最后，姜倩丽选在一家四星级酒店办下了四十多桌。当然，绝大多数是姜倩丽的客人，她姐妹们众多，而且身为政府某办公室副主任，虽然没有太大的权力，却有着广泛的人际交往。她单身这么多年谁人不知，曾被誉为政府第一老美女，现在终于找到了如意郎君，所以她不怕招摇，大家也愿意凑个热闹，特别是再婚这样的事，大家总有一种别样的心情，所以这一天人真是来的不少。

再说，姜倩丽也有意识借此机会多多少少聚敛些小财，所以大张旗鼓地宣扬出去，见人就发请柬。她天天见识那些有权有势的官儿们贪污受贿，她心里都明镜儿似的，只是敢怒不敢言，如今自己结婚收点份子钱又算得了什么呢？名正言顺，不收白不收。

2

典礼完毕，脱去洁白婚纱的姜倩丽，换上了一套紫红色绣花旗袍，显得更加靓丽迷人，早已迷倒了在场的所有男人。大胆的朋友在新郎新娘敬酒之时，借碰杯之际高声大叫道："喝了这碗酒，我就准备自杀了。"场内飘起一片笑声。

因为是老新娘，大家又常在一起开玩笑，都是过来人了，大家说话就很放肆。有一个爱开玩笑的同事，喝得酩酊大醉，大声说："这么漂亮的女人，天天在身边我竟然没发现，被一个外单位的人抢了去，肥水流到外人田了，真是亏大了。"他借着酒力，非要当场跟姜倩丽喝交杯酒，做个公开情人。忙到这时候，新郎新娘还没真正喝上交杯酒呢，他倒想捷足先登了，大家明白这个事不会顺利，就哄笑着闹着要看个究竟，喝彩声此起彼伏，如戏台上的唱段一样进入扣人心弦的高潮，都等着看这戏怎么往下演。姜倩丽到底是见过世面的老女人，临危不惧，她微笑着大声应对着说："可以。我今天是来者不拒，愿喝交杯酒的都给我站出来，站中间排好队去，让我数数有几个，一个一个来，保证让你们满意。"

也别说，她这么一说，场内立刻静了下来，那些叫好的人万万没想到姜倩丽会来这一招。都是有身份的人，谁去排那个队啊，只是看个热闹起起哄，闹点小笑话开心一下罢了。结果，那个叫声最高、提出喝交杯酒的同事也蔫了下去。姜倩丽知道这是个爱出人洋相的角儿，今天也一定不会放过给自己出洋相的机会，所以她早有准备。她心想，只要李先后不小心眼，她什么男人都能应付得了。她也提前跟李先后交代过这些事，说一个单位待了几十年，有关系好的也难免会有磕磕碰碰的，只要大家来捧场就是给面子，来者都是客。所以，她就大胆地支应场面，让整个场面闹而不乱，热气腾腾，这正是她要的效果。最后，她也想搞个小小的报复，在轮到与那个人碰杯时，她狠狠地在同事脸上亲了一口，留下一个完整的玫瑰红嘴唇的造型。又一阵笑声响起，她给桌上另七位同事下了命令，不准他洗掉，如果洗掉了找他们问罪。

还没等婚宴结束，姜倩丽就在心里粗略算了一下，不由得一阵高兴，她光明正大地小赚了一笔。一高兴她就多喝了几杯，腿也不听使唤了，结果只得让新郎抱上车回家。也许是故意要在众人面前撒娇，她双臂紧紧地搂着新郎的脖子，演出了幸福浪漫的一幕。

在回家的车上，姜倩丽在醉意蒙眬中要求李先后拿出他的两桌客人的包桌钱，共计一千八百八十元，说是夫妻也要明算账。李先后本来正在拉着她的手想心事，忽听姜倩丽如此说话，他的自尊心一下子被刺伤，表面上却不动声色，慢慢松开了她的手，心想：这就是二次婚姻的不同。以前老婆和自己从来没分过彼此，也从来没算过什么家务账，自己说怎么样就怎么样，自己也从来没问过老婆家里存有多少钱。而如今，真是不一样啊！难道她和我结婚只是为了收这笔钱财？当着司机的面，李先后只得忍住怨气，松开抱着姜倩丽的一只胳膊，抽出被半睡半醒的姜倩丽压住的左手，点上一支烟。

李先后的儿子在本城上大学，而姜倩丽的女儿则在上海工作，所以他们把新房安在了姜倩丽家。双方都是干部，没有多少财产，也从来没有坐下来论一下财产的共有与分派之事。同居时，谁有时间谁就买一些食物回来献给对方，生活得很协调。不过，认起真来，当然还是李先后买得多。婚礼前，自然李先后也给姜倩丽添置了几套衣服，并给了她五千块钱，他认为这样已经很奢侈了，比起和第一个老婆的婚事来，那时他们两人只花了几十元钱结婚，后来不也过得很好吗？不是发生车祸，他们一定能相守终生、白头偕老，不料想就在这婚礼刚结束之际，李先后就像吃了个苍蝇一样难受。

新婚之夜，本是一刻值千金的好时光，他却怎么也提不起精神，更找不到以前美好幸福的感觉。最可气的是，姜倩丽被他半抱半扶回到家后，躺到床上鞋还没脱掉，却一骨碌坐起来，把手伸到他脸上跟他要钱。他气不打一处来，出口骂道："你要钱还是要人？"

"都要。"姜倩丽仿佛并非很醉，执著地向他伸着手。

"给你！"李先后实在气不过，颤抖着手从兜里掏出两千块钱，狠狠地摔到姜倩丽脸上，她头一偏躲过了摔过来的钱。

姜倩丽并不生气，只是眯着眼看了看他，没有立即拿钱，起身简单洗漱了一下睡了。睡时她并没忘记今天是他们的良宵佳夜，半醉半醒地依然要和李先后亲热。李先后伤心地想，新婚夜不理你，让你抱住钱睡去。姜倩丽见他这样，已明白他的心思，就故意说："你不做可有点吃亏，任何人都知道我属于你了。"

他仍不理她，转身扭过脸去，可是姜倩丽在他背后紧紧地抱住他，抚摸他，并如小猫一样先舔他的后脖颈，再慢慢往下，说："男人在这样的情况下只有一种人不做，那就是性无能者。坐怀不乱的柳下惠如今早就都死光了。"

李先后就是硬忍住不理她，并不断婉拒她的亲昵，一次又一次推开她的手。姜倩丽使劲扳平他的身体，面对面只有一寸距离地问他到底做不做，口气很不客气。听到她用如此嚣张的口气对自己说话，他又一次扭身到另一边去并拉过毛巾被盖上被姜倩丽脱光的自己。姜倩丽冷笑了一下说："好，你不跟我做，看我自己一样过性生活。今天我当着你的面做给你看，只要你不嫌我污辱你。"

于是，她真的躺在李先后对面，自己用手动作起来，并不断地发出浪叫声，嘴里还不停地重复着和李先后做爱时说过的情话。任何男人在这种情境下再不行动，可能都是奇耻大辱，想想自己也不能过分了，已经结婚了两人应该互相宽容容忍，他就打了一下她正在运动的手。姜倩丽见他有了缓和之意，就猛地放平他的身体，骑了上去……

李先后是那种酒精能助性的人。原来他每次喝了酒都会跟老婆做爱，不管老婆愿不愿意他都要做。今天他一直在忍，这会儿他发狠地想，不干白不干。再说，看到她诱人的胴体，他也实在忍无可忍，就是火海也要跳下去。他不知道姜倩丽已经给两个人都做了手脚，他们连做了两次才休息。天刚亮，他又一次动作起来，中午仍然有强烈欲望，姜倩丽就说："我受不了了，你太棒了，我的好男人，你是天下最牛最雄的男人。"

听听这话，不是又加了一味春药吗？

李先后没想到自己生气时别有一股猛劲儿，又听了女人的叫喊，他大有要驯服烈马之势，却不知道是外力的作用。而姜倩丽更是一发不可收地"洪湖水浪打浪"，嘴里不断发出快乐而幸福的叫喊，还狠劲地骂着要干死他，一次次在幸福到极点时就大哭起来。男人的本性大都好斗，特别是在性这种极显雄性的事上，他们总想彰显出自己是最棒的，喜欢被配偶夸，每当这时，他们心里就像打了胜仗的将军一样感觉美不胜收、骄傲无比。李先后也不例外。

3

第二天，姜倩丽很自然地收起那两千块钱，丝毫没有不好意思。生活仿佛又回到了平常。但是，这却是两人心中的一个结。李先后每月月初交给姜倩丽一千元生活费，姜倩丽说自己做美容很花钱，也是为了给他挣面子，所以每月月底必须再给五百元化妆钱。他本想将就着这样风平浪静相守到老的。可是，再婚夫妻的相处远远没有那么简单。比如，去谁家亲戚买东西怎么出钱，一起在街上吃饭谁买单，双方的孩子怎么给钱等，诸如此类小事，慢慢的小矛盾集结在一起就成了一个大结。

李先后认为他已经多交了生活费，就不该再自己出钱买生活用品和食品了，就是在街上吃饭也理应姜倩丽出钱才对；而姜倩丽则认为，你一个大男人，平白无故地就住我的房子用我的家具，娶上我如此光彩的老婆，要地位是处级，论长相是美人坯子，没负担，连个结婚钻戒都不舍得给买，只花了几千块钱那么轻松地打发了我，于情于理我都太吃亏，你李先后也太不把我当回事了，自己真是又一次贱嫁了。

他们虽然都没有直接说出来，心里却都有着万分委屈。以姜倩丽身处的位置和身份，工作生活中总有占不完的小便宜，以前在外面吃饭啊玩啊，哪有让她付账买单的事发生？她以为与李先后一起更应该是这样，这难道不是天经地义的吗？俗话说：买起猪垒起圈，娶起老婆管起饭。你除了例行公事的交生活费，都快成铁公鸡了。于是，小矛盾逐渐演变成了生活的主要矛盾，分歧也日益扎下根来，后来竟然发展到两个人在大街吃个雪糕也要各出各的钱。李先后就气闷得想骂，可是眼前的女人不是前妻，没有任他发脾气的空间，他话到嘴边也只能换了乜斜看她的眼神。

姜倩丽看到他的表情，更是心里委屈，以同样的眼神回敬他。女人得不到男人的呵护，岂能不更生气？

李先后还是忍不住讥讽地说："你真会疼男人！"

"你也太懂得疼爱老婆了！"毫不示弱的姜倩丽瞪着眼回敬道。

"你这样就能留住男人！"

"没有你，地球一样转！"

"你……"

"怎么样？"姜倩丽一样故意乜斜眼看他。

不说这话，他们之间的关系也许还有回旋的余地。听了姜倩丽说出这样的话，李先后猛地摔下刚吃了一口的雪糕，坚定了离婚信念，怒目圆睁，见姜倩丽皮笑肉不笑地冷冷看他，并没有丝毫歉意，他大踏步地转身离去。

他走得特别快，仿佛姜倩丽就在身后撵他，要向他道歉。但是，他想，即便这样，他也决不原谅她。然而，身后并没有姜倩丽的影子，只是一个接一个被他甩在身后的路人。路上根本没有人多注意他。

过马路时，为躲汽车他差点跟一个迎面而来的女人撞上，他这才明白过来，自己不该走这么快，并没有人追他。他在一刹那间迷糊过来，原来自己不知不觉中已经快走到原来的家了。既然走到家了，就上楼吧，他找出钥匙打开门，家里依然是原来的样子，儿子每周末回来，所以家里依然干干净净。他懒得换拖鞋，就一屁股坐在沙发上，摸出身上的烟和火，刚点着就狠狠地猛吸一口，一支烟被他一口吸去三分之一。

随着烟雾的升腾，李先后的心情也渐渐冷静下来，禁不住想姜倩丽这个女人毕竟是一个有职有位的社会女性，她有自己的思想和观点，不可能听自己的，更不会如前妻一样跟自己一条心，只能被别人称为是好夫妻，却无法变成温暖夫妻，更谈不上是恩爱夫妻。常言说：鞋子穿在自己脚上，只有自己知道舒不舒服。

他一个劲儿地想自己现在的日子到底幸不幸福，又跟原来的生活作比较，深深地感觉到有所得也有所失，有幸福更有心酸，最多的应该说是无奈。想来想去，他竟忘了去吸第二口烟，烟很快就燃到尽头，甚至要烧到他的手指，猛然间，他想起社会上人们传说姜倩丽这样的女人是“白狐精”的化身。

以前他并不在乎这种谣传，认为是无聊的人嚼舌头，可是今天，她却对自己说出这样的话，她什么意思，是不是要露出了潜藏着的狐狸尾巴？

小时候，奶奶爱给李先后和弟弟讲狐狸精的故事，有一次讲了一个狐狸精吃男人的故事。奶奶说，普通的狐狸在深山老林里修炼到一百年以上，就成精了，想变成什么就变成什么，于是它就变成美女的样子勾引男人。它把男人缠得没了精神，把男人身上的血喝完了再把男人吃掉。当时他弟弟就抢着说：“男人为什么不走呢？”奶奶说：“那狐狸是世上最狡猾的东西，男人鬼迷心窍了，哪里走得了！”李先后到底大几岁，就摇了摇头说：“我不信。”奶奶说：“你们还是孩子，不懂。开始的时候，男人都是不想走的，后来是想走也走不了了，狐狸精把他的血都吸干了，还能走得了吗？”那时，李先后不懂得为什么男人就那么傻，就那么不动弹地让狐狸精吸自己的血呢？虽然他理论不过奶奶，也说不出反驳的道理，却就是不相信。奶奶笑着说：“等你们长大就明白了。”他坚定地说：“我决不做那样的男人，看见狐狸精就打死她。”“好啊，我的孙子不会的，先后长大了一定是奶奶的乖孩子，成个有气候的男人。”奶奶拍了拍他的头，并没告诉他们正确答案，又纺起她的棉线来。是啊，老人不可能告诉他男人怎么那么傻就让狐狸精吸自己的血，现在他终于明白，狐狸精吸的是男人的精血。

回想结婚晚上自己的特殊表现，李先后后来才明白是姜倩丽做了手脚，这不明摆着在设陷阱吸干自己吗？想到这儿，他感觉后背一阵阵发冷，有股冷飕飕的寒风吹遍全身的感觉，直凉到心底里去，几乎要结成冰了。当初自己为情所惑，鬼迷心窍，竟然不把这致命的事当回事，全抛在脑后了。仔细想来，姜倩丽的前夫不就是死于非命吗？我还不想死，美好的人生才过了一半，他一瞬间怕到骨头缝里，寒到心窝子里，一股从心底里生出的胆寒刹那间传遍全身。他急忙靠在沙发角落里，仿佛给自己找到了一个存放心的窝儿。

这种思绪一直在围着他转，他反复地想，姜倩丽不是自己的原配妻子，我没有多大的责任要付，大不了再丢一点钱，钱是身外之物，我可绝不能把命葬送在她那里。离，别无选择！于是，李先后当晚就没有回去，分居从此开始。

姜倩丽虽然有一万个委屈，但在心里，她却不愿这么快结束这次来之不易且完美一时的婚姻，更不想让这种人人看好的美丽婚姻成为昙花。

离婚，对她来说是很残酷的选择。自己已经单身八年之久了，有一次重感冒，整整在家躺了一天一夜滴水未进，嘴干得都裂出大口子了，她浑身没有一丝力气，挣扎几次也没能起得了床，那时她流着泪在心里想，哪怕嫁个最不喜欢又无用的男人，也算有个伴儿，生病时也不至于这么可怜啊！最关键的是女人老后，更怕孤独，现在自己整天上班有人说说笑笑，工作休闲都能有伴儿，可是一旦退了休，那将是多么无依无靠啊，还有谁愿理自己啊，她不敢想。再说，她这样大张旗鼓地办了婚宴，很快离婚面子上确实也过不去，她不能自己抬手打自己的脸。这关键的两条足够她坚定不离的决心。但是李先后怎么也不愿再回这个家了，她就去他家里住，但是他也不理，再说她一个有身份和地位的职业女性，也装不来那种低三下四的小女人态，凭什么热脸贴他冷屁股呢？后来她就不再去了。一直这样僵下去也不是个法子，怎么办？正好她单位有一个去上海学习的机会，是三个月时间，她想通过这么长的时间，好好地静一静，两个人都冷静下来，那时候李先后也许就不这么倔了。给他一个回旋的余地吧，男人是死要面子，这样也算是给自己的爱一个回旋余地，她想。

姜倩丽走后，李先后更不想去她的家里，他已经不把那里当做家了，所以每天下班时间到了他也不愿走，不是在电脑上玩象棋，就是看报纸打发时间。这天，他觉得特别孤独，渴望有谁打来要请客的电话或是同事朋友约着喝酒，结果等了一下午也没有一个人邀约，他倍感落寞。下班时间过去多时了，他还赖在办公室不愿走，一直在那胡乱翻看着报纸，突然，他看到了一个从前不喜欢看的题目：中国离婚率的几次高潮评析。

中国离婚的三次高潮，即除了上世纪50年代初和70年代末开始的两次高潮外，60年代初伴随着自然灾害过后的经济复苏，也出现过一次离婚高潮。但50年代初、60年代初的离婚高潮具有骤升骤降的特点，而70年代至今的高潮则呈现缓慢上升趋势且离婚率持续增长十多年仍无下降迹象。作者对三次离婚高潮的法律、经济、政治和意识层面的原因作了分析，并指出1980年婚姻法的修改对70年代末开始的离婚高潮的影响远不如50年代那么直接、深刻，而“文革”期间积攒的夫妻感情危机的显性化、现代人婚姻观的变化和社会对离婚的宽容是目前离婚率持续上升的主要原因。

以往的文章都推测中国的协议离婚比重由低趋高，沿海、经济发达地区的离婚率为最高，离婚女性再婚难，而本文则以可靠的资料论证了当前中国离婚的特点是诉讼离婚的比重由低趋高，少数民族聚集地区的离婚率高于汉族地区以及女性离异后的再婚率高于男性的特点。

还有实证调查的结果，揭示了婚外恋始终是夫妻反目的主要原因而并非是近年来出现的新倾向，且始终是男性起诉离婚的首要理由；丈夫暴力则在女性自诉的离婚理由中占首位。此外，维系婚姻的政治因素比重下降，经济因素比重在持续下降后又趋上升，而性和谐也成为衡量婚姻质量的一个重要指标。

据预测，中国的离婚率将在相当长的时间内持续、缓慢地上升，这是因为以往离婚的增长主要集中在城镇，而随着农村职业流动的递增，农民物质生活水平的提高、观念的更新和选择机会的增加，农村中的一些低质量婚姻可能解体；资源的重新分配和社会分化，两性独立性及个性的增强也将增加一些夫妻异质整合的难度；个人生活与社会生活的分离、家庭结构的小型化也使婚姻冲突缺少外力的缓冲；人口平均寿命的延长将使中老年夫妇选择离婚增加。但该文同时指出，观念的衍化是一个长期的过程，加上中国民间纠纷的调解系统仍较完备，社会规范依然强调两性的家庭职责和婚姻道德，故离婚的增长速度在相当长时间内将是缓慢、持续，再婚也将与离婚同步增长，因此没有必要担忧婚姻离散趋势扩大从而危及家庭稳定和社会安定。

4

三个月，相对于人生来说只是瞬息之间，但对于李先后来说，却是一个作打算的好时段。如急流而去的浪头，遇到堵挡的石头不断打着渐缓的旋涡，流水在遇到外界堵挡时，不得不停下来做个缓冲，李先后认为他现在也应该这样子，自己给自己设一个生命之闸。洪水回旋时能沉淀很多泥沙，人在这样的回旋中也能明白许多哲理。他想慢慢地、慢慢地自然老去，不愿与美丽的昙花为伍，不能就这么傻傻地当个被狐狸精吸干精血而死的男人，李先后这样想着，自然就下定了决心。

而姜倩丽也是好好利用了这段时间。她刚到上海报完到，安置好一切后，就急急找到一家美容条件上乘的美容院，接受超一流的美容修复。她想，一个女人一生能有多少青春？房子有了，女儿基本安定下来，手里的储蓄只给自己消费，吃穿都花不了多少钱，投资到美容上才最有意义也最重要。她打定了主意，要在这三个月里把自己变得更靓丽。她想，不管你李先后怎么转不过弯来，你有你的瓷器活儿，我有我的金刚钻，等回去时，给你一个大惊喜，让你看到我如此漂亮，不怕你还不放弃离婚的念头！天下男人，谁不想自己的老婆天仙似的？她一高兴就打电话给李先后说上几句情话，并不说自己在做高级美容护理，只是在电话里娇柔地说："老公，人家想你，怎么离得越远就越想啊？"虽然李先后那边传来不冷不热的回应，她依然沉浸在自己设想的甜蜜中。因为距离的关系，这一段时间两人仿佛没有那么僵了，尽管有时候他不接电话，她也会自我安慰地想，他一定是在开会或开庭，却丝毫没有往别的地方想，也不去责怪他。一个人在高兴的时候，看事情分析问题都会很乐观。

三个月终于过去了，姜倩丽没有撒娇地让李先后去接站，下了车自己打的直奔李先后的单位而来，她要给老公一个惊喜。

快要下班的时候，紧张工作了几个小时的人们，要么急于把手里的工作做完，要么就是看着表针不再工作，静静地稍做休息等着下班。市法院更是这样，没办完的案子要加班加点审理，办完了一宗案就可以自由轻松地讨论一下案情或人情世故。特别是民事案件，稀奇古怪的案例很多，民事庭是一个最能让人长社会知识和人情伦理的地方，更是一个人们见怪不怪的地方。

比如，李先后正在办理的这个案子，是一对夫妻生气后男人不辞而别离家出走，女人王小花到处找不到他，只得一个人带着两个孩子苦熬。熬了两年后，王小花从别人那里打听到自己的男人当了和尚，她怎么也不相信，就千查万寻终于得到他的地址，她就找了过去。当眼前的寺庙和一身佛装、光头的他出现在她面前，她哭笑不得，她头也没回就下山了。

这后来，男人倒是有信了，寄回来几张关于历代几个名和尚出家前后的故事光碟，其中有清朝顺治皇帝福临出家的故事片，孩子们看着笑着，她却泪流不止。当她决定起诉离婚时，男人却回到家来，并不同意离婚。住了几天后又一次失踪了，依然没留下只言片语，女人又一次找到寺院，给男人送去了法院传票。

这次开庭与别的案件大不同，没有证人和旁听人，更不用说律师了。李先后是审判长，他和单位的小张、书记员小陈三个人面对被告和原告代理人，法庭显得很冷清，大家严肃地面对面坐着。小张宣布开庭：此次开庭，是王小花起诉陈理亮离婚一案。此次开庭，公开公正，有庭前准备、法庭调查、法庭辩论三个步骤。开庭时，不准录音、录像、拍照等。下面开始庭内调查，由原告宣读起诉状。

王小花未曾开口就放声大哭了起来。而她对面的男人，则没有表情地低下头不看任何人，李庭长只好把眼光转向小陈。因为小陈也是女同志，女人之间好说话。机敏的小陈立刻明白了庭长的意思，放下笔走过去，轻轻地拍了拍正颤抖着双肩哭泣不止的王小花说："这里是你说理的地方，法律不相信眼泪。"然后又为她倒了一杯水。

王小花这才忍了几忍悲痛，喝了一口杯里的水，稍微平静一些说："我和陈理亮半是由人介绍半是自由恋爱而结婚的，婚后有一儿一女，生活不算富也不算穷，夫妻感情虽不惊天动地却也没什么大矛盾，他一直是家里的一言堂，我觉得为了一个家能过下去，总是听之任之。五年前来到省会做生意，每次他进的货都不太好卖，而我进的货却总能畅销。两年前，为了一宗生意，我倾其家里所有跟人家订了货，他骂我狗胆包天，说我进了城市就不善待他不听他的话了，越来越不把他当男人看了，等等，非说我订的货卖不出去，坚决把订货退了要回了钱，还认罚地赔了不少定金，为此我们吵了一个月。结果呢，我偷偷地又进了一小批同样的货却供不应求。为此，我确实骂了他，也好久不跟他说话，最终，他就这样不辞而别，一去两年多没音信。”

王小花忍不住又上气不接下气地抽泣几声，一副伤透心的样子，接着说：“两年里，他跟老家联系都不告诉我个信儿，我是你的衣服不想要就扔了，可是孩子们总是你的骨肉吧，竟然也不问一声他们的死活。就这，他们家里的人还一致说是我狠毒，赶走了男人，也合起伙来给他保密，后来还是从一个远亲那儿找到的地址。当我找到他所在的寺庙里时，他还一副爱理不理的样子，让别的和尚出来跟我说事儿，他什么也不说就再不给我面见了。万不得已我只得求助法律，请法官们为我做主。”

“我不是回来过一次吗？”陈理亮终于说话了，也承认王小花说的是事实。

陈理亮一米七五的个子，浓眉大眼，一脸的平静，仿佛王小花痛哭流涕声讨的并不是他，他只是充当了一个和事佬。再看他，上身浅黄色和服，下配深蓝色裤子，圆口黑布鞋配着白色袜子，像过去的老太太一样打着绑腿，坐姿一直不曾动过，就那样静静地谁也不看。大家都有点生气地看着他。可他依然无动于衷，旁若无人的表情。

当李庭长问他不离的理由时，他依旧以平静的声音回答道：“孩子还小，等他们长大了我会同意离的。”

“你既然知道自己有责任养育孩子成人，为什么选择出家呢？”李先后严肃地问。

“为了赎罪。我们每个人的罪都太重了，前世做坏事多，所以这一世一定得赎，不然死了以后，下辈子就会变成猪、狗等动物，也要任人宰杀；下下辈子如果再不赎，就要下十八层地狱，被下油锅甚至活剥皮。”

大家气恼也只是气恼，无法反驳他的话，只是觉得这人有点不正常。王小花气愤地说：“你的上辈子和你的下辈子怎么样，你能知道？”

“当然能知道。修到一定的法力，我想看哪一代的事就能看到了，所以大家都要积德行善，不杀生，不作恶，不贪财。”说完他还真的当庭来个双手合十，念念有词地“阿弥陀佛”。

“见你的狗屁佛主吧！说得多好听，你赎上辈的罪，你上辈子杀人放火了，你看到了？”

“我们不能以为看不到的就不存在。比如，我们见过爷爷，可是爷爷的爷爷的爷爷我们谁能见过？那么，我们不能说他们不存在吧，所以说要相信轮回。大地万物都是有轮回有因果的，没有因就没有果。我佛慈悲，普度众生。”

“你有本事把我也度去？”

“佛本不度人，只有人自度己。”

“你现在赎的是上辈子的罪，那么你这辈子的债什么时候赎呢？你生了两个孩子，他们正在嗷嗷待哺，需要你付出和养育的时候，你却撒手而去，这个罪怎么赎？”王小花愤怒得满脸通红。

“孩子的出世，只是父母行房事时的结果，是自然而生成的，并非是父母的责任。他们既然来到世上，自有他们生存的空间。再说，如果你不想管他们，我可以把他们带走，他们想上学我们有佛教学校，想出家行善那就更好了。”

真是世界之大无奇不有，把书记员小陈惊得张大了嘴，也忘了记录了。这时只听王小花说：“你老陈家的祖坟埋到和尚窝了，让你们子孙都去当和尚去？”

“那也不是坏事，多一个人积德社会就多一份功德。”他仍然平静如初，没有丝毫气色。

“功德你娘的×！好好的日子不过，你害我一生不说，还害得孩子们爹没个爹，在学校都不敢说关于你的事儿，将来他们当杀人犯抢劫去，你就更有功德了。还不如你死了呢，你死了我们还落个清净。”

“那你就当我死了吧。”

“你真死了我还用上这儿吗？你就当你自己死了，在案子上签个字同意离婚不就行了？”王小花有些歇斯底里地叫道。

“……”一直平静着应对自如的陈理亮终于闭上眼，不再说话，很微弱地又念了声“阿弥陀佛”。

法律就是法律，都这样了，陈理亮不同意离婚，也一样没法判。如果是普通的离婚案，分居两年以上，判定离婚应该无丝毫异议，然而，婚姻法并没有规定和尚不能在婚，而且他也有回来过的事实，女方又拿不出对自己有力的分居证据，离婚案只得择日再议。

如此这样的婚姻，于情于理都难以行得通，可是他堂堂一个法官就是判不了，拿不动那支写判决书的笔。想想这样的事，李先后就觉得窝气，看着王小花哭得那样痛，他不由自主地就来了气。按说他一个民事庭的老法官，早已历练得刀枪不入，不该再为案子里的人和事困扰了，可是这个事他怎么也控制不了自己的情绪。

当同事们都放松了情绪，准备下班时，姜倩丽正好婀娜而至，给市法院带来了一阵香风，一下引起了小小的骚动。有几个男人投来的目光里包含着贪婪与渴望，有的脸上暗藏着羡慕和妒忌，一个个半真半假地大发感叹，纷纷说老李交了桃花运，老了老了却风光再现，看人家新老婆，要职有职，要人有人，要品有品。不是有那句话嘛，男人什么都可以没有，一定要有品；女人什么都可以没有，一定要有味。有个爱开玩笑的同事就大胆地说：“看看老李，我恨不能也来一次婚变！”

于是，大家纷纷感慨，并戏说李先后是因祸得福，艳福匪浅，如此标致的老美女当是另一番滋味。

姜倩丽的到来，着实让李先后也吃了一惊，他不敢相信推门进来的美女竟然是自己的老婆，一点思想准备也没有。知道她近几天要回来，却怎么也想不到，她那么爱撒娇的女人会不让自己去接站，而且电话也没打一个，既然你这样静悄悄地，那么你就安安生生地回家就行了，有事关上门好好说，干吗要来单位招摇过市啊？想到这儿，他瞬间生出些许烦躁，只得起身看着近在咫尺的姜倩丽笑笑说：“怎么这么快就回来了？”

“怎么了，不想我啊？”

分别三个月，她竟然更靓丽了，脸上找不到一条皱纹了；衣服呢，时髦又前卫，让人从她的后背看去，如少女一般，谁敢说她是将要半百的黄脸婆？哎哟哟，这不活脱脱的老妖精啊！跟她并肩走到一起身上都会发酥。

他怎么也没想到姜倩丽会来办公室如此招摇过市，这样看来，离婚更不能马上行动了。两个人说着话，他简单收拾了一下，就锁上办公室的门，和姜倩丽一起下班，回她的那个家。

有些事，是人的思绪决定的。当一个人高兴时，他看什么都是和善的、美丽的；而当他烦躁或生气时，他看什么都是另一种心态，对一切就不会那么有耐心有兴趣。

姜倩丽看到法院的男人们一个个以那样的眼神看自己，飘飘然的感觉顿时升腾起来，又见李先后刹那间惊艳，忙着下班陪自己回家，更是高兴至极，猜测着他一定对自己改变态度了，一定会急于回家做好事了。于是，她更显得情意绵绵，把手拉箱硬塞给李先后，亲昵地用手去拉李先后的手。李先后则有意无意地与她分开了一点距离，姜倩丽也不在乎，仍然兴致高涨地跟丈夫滔滔不绝，她想只要一起回家就好。总之，姜倩丽认为他们是一路兴高采烈地回到家的。

姜倩丽想要把握住久别胜新婚的时机。她很会浪漫，也爱浪漫，妄想把这种浪漫变成永久。她边脱鞋边撒娇地狠亲李先后，双臂紧紧地抱住李先后的脖子，抬起双腿紧紧地夹着他的腰身，浪情地说：“我要，现在就要，想死我了。”

由于她太兴奋，刚做过美甲的长指甲不小心在李先后的脖子上划了一条长长的伤痕，他感觉一阵刺痛，扭头再看自己曾经迷恋过的那双手，十指上都奇怪地长出了很长的鲜红指甲来，他眼前忽然就晃出《聊斋》里狐狸要吃人时，那瞬间长出的长指甲镜头。他不由得激灵了一下，打了个冷战，感觉浑身的汗毛都竖起来，差点就要冲口而出地叫她“狐狸精”了。可是，他还是静了下来，觉得自己有点可笑，虽然自己不喜欢女人长长的指甲，世面上却在如火如荼地流行着，不知道别的男人怎么忍受女人这个爱好的，或许还有许多男人喜欢狐狸的吧？女人打扮得美，不就是给男人看的吗？可是他却并不喜欢这些，看来，女人有时候是自以为是地在打扮给女人们互相看的。比如瘦身，有几个男人喜欢瘦女人啊，在他眼里，女人丰满才是最美的。一个女人，瘦得没胸没臀的有什么看头，跟个木桩有什么两样？所以说现在的世道啊，女人们都在自己瞎折腾，并不明白男人喜欢什么。李先后很不高兴地让她松开手，自己去了卫生间。

他在心里觉得自己没喊出那三个字是对的，夫妻间就是要容忍为怀，即便过不下去真要离婚时，也还是要给对方留点美好的东西，不能让自己成为一个斤斤计较、小肚鸡肠的男人。

姜倩丽也匆忙去卫生间，打开自动热水器简单地冲洗了一下，然后霎时间，两个人就在床上融为一体，一股接一股的激流使他大汗淋漓，欲罢而不能，而身下的姜倩丽更是叫得欢，嘴里不住地骂："我要把你干死，你永远是我的男人，这个东西永远是属于我一个人的。"

李先后就要达到最顶峰一泻千里时，忽然听到姜倩丽这样说话，就立刻抽出自己，翻身下床去了卫生间，禁不住全身起了一层鸡皮疙瘩。他顾不得把自己擦一擦，就打开冷水管把头伸过去，被猛烈的冷水激得清醒无比。这时他抬起头，对着洗浴镜定定地看着自己的脸，那里有一个满脸的水滴和汗水混合在一起的男人，心里想，他是你老李吗？你忘了，前段跟一个要好的朋友说起过她的事了吗？

李先后曾因为离不离婚的事，一度陷入极度苦恼中。三个月里，他也一直在作着思想斗争，总觉得离难，不离更痛苦。一个人为了面子，一直生活在痛苦中，就是姜倩丽不克他，他也觉得自己会得病，这样长久下去，自己可不就得死啊。于是，他约一位好朋友喝闷酒，喝酒时，他假装说的是自己办理的一个离婚案件，案子里有这么可笑的事儿，那男人也是再婚，却娶了个另类女人，后来才听到社会的讹传，又因为女人的前夫正是无病而亡的，他怕女人再克死自己而起诉了离婚。在大家眼里，他们是极般配的夫妻，认为女人做他老婆真是再合适不过了。他开始也这样认为，除了女人把钱看得重点，让他觉得不如前妻好，他们之间并没有原则上的分歧。后来，他们分居了一段，他又犹豫了，但是，他自己说他不敢想以后，越想就越觉得可怕，怕到骨头缝里。

朋友先是哈哈笑了几声，调侃着说：“那女人可以找个‘青龙’的男人结婚，那样才真是绝配。”

李先后没听懂，露出一脸的疑惑，朋友笑他傻，他才迷过窍来，也笑了笑。到了，朋友也没给出他确定答案，只感觉他不太看好这宗婚姻。于是酒就喝高了，他被朋友送回了家。

看着镜子里的自己，他摇了摇满脸是水的头，里热外凉，体内的激情也渐渐平息了，他让自己冷静下来，强迫自己清醒、清醒再清醒。

有些事，一旦在心里扎了根，要想赶走并不容易。比如，谁的亲人得了绝症，他会对寿衣店和花圈之类的东西很敏感，在无意间看到就能从心里生出惧怕来；如果某人家里有老人或病人，他往往最怕听到刺耳的救护车尖叫声；还有一些孩子未归的父母们，最怕听到拐骗儿童或绑架的消息。而此时的李先后，听到姜倩丽不在意的床上骚情话，他没有把那些话列在女人撒娇的语系中，而是归拢到自己的心事上，所以他才怕到骨子里。

白狐精，她已经露出真相了。听听，她要把我的精髓吸干，要整死我才罢休，她前夫一定就是这样被她整死的，要不然一个好好的男人怎么会无疾而终呢，分明是没有精髓了。电影、电视里的狐狸精是把人引到屋子里迷倒，然后吸干他的全身血液，留下一堆白骨才扬长而去。在真正的生活中没有那么戏剧化那么惊恐可怖，但她却也会慢慢地吸尽男人的精血，让人缠绵激情、流连忘返。正常的近五十岁的女人了，哪儿会有这种浪劲儿，还乐此不疲？快五十了，还这么喜欢性，可见不是一般凡人。她长得那么漂亮，自古红颜是祸水，如今她是在要自己的命，这样日复一日，要不了几年，她定会要了我的老命啊！天哪，我还不想死，那我就得快点离开她，这样才能保住我的命呀！

此时的姜倩丽，却不知道为什么，李先后忽然停止了做爱，她认为是他想冷静一下情绪来延长年龄大不能坚持长久的时间。她想也难怪，他毕竟是过了半百的男人了，再激动再渴望，也难找回二十多岁的勇猛了，这样缓解一下，也是能持久战的一种好方法，所以她并没有及时叫他。当她等了十几分钟却没听到动静时，才起身走过来，见李先后痴痴地看着镜中的自己，脸上有很多水滴，她认为是李先后累出的汗水，撒着娇说：“怎么了亲爱的？

我还要……”

李先后看也不看她，甚至并没听进去她的情话，一下甩开她抚摸自己的手走开，转眼已穿上衣服，并找出烟，坐在沙发上大口地吸着。她这才觉得有些不对劲儿，也只好回身去找出性感漂亮的睡衣穿上。她扭扭捏捏地走过来，半是撒娇半是嗔怪地一条腿跪在他坐的沙发边拍着他的脸说：“亲爱的，我不好吗？你生气了吗？”

李先后并不领情，指了指旁边的沙发说：“你去那边坐下，我有话跟你说。”

“说什么？我要坐在你怀里，两口子有那么严肃吗？”

“你听清了，我要离婚！”说完他狠狠地把烟头摁到烟灰缸里，起身去穿自己的外衣。

姜倩丽一下子傻眼了，忙跑过去紧紧地抱住李先后，声泪俱下地哀求道：“我不让你走，请你留下来。”

“不行。我主意已决，你别这样了。”

“我为了挽留你躲出去这么久，又为了你才在上海花大钱做美容，我日思夜想，天天给你打电话，这一切难道都是徒劳吗？”

“是的。一个人再美，只要对方不爱她，那也是没用的。”

“你就是铁石心肠也被我暖化了，怎么就这样绝情啊，听你这话里的意思，莫不是已经有意中人了？”

“你别没意思，我老李也不是那种朝三暮四的男人。一码归一码，别瞎扯淡。”

“我的好老公啊，你也是过来人了，谁家的烟囱不冒烟哪，天下哪有夫妻不生气的？床头打架床尾合嘛，我们就那么一点点小矛盾，我也反复跟你道过歉了，又为你煞费苦心地做这做那。我怎么才能留住你，你告诉我，我一定尽量做到，好吗？”

“你不用留我，更不用再费任何心思，我去意已定，谁也不能让我改变主意。”

“这么说我们是没有回旋的余地了？那我就是不同意离婚，有本事你去法院告吧。对，就在你们院起诉吧。”

“你也是个小领导，在官场中混的人，我们都要点面子吧，还是协议离了吧，谁也别伤害谁。”

“你还知道面子？你还知道伤害？我们三月份认识，四月份同居，六月份结婚，七月份我去了上海三个月，这不，我刚刚回到家，屁股还没暖热呢，难道我们就这么去离婚？就算我们有点矛盾，那也是正常的新婚夫妻磨合期，我们都是中年人了，彼此都有自己的秉性和脾气，如二手车一样，哪怕是辆劳斯莱斯，也要开一程才能知道它的性能，才能熟悉它的功能啊！我们现在还不够了解对方，还摸不透各自的脾性，不知道对对方该绕过哪一段又去重视哪一段，一旦时间长了，彼此互相完全融入了对方，那时我们自会理解、容纳、接受对方。如果到那时候，你还坚持走，我也没意见，不会这么苦苦挽留你，可是现在你总得给爱一点回旋的余地，我们毕竟真心相爱过，无私地心动地爱到心里去过，你更要给我们一个转身的空间，让我们都冷静一些，静静地前思后想一下所得所失、孰轻孰重。谁都不可能没有缺点啊，你难道是完人吗？”

“我没说我没有缺点。我们结婚，我没有送你贵重的钻戒，住到你家，婚后也不想把所有工资交给你，但是我给你的钱已经不少了，你也有工资，男女都应该是平等自立的，你也没有给我买过什么，南方人还在搞什么AA制呢。”

“你是男人，我们也都不年轻了，难道你不懂得买起猪围起圈，娶起老婆管起饭？这是千古传下来的老理儿，你竟然还有脸说AA制？我掏心的话，看来都是对牛弹琴。”

“我就是这样说了，我养不起你也不敢要你这样的女人当老婆了。离婚，我滚蛋总行了吧？”

“你也别拿这话噎人，滚蛋不滚蛋是你自己说的。我难道配不上你？你也未必还能找到我这样的女人，你自己又有什么了不起？”

“那就干脆点儿，离！”

“离就离，谁怕谁啊！还是那句话，你死了，地球一样转！”

“白狐精，你，你……不跟你离婚，誓不为人！”

5

李先后摔门而去，姜倩丽也傻了。本来她想，凭自己这么多年对生活的感受和经验，加上自己能说会道的本领，完全能说服李先后留下来的，并且极有把握与他和好如初的，却怎么也没想到刚进门就僵成了这个局面。在回家的路上，她脑子里一直设想着重逢的多个场面，为了这次会面，她还设计了好多情话，做起了很多甜蜜的美梦，可是现在……成了这个结果，太让她措手不及了，瞬间，她不由得号啕大哭。哭的同时，眼前还走马灯似的回忆着自己所设想的局面，脑子里还回响着“久别胜新婚”这句话。

姜倩丽哪里知道，李先后现在不能听一句带“死”的话，这个字，仿若魔鬼一样可怕，他怕到骨头缝里，而她无意间却偏偏这样顺嘴一说再说。一个怕得要命，一个反复念叨，两个人在这种情况下能不爆炸吗？

一周后，姜倩丽打电话约李先后回家，坐下来好好谈谈，并做了他最爱吃的红烧狮子头，妄想再做最后的努力。可是，李先后根本不给她丝毫机会，在电话里说：“没什么好说的，饭也不用吃，谢谢你的好心。我只有一个字，离。别无任何的话想说了。”

姜倩丽问：“你是不是找到比我更漂亮又年轻的女人了？”

他坚定地回：“那是我的事，与你无关。”

“这么说是真的了？这三个月里，我在上海想尽一切办法讨好你，你却在家里结识美女，喜新厌旧？”

“你要这样说就没什么意思了，我就是因为前妻走后，没有冷静下来就匆忙跟你好了，这次难道我还不吸取教训？再说，水性杨花也不是我的性格，我的为人你应该了解一点儿。”

“既然没有别的女人，你为什么就这么坚决呢？”

“有些事，只可意会不能言传。反正我去意已决，咱们没得商量了！以后，你也好自为之吧。”

“那你也总得把衣服拿走吧？”

“我会拿走的，只要你同意了离。”

“如果我就是不同意呢?”

“你该敛的财也敛到手了，不离我就永远不得见你。”

“你也是个男人?”

“我是男人不是男人，不是你说了算的，只是我决不再当你的男人。”

“离就离，谁怕谁啊?”显然李先后的话也触到姜倩丽的软肋。

“那就爽快点吧!”

“有个条件，咱们暂时不让外人知道，至少双方单位先不声张。”显然，姜倩丽很无奈。

李先后想，也是，刚结完才几个月又离，仿佛儿时玩的过家家游戏一样，一会儿合一会儿分。如今的自己，就是有再大的理由，说出去也不好听啊。在单位总要讲个脸面吧。他们就约法三章，偷偷签了协议，去民政局办了离婚手续。

从民政局出来的时候，姜倩丽还是悲伤地流下了眼泪，李先后也感觉自己这次婚姻的结与离都太戏剧化，心里虽然轻松了许多，却难免也有几分沉重。他提议一起去吃顿饭，算是分手的一个告别。姜倩丽本来不想接受这个邀请的，可她想想，还是应该给他留下点好印象，她认为李先后会有后悔的时候，还想着他如此大度将来说不定要回头的，于是就对他点了点头。

两个人虽然无数次面对面地一起在饭店吃过饭，可今天已今非昔比，谁也没有多余的话说了，更没了往日情意绵绵的话语和含情脉脉的注视。在等菜上来的时间里，谁也没有说话，姜倩丽一个劲儿地低头想心事，李先后不住地看来来去去的客人，偶尔四目相对了，也总是匆忙躲开，双方都感觉对方的眼神里全是平静和冷淡，再也找不到一点昔日的光芒。

紧靠窗户的一个小桌，有一对小青年，他们竟然旁若无人地接起吻来，再一看，人家并非是在接吻，而是男孩子把菜吃进嘴里，再嘴对嘴地用舌尖把菜送给女孩子吃，然后女孩子也这么重复着，一对一次。姜倩丽看着李先后直往一个方向看，也循着看过去，当她看到这样的镜头，不由得流下泪来，多么美好的一对啊，年轻真好。如果自己也那么年轻，她也要这么浪漫，可惜如今自己人老色衰，连一个年龄相当的男人都留不住。菜上来了，李先后绅士地请姜倩丽先动筷子，并为两只高脚杯里斟上七分满的红酒，却面无表情地举起高脚杯。姜倩丽也端起杯子只看酒杯不看对方，和他轻轻碰了一下，只听玻璃杯发出一声清脆的响声，并没有人说“干”。两人各自抿了一小口，李先后做了一个请的手势，姜倩丽就不客气地夹起菜来吃。她不再是一点一点地挑着吃，而是大口地不分种类地夹着，远没了往日为了减肥的计较，李先后小声说：“你不保持身材了，这样吃?”

“还保持给谁看?”说着，就有泪要下来的意思。

李先后不再多言，低头喝酒。她的一句话，道出女人的无限悲凉，一切都无须再说了，李先后瞬间觉得面前的女人虽然美丽却也十分可怜，他不由得生出几分怜悯，心想，她除了小气刻薄、个性十足，不是个贤妻良母型女人，一起出去混世界却很有面子；可惜，就怕她真是“白狐精”转世，让人也像她前夫一样无病而亡。前一条还能凑合，这后一条，他实在不敢疏忽，更不敢拿自己的生命当赌注。不，我不要这样赌，在这件原则性的问题上，绝不能优柔寡断。当断不断，必受其害。

想到这儿，他急忙赶跑刹那间生上来的柔情，就又吃起来，猛喝了一大口红酒，重新让自己冷静下来。饭后，他们一起回到曾经的家里，李先后收拾自己的衣服和简单的用品，姜倩丽一直静静地坐在沙发上不说话，见李先后要匆匆离开，心里还是很不舍得，泪水又一次滚落下来，这个欢乐不到半年的地方，曾经充满了诗情画意，如海市蜃楼那样转瞬即逝，最为悲凉的是，他那赶紧走人的架势让她倍感心寒。

从李先后的本意来讲，他再想逃跑，心里还是有些许留恋的。人，无论男人女人，都是感情铸成的血肉之躯。这里，曾经让他幸福无比，更让他骄傲并自豪过，如今尽管是自己闹着要走的，却还是有几许留恋的感觉。一瞬间，他又觉得，自己如鸟一样，把这个窝刚暖热，却又要迁徙了。如燕子一样，为了找到适合自己的气候，不断地搬家迁徙，而自己呢，下一个窝在哪里？哪里才能最适宜自己呢？自己的幸福到底在哪儿？

他又自我安慰地想，我是人，更是一个头脑清醒、果断惯了的法官，不该恋的地方就不要儿女情长，要快刀斩乱麻，否则将会死无葬身之地。

第四章

女人部落：同是天涯沦落人

1

杨冰倩一边做饭一边想今天的事，说不出为什么，一听方博士那浑厚的声音就觉得十分亲近，那嗓音让人感觉似曾相识。想到这儿，她觉得自己有点可笑，真是驴唇不对马嘴，然后她又自嘲地摇摇头，心说，过去的就永远让他过去吧。这个姓方的还算懂得尊重爷爷，刚来就专程拜访，她心里更佩服起爷爷的医德和人品来。以前，自己生活在爷爷身边，总感觉老爷子并没什么了不起的，只是平平常常一个从医者，像社会上各行各业的老人一样生活工作，只是比别人严于律己、更认真而已。现在自己以外人的眼光再来看，原来爷爷是品德如此高尚的老人，他说话总是一是一二是二，从没有言而无信的事，也正是这一点一滴的生活细节使他高大起来。自己走出去也算得上是端庄大方、文雅秀气了，可是有些时候还是难免浮躁，会发脾气，跟爷爷比起来真是相差甚远。爷爷的“孔孟”之道学在心里，体现在言行中，从不言语过激，总让你自己去悟。从自己记事起，就没见过爷爷大发雷霆，就是有人误解了爷爷找上门来时，爷爷也总是以不变应万变，从不与人高声理论。一直认为在他老人家心里，三从四德的贞女、烈妇观念早已扎根发芽，所以离婚的事她死死封锁，不想跟他解释什么。可是没有不透风的墙，没想到他老人家知道了也依然没说什么，最可怀疑的是今天他怎么能说出这样的话来，明明是劝自己再成个家的。时代在变，老夫子的观念也会变？

单位通知杨冰倩去参加一个“肝胆中西医结合”学术研讨会，会期三天。冰倩准备好所带行李上路。当她匆忙赶到火车站排队上车时，才知道这次会议是她和方可曾一起参加的。冰倩想想也是，人家才是正儿八经的专家呢。

方可曾很自然地拿过冰倩的旅行箱，好像拿重物是他分内的事，就是他的任务他的职责。冰倩见他这么执著也就没有再让，背上小坤包走在前面。当他俩一起过检票口时，人家看了看他们，冰倩猛然觉得，他们犹如一对情侣或夫妻。这想法不免让自己脸红，只得头扭向另一边偷偷地笑了。

“笑什么?”方可曾还是发现了，忍不住问。

“没笑，是想起一个事。”

“说来听听，让我们一起高兴。”

“真的没什么，不好意思。”

“你应该明白，快乐和人分享才有意义。也行，上车慢慢说吧，我很喜欢听故事。”

他们在同一个车厢，座位却没挨着。方可曾先帮冰倩把旅行箱放到行李架上去，接着把自己的旅行箱和冰倩的放在一起，冰倩想他可能认为放在一起方便，就没说什么。却见他放好包后也不和冰倩招呼一声就转身走了，冰倩在心里笑了一下。这时，方可曾忽然又来到她身边，对她旁边的人说：“不好意思，我的座只离这儿三排远，正好是靠窗户的，我们可以换一下吗?”

对方向他说的地方扭头看了看，说了声可以，就拿起自己的包走了。冰倩这才明白他的意思，便重新坐正了身体说：“你真行。”

“这么大的车，坐有几千人，就咱们俩是熟人，又是来自一个单位的，我不牺牲谁牺牲?”

“牺牲?”冰倩疑惑地看着他说。

“呵呵，我要当好护花使者，这不是要有牺牲精神吗?”

冰倩看着他笑了，说："贫。学者也这样啊。"

"无论是学者还是领导，首先都是人。是人就要生活，在生活中就得学会适应和生存。"

杨冰倩想他说的有道理。同时也想，是男人就会讨好女人，这也是男人最基本的本能吧。人与人之间的关系有时就是这么怪，许多人认识了一辈子却一直亲近不了，有些人刚认识却感觉很投缘很亲近。

"听说你在整理杨老从事中医事业以来的中药方子，这可是一项医学大工程啊，你感觉怎么样？很累吧？"

"还好，反正院长也没给我限制时间，我也会偷偷懒。"

"这种事，是没法限时的。一个方子，可以一分钟就明白，另一个却有可能几天也明白不了，尤其是中医，太博大了。当然我是外行，在你面前这样说有点班门弄斧了。"

"哪里，我也是刚入门，以前也是西医。命令使然，只得改嫁。"

"不，是嫁接。"当他注目冰倩时，冰倩早已红了脸，因为话说得急，竟然说出了"改嫁"这两个字。以前不在意这方面的事，现在不同，真是常言说得好，说假不说真，忽然说到自己的痛处，而且是自己脱口而出，她后悔极了。话已出口，覆水难收，只好自我安慰地想，他初来几天，也许不了解自己的情况。

"中西医结合，就目前在国内来说，还是很重要的，对世界也有着深远的意义。估计这次的会议一定会涉及这个主题，你是我们院最有权参加的。"

"你才是呢，我差远了。"

"大家彼此各有所长吧。咱们现在是朋友，不谈工作了，好吗？"

冰倩笑而不答，却不知道他什么意思。正谈工作呢，却要换话题，虽然说他们两个感觉亲近，却也不是很了解对方，说近不近，说远不远，谈别的话题怎么个谈法？冰倩实在不知道自己该怎么谈。

"我先自我介绍一下自己吧，到目前为止，咱们医院只有院长知道我一些情况，但是男人与男人之间是不可能谈那么细的，所以他也不很了解我。那么，我就先让你了解了解我吧。"

冰倩有点奇怪，但也不便多言，只得顺水推舟说："谢谢方博士信任。"

“首先声明，不要这样叫我，就叫我可曾吧，好吗?”

冰倩笑而不答，对他轻轻点了点头。

“我父母也是医生，从小到大都生活在医生圈里，听父母的话也选择了上医学院，就这么一直走过来，所以这一生也走不出医学界了。其实我小时候很喜欢音乐，我一个舅舅是搞音乐的，他说我选错了行业。你有没有发现我的嘴很大啊，有没有注意到凡是歌唱家的嘴都比常人大一些，这就是嘴大喉宽发音广的真理。”

听他这么一说，冰倩便认真地看了看他的嘴，觉得真是如他所言，嘴大了一点，便说：“俗话说，男人嘴大吃四方。你是有福之人嘛。”

“哪里。唉！说来惭愧，我也是一个不幸之人，命运对我也不太厚道啊!”

冰倩不明白，他怎么说着说着转了话题，他说“也是”，是不是他已经知道了自己的事？但是冰倩打定主意，只要他不说明知道离婚的事，她决不亲口说出来。感觉他在等自己发问，她却故意不去看他，而是向窗外看去。

窗外，秋收后的田野一望无际，已经播下种子的土地，像刚刚受孕的女人，和播种者一起暗暗享受着幸福。偶尔闪过的树木，已经没了初夏时候的勃勃生机了。

方可曾见冰倩没有接话，只好自己又接着说：“我大学毕业分配在一家市级医院工作，三年后结婚，有一个女儿。五年后我又带职读研三年，离家后她有了外遇。我们都是医生，能理解人的生理需要，我只想我回来断了就行了。可是不行，于是两年后我又选择了读博，一读就是五年。就这样她不管我，我也不管她，因为我还没有真正拿到博士学位证，我又不愿待在家里天天面对她，所以就来到这里。也许有人会觉得我来这里是因为没人要、不得已而为之吧，那也没什么，因为我遇到了你，一切都值得了!”

说完这些他定定地看冰倩，冰倩故意疑问地回看他，他满脸含笑地说：“院长大致也跟我说了一点你的情况。”

冰倩听了，脸一阵泛红，不由得低下头去，原来他还是知道了，可是院长为什么要告诉他这些？冰倩有点生院长的气，可是院长不在现场，人家说的也是事实，事实已经存在了，你能瞒得了吗？俗话说捆住猪嘴牛嘴，捆不了人嘴。冰倩仿佛被现场捉住的小偷，很难为情，再不愿看方可曾是什么表情。听他的话音，完全没有嘲笑自己的意思，但是她有一个毛病，自己的隐私，只有自己愿意让人知道愿意向人倾诉的时候别人才有权利知道。她不想再与他谈下去，正想站起来时，有一只手轻轻地拍了拍她的左肩。

“对不起，请原谅我的直率。”

说不清为什么，一股酸楚涌上心头，她有想掉泪的感觉。但她还是极力控制住自己，起身说：“我去一下洗手间。”

她想让自己伤感的情绪平静下来，已经一年多了，何必呢，世上谁离不得谁呢。方可曾也够坦白，就是有点太直截了当。她从小受爷爷影响一直以含蓄为美德的，以至于杨冰倩长大后，无论走在哪儿，大家都说她文气高雅，说她气质不凡。再说姓方的，自己虽说不讨厌他，也还有点喜欢听他的京味儿普通话，却还真的没有认真注意过他，包括他的长相和穿戴。

自从离婚以来，冰倩就伤透了心，不愿群聚，不愿待在人多的地方，也不愿谈家长里短，更是闭口不谈再婚的事。她认为男人没有好东西，她从心里藐视男性。

过了足足二十分钟，冰倩觉得再不回到座位上去有点过分，只得洗了洗手，在走道上甩了甩手上的水走回去，不好意思地对方可曾淡淡一笑。

“没生气吧？其实没什么，时间已经进入21世纪了，离婚也成了自由的见证，也是人权的象征。”

冰倩不想听他说下去，就打断说：“香港都有什么好玩的地方？只听说是完全西洋化了，怎么，你也没洋化啊？”

“香港正如一个走迷路了的中国儿子，也像张明敏的歌一样，洋装虽然穿在身，身体依然是中国的，心里总还有传统的根。香港很开放，是个生产力发达、创意无限的城市，但是你要说旅游观光，自然风景比内地就差远了。世界各地的人都喜欢去那儿购物，那里是购物的好去处，进出口的东西确实比内地便宜，别的我没发现还有什么好的。”

“让你这么介绍香港，恐怕没几个人愿意去那儿旅游了。”冰倩笑着说。

“它本来就不是旅游城市嘛。你喜欢旅游？”说完这话，他大张着嘴，大大地打了一个哈欠。杨冰倩一眼就把他嘴里几个镶着金色的大牙尽收眼底，这让她瞬间产生出嫌恶感，但是那从一个地方发出来的京味儿普通话，又像谜一样地迷着她，她一时弄不明白，自己这是怎么了。她只想让自己一味地沉浸在那种高雅氛围中，强迫自己不去想那隐秘处的污浊。

“只是喜欢。”冰倩有点敷衍地说。

“都去过哪些地方？”方可曾紧追着问，不明白冰倩为什么迟疑了回话。

“没去过哪儿。毕业了就工作，只有偶尔开会出去一下，半工作半旅游了几个地方。在重庆上学时在那里转过，中原的城市去过几个，一些风景旅游区还真没有专程玩过。也就这几年旅游才热起来，每年有两个黄金周，但是我又不大爱追风，所以就没特意去旅游过。”

“国人啥时也能像外国人一样，把旅游当成生活必须，这就证明国家真正富裕了，人民的生活水平真正提高了。中国人最喜欢生孩子。不管生活得怎么样，也不管将来教育得好不好，更不管将来孩子的出路，只管一个劲儿地生。国民素质要想迅速提高是很难的。”说完这话，他做了个打住的手势说，“我们换个话题，这不是我们忧国忧民就能解决得了的事，何苦给旅途增加心理负担呀，你说是吧？”

杨冰倩淡淡地笑了笑，指了指窗外说：“就要到了，准备下车吧。”

冰倩说着，用双臂撑住趴在小桌子上，双手抱头闭上眼，她想养养神休息一下，也想让自己静一静。这时，方可曾也许觉得与冰倩交流得不错，感觉很满意，所以就伸长了右臂，从后背抱了冰倩一下。冰倩猛一下睁开双眼，扭头看过去，脸刷一下红了，下意识地要躲开，但是见方可曾目不转睛微笑着看她，她只得僵在那儿，靠也不是躲也不是，有点难受却又有点说不出的甜蜜和娇羞。她忙再扭脸看对面和旁边的人，是不是在笑他们，看到根本没有人注意他们的存在时，她才稍感安慰。

就这么静静地轻轻地抱。说是抱，其实只是方可曾的长胳膊绕在冰倩背上。冰倩不敢动，又一次把头埋在双掌里，她想让时间静止下来，静止下来，永远静止……

冰倩心里很明白，自己虽然恨男人，却又渴望男人。自己是医生，懂得生理构成，可是人是受理性牵制的，她更是在理智中长大的，她不愿让人知道她心里的想法。女人是由情生爱然后才到性的。离婚的一年来，她几乎失去了生理本能，没有性要求了，是自己老了吗？她知道这是伤心引起的。近一段跟爷爷谈话多了，偶尔也说些小笑话，放松了心情，学会淡化了以前总也放不下的怨恨，对性的欲求就随之在心底泛涌上来，常常在夜半醒来时，感觉有说不出的寂寞难耐，有时也会难耐地流泪不止，想要，却又感觉难为情。

“到了。”冰倩感觉方可曾轻拍了自己两下，这才抬起头来，用手拢了一下披肩长发，站起来拉了一下衣服，拿起身后的小坤包。这时方可曾已经把两个旅行箱从行李架上拿下来了，她去拉自己的箱子时，方可曾推开她的手，自己拎着两个箱子往前走去。

2

他们一前一后出了站，一起等出租车。车来了，方可曾让冰倩先上车，冰倩就选择坐在副驾驶位。下车后，他又两手拉着两只箱子，和她一起去会议指定的宾馆大厅登记。他先为杨冰倩找到房间，把她的箱子放好后，这才转身要离去，并告诉冰倩先休息一下，十分钟后他来敲门和她一起下楼去报到。一切的一切，俨然像一对夫妻，他做得非常体贴周到。

看到在报到处的参会人员，冰倩和方可曾全都不认识。虽然这样的会经常召开，可他们两个却都是第一次参加。杨冰倩在周围尽是陌生面孔的环境中，无形中在心里总想靠近方可曾。

开会两人自然是坐在一起，偶尔还窃窃私语，方可曾会说一些小笑话，把冰倩逗得捂住肚子笑。吃饭是八个人一桌，他们当然从始到终都坐在一起。他如果发现杨冰倩喜欢哪个菜，就会时不时地把那道菜转到她面前。晚上休息各自回房间后，内线电话就成了他们聊天的工具，这样更好，可以躺在床上，身体不受约束随意地放。偶尔聊到高兴处，冰倩还真会撒一下娇，因为对方看不到，不会发生眉来眼去的事，这样既亲近又疏远的关系，是面对面无法做到的，冰倩在心里偷偷地笑自己。

这种会议，一般都是半工作半旅游性质的。开了两天会，第三天就是集体旅游。谁也没有注意到方可曾和杨冰倩的亲密关系，就算看到了也没有人会大惊小怪。方可曾悄悄对着冰倩的耳朵说："你大大方方地跟我亲热，别人还不会注意，本来就应该光明正大地跟我好，不是吗？"

冰倩瞅了他一眼，不想理会这种命令式的男人口吻，只是没有如以前那样硬拉回被他紧紧握住的手，方可曾这才满意地对她点点头，含情地看着她。她装着若无其事很不在乎地坐着，眼睛看着别处，其实心里早在"咚咚咚"乱跳。女人再聪明、再理智，当她遇到感情时，心里都是无法平静的。

杨冰倩的心里在翻江倒海。她太想有个男人这样关爱这样陪伴在身边，知冷知热两情相悦了，这种幸福如血液一样流遍全身心，浸透到骨头里去；又如一股股电流，不是一下子注入体内，而是不断地输入再输入，源源不断地充满全身的每一个细胞。不，应该说连同她周围的一切都被感染了。因为她看到的花啊鸟啊天空啊大地啊，还有接触到的任何人，都是那么和蔼可亲，遇到的事都是那样顺风顺水。她以前不明白女人怎么可以当着外人撒娇，现在她忽然也想那么做了。杨冰倩觉得自己很可笑，不明白自己怎么能变成这个样子。怎么就变了呢？简直有点不认识自己了。她偷偷地想心事，脸上却始终如一地冷静。

一个人心里有了爱，她才能有生活的信心，做事才有希望，生活得才幸福。原来爱是如此伟大啊！

汽车进入山区，总是左转右弯，让人难以坐稳，杨冰倩总会不自觉地倒在方可曾的怀里，这样就给方可曾送上了良好的时机。于是他伸长手臂抱将过来，冰倩不愿他抱又不好说，只得再往另一边靠，眼睛也只看着车外。

随着车轮的转动，冰倩的身体一直靠在方可曾身上，方可曾见冰倩有点意思，并与自己十指交叉地紧握着手，便轻轻地挠冰倩的手心，对她耳语："我快醉了，你冷吗？"

冰倩不明白这是怎么说的话，哪儿跟哪儿的语系啊。他更柔情了，说："醉，你应该明白吧，就是我已经为你醉了；冷，是你心里动情了，会有一阵一阵的爱意涌上心头，这种爱的感觉就是冷。随着你心房的跳动，这种冷会如夏天的云一样，飘过来飘过去，飘得高一点再高一点，飘啊飘，直到你幸福得无处躲藏，甘愿躺到我怀里来，轻轻地闭上你美丽的大眼睛，双唇颤抖渴望我的亲吻。”

“去去去。严肃点儿，不爱听这种故事。”

“嘿嘿，其实你是在对我说，你说得太对了，说到我心窝里了，我好冷啊！”

他张着嘴巴大笑，嘴里的几颗金牙仿佛一个藏污纳垢的地方被她窥到，她感觉一股恶心涌上心头，便猛一下抽出手来，转过身去说：“再没正经就不理你了。”

“你要再这样对我，我就当着满车的人亲你，信不信？”

“……”

“我数三下，快，把手给我。”方可曾低沉而威胁着说。

“一……二……二点五了！”

杨冰倩也不想闹出什么出格事来，她真怕这个吃了几年面包的男人当着大家出洋相，只得把手放回去，身子却依然扭着没过来。

“算了，看在你这么爱我的份儿上，本大人不记你小孩子的过了。”

冰倩忽一下转过头，狠狠地瞪他。方可曾呵呵笑了说：“这才乖呢，转过来了吧。这样就好，是你老人家不跟我一般见识。平了。”

他头一歪，摊开双手又耸了耸肩膀，讨好地傻笑。

车到了一个景点，带队的说，愿意集体活动的可以跟着导游走，愿意自由活动的可以自己玩，但是必须在规定的时间回到车上来，免得掉队回不了宾馆。于是大家各自往两个方向分开，方可曾自然与杨冰倩单独活动。

这座山，奇就奇在它不是和普通山一样要往上攀登着看风景的，而是进山后就往下下，到峡谷底方能领略美景。下山的路陡峭曲折，有惊无险，峪谷成阶梯形，两旁断裂的紫红色岩石山峰对峙，和白色的瀑布形成颜色上的对比，有种醒目的美。

他们听到别人的导游正在讲解说：这里是首批世界地质公园和国家重点风景名胜区，以水叫绝，素以“三步一泉，五步一瀑，十步一潭”而著称。这里的瀑布多而奇、大而高、壮而丽。通常瀑布多见于雨量充沛的长江以南，而此处则处在易旱少雨的黄河以北，它是我国北方疆域内的独此一份瀑布，通常分为崖瀑和沟瀑两大类型。崖瀑，是从悬崖峭壁上由直流而下的水流形成的；沟瀑，则是在沟底的坎坷上由顺流而下的水流形成的。这个大瀑布以全国落差最大而著称，高达三百一十四米。7月底到9月初，也就是现在，是景色最好的时间，各位赶上了最佳时间，可谓最难得了。希望各位尽情欣赏，玩得高兴游得愉快。如果在其他的时间里，这里的天瀑经常会没有水，不过，“水落石出”也别有一番风致，有兴趣的朋友可以再来感受一番。

他们互相看了一眼，觉得这个导游很会说话，会意着跟上这群陌生人后面一起往下去。他们站在峡谷底部，面对飞流直下的瀑布和碧幽幽的潭面，感觉世间的尘嚣顿时消泯。从山顶喷薄而下的瀑布，溅湿了他们本就单薄的衣服。因为是山路，很多地方无法两人并行，方可曾就紧紧地有力地抓住杨冰倩的手慢慢走。走至一个隧道，转弯处漆黑，他们只好摸着黑朝着有昏暗灯光的方向走，方可曾感觉是个天赐良机的浪漫地，觉得终于有了攻破点，就不失时机地猛然转身紧紧地抱住杨冰倩，用那镶着金牙的嘴去吻她。因为同时又发出悦耳的浑厚的京味儿普通话“给你暖暖湿衣服”，冰倩才半推半就地让他抱了一分钟，后来见挣不脱他有力的手就大声叫了一声“来人了”，他跟在后面柔声骂：“小骗子，人在哪儿？”

待他们走出来时，就听声响如雷，有震荡峡谷的流水声。举目远眺，更有一番广阔的天地，他抬头指了指山顶说：“看，日照香炉生紫烟，是不是有这样的感觉？”

杨冰倩抬头看去，只见瀑布飞流直下，宛如白练当空，又似银河落九天，让人脸上手上都感觉到丝丝的很爽的凉意。她微笑着对他点点头，表示同意他的联想。也就是这句话，冰倩觉得特别称心，一股久违的感觉油然而生，她不知道自己到底怎么了，怎么对这些酸酸的文化味儿有如此好感。她又想起了小时候的小人书和那朗读故事的声音、情景。说来也真巧，她看到山对面的小道上，那个熟悉的身影出现了，她呆了，揉了揉眼再看，还是那身法官服，还是那个宽宽的臂膀，确实就是他，她也分明看清了男人身边的女人，真不愧如保姆所言——漂亮、美丽，她想不起还有什么词来形容……一股冷风吹过，顿时感觉一股凉至心底的寒冷，身上瞬间起了一层鸡皮疙瘩，她静静地看着他们消失在人群里，这才收回目光。

再往前走，冰倩有了一种豁然开朗的感觉，心里也有了《桃花源记》的感受。眼前的山缝里石壁上，源源不断地流出一股股清澈山泉，远远看去，犹如少女正扭动着腰肢。当他们走近了，看那绝壁上的山石千奇百怪，崖半腰有许多组悬泉，如挂着层层珠帘，又似苍龙喷水，形成一道美丽的“水帘洞”景观。杨冰倩脱口道：“好美啊，那才是地地道道的矿泉水。”

再往上看，高耸的山体如城墙一样威严地矗立于三面，好像一个大围墙，给进来的人一种入得城内的安全感。杨冰倩感觉有说不出的神圣感，不知道这是什么样的地方，忙找出包里的导游图来看，惊叹地对方可曾说：“啊，原来这是刘秀当年存兵的大峡谷啊！怪不得我一进来就有一股气势压人又大气磅礴的感受，这个地方真是一个养兵蓄锐的天然场所。”

“是啊，古人的伟大，有很多方面是今人无法比拟的。孔子的思想观点，我们沿用了多少年，哪代君王不把他学个透彻？半部《论语》治天下啊！还有老子的《道德经》，现在国外都很重视，商界精英们更是尊如至宝。刘秀当时那么弱小，他没有一个养兵蓄锐的好地方，怎么可能跟王莽一比高低？他有了这么个地方养兵，纵然别人有千里万里之眼也看不到里面的天地啊。此山真是名不虚传，我们也不虚此行吧？”

“虚不虚也不是你请我来的，是单位派我学习我才有幸能看到的。”

方可曾说：“好啊，如果你赏光，我请你旅游，你说想去哪儿？”

“想去的地方太多了，我这个人太贪，你无法满足。”

“咱们就算活到七十岁吧，现在算四十，还有三十年呢，我们慢慢地去游，总会有看完的一天吧？”

“贫嘴。”冰倩不想扯那么远，觉得是没影子的事，说也无聊。

忽然，方可曾小跑两步抱住冰倩的头，强硬地亲吻着她，杨冰倩惊恐地挣扎着，可是随着亲吻时间的延长，她的挣扎越来越无力，拍打方可曾的手也停下来，声音没了却有些喘不过气来，直到她整个人都要瘫倒在他怀里，实在站不住了，方可曾才不得不抬起头，抱紧她轻轻地拍着她的脸说：“小乖乖，快点投降吧。”

杨冰倩乍一听他这么叫自己，心里很别扭。从小到大，从父母到前夫，都是正正经经说话，开玩笑也是很文明的表达，从来没有人叫过如“小乖乖、小宝贝、小心尖”这些话，太肉麻了，他们家从来没有这样的语言。可是今天却有人这么叫自己，她说不出是难为情还是别扭，总之也并不觉得很讨厌，心里有种酸酸的味道。

一行人回到了来时的车上。这时的冰倩远没有来时的躲躲闪闪，心里已经被爱装得满满的，没有别的思想空间。她的身子依然有软软的感觉，她就这样软软地靠在方可曾的怀里一路，任凭汽车如何左转右弯，她也不想说话，眼睛无目的地看着往后飞跑的山体和树木。

“困吗？睡一会儿吧？”方可曾用食指碰了碰她的嘴唇问，她轻轻地摇了摇头，眼睛一眨不眨地看着窗外仍然想自己的心事。车子一个急刹车，车上的人都相应前倾然后向后栽去，只听司机大骂：“妈的，怎么开车的?”

大家这才向对面看去，原来这是一个急转弯，对方车速太快，差一点两辆车就“吻”上了。为了躲闪对面的车，他们这辆车的右边两个轮子已经让到柏油路基下了，如果速度再快一点，不是两车相撞就很有可能掉下山去。这时大家放眼山下，如果掉下去不知此时的满车人还有没有幸存者。大家也跟着司机谴责着对方司机，有人掏出纸巾擦去吓出来的冷汗。

方可曾和冰倩两个人互望了一眼，谁也没有说话。车子重新上路时，方可曾明白冰倩已没有了睡意，那种软软的感觉也已经被惊吓到爪哇国去了，他拍了拍冰倩的脸蛋说：“对了，给你讲个小故事吧?”

“嗯。”

“刚才，这样的急转弯风险，在哪个国家哪条山路上都会遇到，也有不少悲剧发生。在美国的一座大山上，有一个急转弯的地方，也一样经常发生事故，当地政府和交通部门想了好多办法，弄了很多危险标志立在路口，但是依然还有事故不断重演。后来，不知是谁请了一位画家，在那儿画了很大很大的一幅花鸟画，既醒目又优美，在画的上面写下‘慢点走，欣赏啊’几个大字。从此后，那儿再没发生过一起车祸和事故。”

冰倩使劲捏了一下方可曾的手，赞赏而深情地看了他一眼。方可曾知道，他已经完全擒获了这个女人的心。也可以说，是女人自己甘愿投降的。这时的女人，你对她提什么要求她都会半推半就地接受。

3

回到宾馆后，刚过一小会儿就有敲门声，冰倩以为又是服务员，就懒懒地说："请进。"一天都在不停地走路，平时不大走路的她早已累得两脚生疼了。进房间后，她没立刻洗澡，而是先把自己自由地放在床上，想好好伸展一下，她知道如果不是爱的力量，她今天走不了这么多山路，心里甜而酸的滋味搅和在一起，她需要静静地想想这几天来发生的事。

可是，她还没来得及问来人有什么事时，身体就被紧紧地压住了。她这才睁开眼睛，原来是方可曾进来了。还没等她说话，嘴就被严严实实地堵住了，她来不及多想，就已被他打得落花流水。她理智地想，就算做也要先洗一洗吧，可是她没有力气站起来，当方可曾亲吻到她的最敏感处时，她连说话的力气也没有了，浑身像没了骨头一样，只有梦呓般的呻吟声，一切杂念都像云彩一样飘在天边。

吃了几年面包的男人难道做爱也不同吗？冰倩怀疑起自己以前的性生活来，眼前的他能让人跌入谷底，亦能让人欲仙欲死。他如驾车的老手，只需拉一拉缰绳，无须抽动鞭子，最多也就是甩一个潇洒的响鞭，马儿自会乖乖地上路；但是他仿佛并不满足自己游刃有余的本领，一瞬间又发疯了一样要摧残这一切，就像斗牛场上的勇者，企图把对手挑逗到最疯狂，他手脚并用，外加嘴上功夫，使出浑身解数让人不得不屈服于他。

做的过程中，他对着冰倩的耳朵说："你知道洪湖水浪打浪的意思吗？"

杨冰倩摇头。她不愿多想，也无力多想。他说："你就是。只有一点，太费精力了。"

冰倩睁圆了双眼欲起身离去，他瞬间放下架子，跪在床上脸上堆满了笑容狡辩："没有贬你的意思，是赞扬，是赞扬嘛。"

杨冰倩不习惯这种赞扬，兀自去了卫生间。她把水开到最大，先对着头狠冲，目的是让自己静下来，快点从迷雾中醒来。这样冲了一阵子，她才让自己躺在放了很多沐浴露的浴缸里，并顺手用毛巾盖上身体。她闭上眼让水哗哗地流，不愿起身去关，就连水温让她觉得很烫也不去调一下。这时她想起青蛙的故事，说一个专家捉了两只青蛙，把一只放进热水里，它立即跳了出来并惊慌地跳走了；把另一只放在冷水里，然后给水慢慢地加热，结果这只青蛙直到被煮死也没跑。冰倩想着这个故事，眼泪不自觉地流了出来。

“这么热的水，看你这腿、这手臂都烫红了，这么白嫩的皮肤能经得起这样烫吗？”冰倩听到方可曾这样说着，同时关上了水管，他顺势想拉冰倩上来，却见冰倩没有起来的意思，只得放了手。

“你喜欢这样烫啊宝贝？”

“请你以后不要这样叫我，我有姓有名。”杨冰倩几乎是一字一顿地说出这句话。

“怎么了，我说错了吗？”

见冰倩没有反应，方可曾自己犹豫了一下，也进到浴缸里说：“你今天太累了，我给你按摩按摩吧。”说着他真的给冰倩捏起脚来，虽然不是专业水准，却也极有章法。

“说实话，我长这么大还没有对一个女人这么好过。”

“出去。”冰倩本在享受着他的服务，听到他这样说忽然抽过脚，眼也不睁地说。

“干吗啊，你就不能对我温柔一点儿？”

“我不会，我在你面前也从来没有装过温柔。干吗还要来找我？后悔了可以马上走人，从此谁也不认识谁。”

“你啊，让我又恨又爱的女人，你简直就是一匹性格怪僻又高不可攀的烈马。”方可曾用食指刮了一下冰倩的鼻子，笑了笑说，“想听听我对你的看法吗？”

“说。”

“听实话还是假话？”

“你说呢？”

“我第一次看到你，就深深地爱上你了。”

“看我在市长面前低三下四的很好笑，你觉得我很值得同情？”

“我见你，并不是那次吃饭的时候。再说，你那天并不低三下四。”

杨冰倩忽然睁开眼，仿佛不认识一样问：“那是在哪儿见的？”

“在咱们医院的病房楼。”

“我在干什么？”

“你在流泪。”

“不可能，绝对不可能的。别瞎吹了，你快成了故事大王了。”

“是真的。那天，有一个十五岁的男孩，因为肝癌死了，他被家人抬出去时，他妈妈哭得死去活来，你虽然没去劝她，却站在一旁不停地擦泪。后来，他们走远了，你却在角落里一直没走，我清楚地看到你的双肩在不停地颤抖，我知道你是医生却不敢去叫，好长时间才见你平静下来。”

杨冰倩睁大了眼睛看着方可曾，原来自己有这样的面目在他心里藏着，怪不得他总是如此呵护自己，一直把自己当成值得怜悯的女人了。当时因为韦民在大操大办地结婚，有人悄悄地告诉她，儿子也回家问她为什么爸爸这样做，她没法回答，只觉得心里堵。第二天看到那个妈妈绝望地以头撞墙，她再也忍不了，终于痛哭起来，不想却被方可曾看个正着。

“后来，我们又在饭店见了第二次，你在两种环境下两种截然不同的神态和气质让我忽然明白，一个女人原来可以有这样的两面性，我喜欢。所以那晚，我半是被酒精醉倒半是因你而迷醉。”

“太夸张了吧，我那天有点狼狈，有市长参加的饭局也不提前告诉我，结果还让大家等我。”

“可你很有风度，并没显得失礼啊。”

“我那天送你是院长的意思。”

“此地无银三百两。你就没有一点同情心吗？”

杨冰倩被说得难为情，用脚踢了他一下说：“没有，我又不认识你，关我啥事？”

“那你还让门岗跟着我，不是关心我的安危又是什么？”

“不理你了，自作多情去吧。”

“说实话，这次会议是我帮你要求的，我跟会务组说你必须参加，这样才有了你的邀请函。理由很简单，我想跟你单独在一起，如果没有这次会议，我或许永远无法得到你。”

“狐狸尾巴自己露出来了？”

“不，是你太让我着迷了，如果你一直拒我于千里之外，我可能很快就要走人。”

“现在呢？”

“现在打也打不走了。今晚让我留下来吧？”

冰倩没有回答他的话，也没有再看他。方可曾猛然把她拉着站起来，给她在淋浴喷头下全部冲洗干净，这才拿过一块大浴巾给她包上，然后抱起她向床边走去。他故意猛一下把她抛出去，让她重重地砸在床上，发出一声沉闷的声音。床很软，使白里透红的杨冰倩在床上弹跳了几下，如盛开的粉红色玫瑰花让方可曾迷倒。他再一次吻过去，吻过去，然后躺在冰倩被热水烫过的双乳间，喃喃地说：“我太幸福了，你呢宝贝？”

杨冰倩仍然没有回答他，只是把十指轻轻地插在他浓黑的头发间，来回抚摸，眼泪不自觉地又一次流了出来。在那一瞬间她想，管他天长地久，就这么甜一会儿是一会儿吧，只要此时能拥有就好。

第五章

男人部落：报纸征婚

1

又一次成了孤家寡人，这次的李先后远没有第一次办丧事后的失落和消极，而是浑身一阵轻松，甚至走在路上都有身轻如燕之感。他原先怕姜倩丽不放过自己，死死地缠自己，就是通过法院能离了，也会两败俱伤，那时家人和单位同事、朋友怎么看他？一个年至半百的老男人了，老婆死了不到两个月就另觅新欢，能过得好也就罢了，偏偏又过不好，闹来闹去只能是猪八戒照镜子——里外不是人。如今姜倩丽同意而且如此顺利地离了，他怎能不畅快呢？

再一次选择配偶的事又摆在面前，李先后也真正地严肃了起来。吸取上次的惨痛教训，他再也不能那么草率了。可是今非昔比，上次他是遭遇不幸，大家一致同情、怜悯、爱护他，才会纷纷为他推荐、介绍。现在呢，他是离婚，而且是速战速决式的闪婚闪离，最重要的是偷偷地完事了，他不敢让人知道也怕别人知道，这样哪还有人给他介绍呢？

李先后和儿子孤独地过完春节，大年初二就和儿子一起回老家了。他和儿子刚下车，依稀看到对面街道上，自己日思夜想的小情妹正和一个男人一起坐进了一辆小轿车里，他没看清男人是什么模样，不过就凭他对小妹的了解，她选择的对象一定不会错。他想大声叫她，可他觉得这样有失体统，更怕对方男人怀疑什么而给她带来不便。人家那么幸福，他又有什么理由打扰她呢，这样想了，他只得作罢。儿子问他是不是看到熟人了，他笑了笑说，是的，好像小时候的一个小朋友吧。儿子说，你怎么不叫呢，他说人家上车走了，我还能跟在车后面跑着傻追啊。其实他心里真是这样想过的，他太想追过去了，哪怕跟她面对面地好好说几句话，临了再握一下手，感受一下她的手是不是还是那样。

春节过后，他平静地上班下班，这才冷静下来想自己的事。思来想去，他决定悄悄地在报纸上做个“征婚启事”，把自己的条件和要求写在上面，要全面撒网重点捕鱼，这么大的城市，不信就找不到意中人。

说做就做。为了不引起同事的猜疑，他登在报上的是他新办的一个手机号，要求应征者来电要在下班时间。

因为有前面的姜倩丽比较着，有参照系，他的征婚启事上这样要求：男，四十八岁，处级，丧偶。征本市女，身高一米六五以上，肤白漂亮气质佳，大学文凭，条件不符者勿扰。

没想到登报的当天，虽然是上班时间，他的手机也叫个不停。好在他自己一个办公室，有感觉差不多的就记下号码，晚上略一统计，乖乖，他整整接了六十个电话。这个数字，真是让他太吃惊了，原来他是如此抢手啊，这让他大大感叹了一回。第一次，怎么就那么傻，没有好好地选择一下，那么匆忙地结婚，如果早知现在，怎么可能犯如此可叹又可悲的错误啊。他回到家里后，分别给印象好的一些打了回访电话，聊得差不多、感觉不错了就要求见个面。

其实，李先后不知道，如今的城市里，中年单身的女性和男性早已严重失衡，据有关部门统计，早已是十六比一了，而且这个比例还在逐年上升，还会越拉越大。为什么中年单身男女的比例会如此失衡呢？主要有两个方面的原因：一、四十多岁的男人可以找二十几岁的姑娘。男人们可以降下条件从农村找，从打工妹里寻，只要有一条符合男人的要求，比如漂亮、温柔、可爱等；而四十岁左右的女人呢，却怎么也不愿找二十多岁的小伙子，更不可能找一个比自己前夫差的男人结婚。二、男人离异或丧偶后，选择对象很能放下架子，只要看着顺眼或合意，就能娶回家过日子；而女人则不同了，离异的大都非要找个比前夫各方面优秀的男人才肯再婚，丧偶的则总要拿旧人作比较，只有找到比旧人优点多的男人才愿意下嫁。这样，就会一次又一次地失去机会，天长日久，越是优秀的女人越挑剔，讲究得也越多，可以选择的机会就越少，所以比例就越来越大，直至失衡到如此地步。

在城市中，单身的中年男人早已如黄金一样金贵了。李先后忽然觉得既然自己无意间升值这么高，为什么不利用一把呢？有权不用还过期作废呢。

他晚上回家后，挑了几个印象好的，一一回电话详细询问了一番，准备跟人见面后再作决定。第二天他早早起床，兴高采烈地梳洗打扮了一番，又梳了几遍染得乌黑的头发。虽然头发刚焗了油没几天，可在别人看不到的鬓角里，雪白的发根又已若隐若现了，他用梳子往下梳了梳，把它们掩盖上。最后倒了一些大宝男霜在手心，双手搓了搓学着姜倩丽化妆时的样子在脸上轻轻地拍打，等拍得差不多了，又对着镜子按了按面部。这才满意地想，难怪姜倩丽舍不得放弃自己，活脱脱一个老帅哥呀！

话说回来，他现在的样子，多少也有姜倩丽的功劳。当初他人老皮松，两只眼睛下面积了两个大大的眼袋，体重也超标了，大腹便便，总是人没到肚子先到。是姜倩丽给他买了名牌眼霜，并监督他早晚擦上，还给他按摩眼角。还别说，两个月后眼袋明显小了，现在的眼睛看上去有神多了。还有他的体重。也是姜倩丽晚上硬不让他吃饭，只让他吃水果，开始他不习惯，感觉饿得难受，姜倩丽就陪着他出去散步，逗他玩，时间长了，他晚上真不想吃饭了，这样一个月下来体重就少了十多斤。

精心打扮好自己，是想让女方对自己一见钟情，不料来见面的人，一个个让他大跌眼镜，不是矮了就是太胖，不是太黑就是不丰满，多数还不是真正的全日制学历。一连见了十几个，他就灰心了，不明白为什么这么多人竟然没有一个合他意的，更没有让他能一见心动的。到了第三天，应征电话就少了，只有一个人打来，也只是打探一下就挂了。他打电话问报社的人是什么原因，报社的人说，这是正常的，因为报纸是一日一报，看报纸的人也有限，而且只一天，不可能很多人都看到。对方还说他们那里有一连做了十次的，这样还可以优惠。他听了，想想人家说的也不无道理，就狠狠心说："我也连做十次吧。"

接下来，他不断地接到电话，不断地如审判人一样问对方，同时重复着介绍自己，如背诵台词一样"嘟嘟嘟"一口气讲下来。他觉得说得嘴都起了老茧了，哪还有什么感觉啊。不断跟人见面，如上台唱戏走场子一样，见得多了，反而没有一个能让他看得上的，有的见后甚至不想说一句话就扭头想走。有一个二十多岁的女人，他拒绝了几次也没挡住，还是和她见了面。到底是年轻，肤色嫩，让他产生了一丝好感，可是他们还没说几句话，那女人就抱住他撒着娇叫："哥哥，我们找个包间去吃饭吧？"他一听就明白这女人的意思，再看她那两只熊猫眼，乌黑得吓人，那长得不能再长的假睫毛，还有脸上那像刚打过霜的白，都让人恶心。再看她那装扮，领子低到不能再低，里面的内容都能看得清清楚楚，那裙子更是短得不能再短了，简直盖不住屁股。这样的女人怎么能当我李先后的老婆呢，他想，于是像躲瘟神一样逃也似的跑了，真害怕被她黏上。

李先后还见过一个女人，她在电话里的声音很好听，自称是某大学副教授，比他大两岁，他一高兴就去见了面。妈啊，那简直就是一个大姐姐的感觉，身体没一点曲线不说，当李先后礼节性地同她握手时，感觉她那粗糙而宽大的一双手，与她的脸仿佛不是一个人身上长出的东西。他不明白这人的脸上和手上的皮肤怎么差别就那么大，只这一点就让他想快点跑掉。到后来，电话铃响得刺耳，他也不想接了，感觉接来接去还是先前的那一拨人，没有新人更没有能让他兴奋的人。十几天过去了，他本来抱了很大的希望，没承想却毫无结果。他一个冲动，就又想回老家再打听老医生孙女的情况，可是想想她也是四十岁的人了，正是家庭和事业的主力，凭她的能力，应该会很幸福的，何必让她知道自己的难堪，打扰人家呢？再说，或许人家早把自己忘得一干二净了，就是跟她说了这些，她又能帮自己什么呢？这样一想，便收了这份心。

上班时，他有些垂头丧气总也打不起精神，晚上下了班也不想回家，就一个人在大街上漫无目的地瞎逛。这天晚上，他也不知道自己逛到什么路上了，走了有多远，肩头忽然被人轻轻打了一拳，他扭头一看，原来是电大同学——姬明。

电大时，同学们送了姬明一个诨号，叫“打鸣鸡”。姬明有着快人快语的性格，却不被女同学看好，追过三个女同学都以失败而告终。他原在一个国有工厂工作，听说当过小领导，曾红极一时，以前还积极组织搞过一次同学聚会，这些年大家失去联系了，不想今天在大街上遇到。

当李先后看着老同学时，觉得他老多了。握手时他们互相看着对方，笑得都很响亮。姬明到底嘴快，先说了一句：“怎么，你一个人轧马路，不带弟妹啊？”李先后本不想说出自己的伤心事，可是征婚的事搅得他心里没了主张，就不由自主说了出来，说老婆如何出车祸死了，重找了一个又离了，等等。说到伤心处，自然就引出了伤感。老同学一把拉住他说：“走，在附近找个小饭店我们搞两盅!”

原来，姬明原来所在的国营单位，因招商引资成了合资工厂，中层干部被淘汰下来一大批，愿意留下的就重新分配，不愿留的可以买断工龄，得到一笔钱的补偿。姬明原来是大有希望竞选老总的，这下连个副总也保不住了，一气之下，他和老婆双双买断工龄回家自谋职业，相信凭着自己的人生经历和社会经验，还能活下去，活人还能被尿憋死？此后，他们考察了不少项目，经验积累了不少却没有一样他们能做的生意。大点的生意，他们怕一下子把干了一辈子的保命钱赔进去；小点的呢，他又觉得太丢面子，毕竟自己也是当过官的人，曾经风光过一时。可是，那些十块八块钱的买卖他实在不愿做，总觉得太寒碜，就这样高不成低不就地闲了一年多。后来，老婆在省妇联工作的表姐，建议他们开一个有免费婚介服务的饭馆，还给他们想好了名字：姻缘饭店。妇联的要求是不骗不哄，本着实事求是的原则，名义上与他们合作，是要给大家一个可信度，妇联也不做任何投资，有合适的就介绍人们过来。就这样，在妇联的支持下，有了一些来吃饭并登记的人，给他们开了一个好头，也给他们奠定了基础，让他们有了基本客源。姬明这才全力配合老婆干起来，安心而踏实地当起了小老板。

凡来他们饭店登记的人们，他们要求两个“必须”：一、登记的个人情况必须真实可靠，手续齐全；二、双方谈成后，必须在他们饭馆办婚宴，哪怕请一桌也不限制。

姬明滔滔不绝地说着他的事业，两人你一杯我一杯地喝起来，互不推让不客气，敞开胸襟畅谈，真应了酒逢知己千杯少的俗话。姬明还兴奋地谈起老婆刘翠莲来，说自己曾经那么困惑迷茫，大有一蹶不振之势，天天喝酒找醉，还看不起老婆当这么个小老板，现在看来，还是女人有韧性啊。“不瞒你说，我们现在年收入比原来单位工资高几倍，工作也不是太累，现在一切都理顺了，什么东西都有人送上门，也不用操多少心，闲暇时就开车去郊区钓鱼。车不好，是辆‘昌河’，但是既能拉人又可拉货，用着方便。原来在单位时，我虽然有点权，那也总是如履薄冰啊，害怕上头又要照顾下面，还要左右逢源。如今这一切都不存在了，你看，我活得还算潇洒吧？”

姬明还真诚地说：“我一直苦于联系不上你。现在好了，你可以在我那儿享受费用全免，包括吃饭，直到选好对象为止。”最后，他还狡黠地对李先后做了个鬼脸说：“有靓妹，我先跟你说，你不在也留着给你，等你选了‘秀’我再公布于众。”

“唉，说实话，我对征婚都失去信心了！”李先后叹了口气说。

“为什么？”

“不瞒你说，我在报上连登过十次征婚启事，电话里谈得都很好，可结果呢，却没一个能让我一见倾心的，我觉得去也是白去。”

“错！你要这样想，就大错特错了。那些在报上登的人也许真没好的，但是我那儿是安全又可靠，我们开业三年多来，已经成功搭桥了一百多对，你难道还不相信我？”

“好吧，我相信。明天去看看。”

一瓶北京二锅头、四个小菜不觉间就瓶空盘净，两人又要了两碗烩面。喝足吃饱了，这才握手言别，他们又约好第二天见面的时间，姬明说保证会让李先后不虚此行。

2

星期天的早晨，李先后去了家门口的小吃店买了些油条豆浆。上大学的儿子周日爱睡懒觉，他没去叫醒他，自己吃完后，留一部分放在微波炉旁边，就开始打扫卫生。平时忙着上班，懒得打扫，一周下来灰尘就积了一层。他苦笑了一下，先把脏衣服找出来放进洗衣机里洗着，然后忙着擦拭家具，他边干边在心里感叹，一个家没了女人真不像个家了，怪不得分居两地的夫妻，总是把女人所在地称为家呢。确实啊，女人才是家的载体。等他收拾好了一切，地也拖干净了，人已累得有些喘气，有点腰酸背痛。以前从来不把家务活当回事儿，自己亲身体会一把才明白，于是又想起前妻，自己那时不知道心疼人，总认为她在家很清闲，侍候自己也是理所应当的，从来就没为她想想，看来自己真是太亏待她了。

忽然间，他又觉得，自己可能是真老了，一岁年龄一岁人，不服老不行啊。既然老了，找一个伴儿就行了，管她什么样子的，只要懂得心疼人，通情达理就行了。

李先后觉得累了，就坐下来抽烟。刚点着火，手机就响起来。来电显示是姬明的名字，让他过去，他犹豫了一下便答应马上就去。赶到同学的饭店时，已近中午十二点了。他看着店里店外，并不是他想象的那么小，一楼大厅足有二百多平方米，有几桌客人正在热闹地吃饭。姬明站在门外热情地迎接他的到来，礼仪小姐也给他鞠了躬，他抬头认真地看了看整个店面，只见门头的招牌上是烫金的“姻缘饭店”四个大字，上面还配着精巧的霓虹灯。下面的门和两扇窗户，则装饰成水乡风格，整个门面都用竹子排列而成，窗户玻璃上饰有鲜嫩的竹叶，给人感觉雅致而温馨。此时应该是饭店最忙碌的时候，老板姬明却如此悠闲，李先后想起他说过的话，如今一切都已步入正轨，生活得清闲自在。

他还是忍不住问：“你不忙啊？”

“大堂经理管着，大事有你嫂子吩咐，我基本没什么事。”姬明回答。

饭店楼下三间楼上三间，下面并没有什么特殊，上面则别出心裁，不是千篇一律的小雅间，而是设计了一个大居室。姬明上前掏出钥匙打开门，只见里面摆设温馨：一组很讲究的淡绿色布艺沙发，玻璃茶几上放着一束玫瑰花，配上几枝富贵竹，正面墙壁上挂了一幅大大的男女紧紧握手的彩照。姬明笑容可掬地对他说："右边才是你要看的地方。"

李先后便走到姬明手指的地方，又推开一扇门，一个很大的房间出现在李先后眼前。只见这个房间如档案室一样，两边分别对称地放着两个大书架，一排排整齐的牛皮纸档案袋码放得错落有致，还有两个耀眼的牌子让他大为惊奇："男人货架"，"女人货架"。

李先后疑惑地看着姬明，姬明说："不言而喻，男左、女右。你不用看左边的，这右边有几千位女士，你要一个个看，那可太花费时间了，还是过来先看一下注册情况吧。在注册的资料里对哪个有意，再按编号找档案、看照片，中意了就相约见个面，这样成功率高，还节约时间。"

两人相视一笑，李先后说："这有点像生活中的超市啊。"

"超市超市，超级的市场。超市里的东西，都是生活中的必需品。超市这种形式，很符合当前快节奏生活的需求，所以我也与时俱进了一把，把这里设置成再婚和大龄人的婚姻超市，让每一个想成家、急于找到幸福归宿的单身者，快捷而方便地选择对象，没想到被你这个法官一语中的啊！"

"对了，你懂电脑吗？"姬明顿了顿问。

"我刚学了一点皮毛，不叫懂，在那儿找东西还不如看书方便。"

"电脑上的这些，都是我女儿整理的，她说这样看着方便。既然你会在电脑上看，就从电脑里调出来给你看。"这时有服务员推门进来，为他们端来茶水，并告诉姬明，老板娘找他有点事。姬明就让李先后耐心看，自己退出房间，也许是想给他留下一个安静的空间，让他一个人好好看。

开始，李先后是采用小猴摘桃式，看一个比一个。比较了十几个后，他自己也迷糊了，大有顾此失彼之意，每个人都有各自的缺点和优点。女人再多，他只能选择一个，怎么办？

他一边抽烟一边想着，自己到底要找一个什么样的女人？是要一个下半生能陪自己的伙伴，温柔细心同甘共苦的呢，还是跟姜倩丽赌气找一个年轻漂亮、可爱迷人的娇娘？不行，姜倩丽就是那样的，那年轻漂亮的娶回来还得天天哄着侍候着，像供个活神仙一样，那还不如不跟姜倩丽离呢。不，再不能重蹈覆辙了。但是，也不能再找像前妻那样头发长见识短的家庭妇女了，那样姜倩丽不笑掉大牙才怪。唉，过日子不是演戏，别人怎么想又与自己有多大关系呢？想到这儿，他掐灭没抽完的香烟，选了十位三十五岁至四十五岁的女士，把她们的电话都抄下来。

第六章

女人部落：前夫来了

1

在从车站回单位的路上，冰倩告诉方可曾，不准去她家里找她，有事先打电话联系。

话是这样说，但是在心里，她已经接受了方可曾。回家后的他们，如一天不见面就会通N次电话。晚上，杨冰倩先安排儿子睡下后，也就是十点钟，电话常常会在这时准时响起。为了不吵醒儿子，她只让电话响半声就接听了。如果时间过了电话还没响，她就会焦躁不安，不是怀疑方可曾出什么事了，就是猜想他被什么事缠住了脱不开身，心神不安地看着时间。有时电话会在她的胡思乱想中突然响起，方可曾总会先解释今天晚打了一会儿的理由是什么，于是一切就又释然了。她没有说自己在等待时的那些瞎猜或想象。如果超过半小时还没有电话来，她就会急不可耐地打过去，方可曾有时说一会儿回过来，有时说今天不能打了还有工作没干完。她这才能静下心来做自己的事。两人每天的电话最少也要打半小时，长的能有三个小时。

她彻底懂得爱情使人年轻这句话了，虽然她没对任何人袒露过自己的心事，却总会有人说她最近很精神，气色良好，跟儿子也有说有笑的，偶尔还和儿子打闹一会儿。儿子有天说："妈妈，你最近怎么这么活泼啊？"

总是秘密聚会，方可曾不大高兴了，说你这样让我太难受了，咱们应该大大方方地交往，离婚再婚天经地义，天天像小偷一样有点伤自尊。再怎么说，杨冰倩就是不同意让他去自己家里，说在未领证以前，绝不能有男人去家里住。一是怕韦民单位的人看到说闲话，二是怕儿子反感，以后大家更不好相处。她说谈好了结婚时，就买房子搬出检察院住。

她这样说，方可曾只能无奈地对她耸耸肩，笑她古典。可是一旦方可曾两天没找她，她又受不了，会埋怨方可曾。有一天，方可曾忽然破例地来到冰倩的爷爷家，并当着老爷子的面与冰倩表现得很亲密，冰倩越是暗示他，他就表现得越明显。冰倩没办法，只得跟爷爷说明了他们的关系。

方可曾走后，冰倩想听听老人对他们这事的看法和意见，但是老爷子一直一言不发。杨冰倩不明白爷爷是什么意思，回家的一路上都在想着这事，直到方可曾打来电话，问起老爷子对他有什么看法时，冰倩也没有想通爷爷到底是怎么回事。

有几次冰倩忍不住想直接开口问爷爷，可是爷爷总不给她张口的机会。只有一次，爷爷仿佛言外有音地说："你也不是小孩了，自己看着办吧。"

冰倩认为爷爷对这事是看好的，于是就放了心，在医院公开了与方可曾的来往。

单位人看到眼里都为冰倩高兴，纷纷议论他们是真正的郎才女貌。有和冰倩要好的朋友，纷纷来祝贺她，说她苦尽甘来，好人有好报。

大家这样作了肯定，冰倩也感觉特别幸福。她一激动就忘了当初自己的规定，把方可曾带到家里来了。方可曾很喜欢冰倩的儿子，两个男人在一起玩得很好，冰倩看在眼里，喜在心里，还有点后悔当初不敢让儿子面对了，现在看来一切都是自己多虑了。再说方可曾除了比韦民大几岁外，哪点都比韦民强，反正自己也快要搬走了，就让检察院的人看看让你韦民知道，我杨冰倩还是有人爱有人要的。

医院新建的家属楼分下来了，冰倩分到了一套四楼的三室两厅两卫。她想好了，他们一卧儿子一卧，另外一间做书房，阳台还可以当花室。她专门打电话让方可曾过来吃晚饭，做饭时她就高兴地与他描述新房子的格局，设想着怎么装修，让方可曾大致作个预算。可是一顿饭都吃完了，她发现方可曾都没说几句话，对于新房子、搬新家并没有多大兴趣。她有些扫兴，问他今天怎么了，他只说今天搞实验站了一天，有点累。

没过几天，同事里和杨冰倩最要好的姐妹忽然打来电话大惊小怪地说："冰倩姐，不好了！"

杨冰倩有点蒙，想着又是自己管的病房出事了呢，就说："慢慢说，怎么了？"

"方博士，方博士……"

冰倩一听是方可曾，急忙问："他怎么了，你快点说啊？"

"倩姐，你可要镇静啊！"

"到底是什么事？他出什么事了，我马上过来。"

"你最好最近别来医院了。"

"为什么？你在说什么？"

"他……他老婆来了。"

"他老婆？……"

杨冰倩差点晕倒，头像炸了一样。她不敢相信这话，急忙拿起手机重拨了以前拨过无数次的号码，那边却一直把那首《黄土高原》唱完也没人接听。她想冲过去找他，可是却挪不动脚步。记得自己听方可曾说他离婚了，却并没有看过他的离婚证，又想想他近几天来的表现，冰倩不出得身上起了一层鸡皮疙瘩，自己太相信他了！如今事到如今，该怎么办？她该去找谁？谁能给自己一个答案？

想起与韦民离婚，她还有着英雄就义的风采，是那么不在乎，离就离吧，离了你地球一样转，可眼前的自己算什么呢？第三者，还是秘密情人？她心里说不出是后悔还是愤恨，他竟然还不接电话，杨冰倩越想越气，恨不能马上找到方可曾，当着那女人的面让他回答，到底想怎么样？可是她还有一点理智，觉得无论他如何回答，一切对自己来说都没用了！

杨冰倩足足一星期没下楼，还拔掉电话线关了手机，想把过去的一切画上句号，把方可曾从记忆里一笔勾销，让自己尽情地在家里哭个够。

两周过去了，杨冰倩心情平和下来，重新坐在电脑前敲打着键盘，把药方分门别类地输进电脑。她已经整理得差不多了，接下来就是把全部方子打印出来，再开始第二项工作，和爷爷一起再校对一下。现在她再没有了想离开爷爷的想法，只要她愿意，爷爷永远会默默地用眼神抚摸着她的心，任由她自己慢慢地疗伤，她终于读懂了爷爷的许多沉默。其实，沉默是治心病的一服好方子，而爷爷的这味药，是最高级的治疗心病的良药。这样想明白了时，她就恍然大悟了，怪不得爷爷总不提方可曾，自己怎么就不能像爷爷那样沉稳呢？看来，自己离爷爷的任何功夫都还差很远。她一瞬间希望自己能快快老得像爷爷，一个人静静地过该多好啊。没有了七情六欲，不再争名夺利，一日三餐，为病人减轻疾苦只收个本钱，平平淡淡安享晚年，这不就是人生最大的乐趣吗？

手机一直响着，杨冰倩不想接，埋头干着自己的事，可这个电话仿佛较上了劲儿，喘了一小口气又响了，冰倩这才拿起来看看，是方可曾的号。她虽然删了他的名字，可这个号码早已烂熟于心，一时半会儿想忘记是不可能的，她按了关机键。

吃饭时，家里电话响了，她想现在时间还早，就准备接了这个电话再拔掉线。“你就这样对待我啊？”方可曾打来的，没有客气的开头，一张嘴就这样说，冰倩的眼泪“哗”一下就下来了，她想破口大骂，想骂死他，但是她张不开嘴，嗓子里像有个东西堵着。

“她来这里没经过我同意，只是在前几天打电话说要来看我，我拒绝了，没想到她真来了。”

“我不想听，有什么意思？”

“宝贝，你冷静点儿，听我说，你等我两年，两年后我一定……”

杨冰倩冷静地拔掉电话线，不想听他的承诺。明明说已经离过婚，现在却说两年后，竟然这么明目张胆地骗人，你还配当学者配称博士吗？她这么想，眼泪不停地流下来。

从那以后，家里又是死寂一片，没有了生机和欢笑。儿子要上初中了，住校后每周只回来一天，杨冰倩这一天哪儿也不去，就陪儿子。

这天晚上，已经十二点多了，有人轻轻地敲门。杨冰倩吓了一跳，蹑手蹑脚地走到门后，从猫眼里往外看，门外却是韦民。她开了个门缝冷冷地问："有事吗？"

"让我进来吧，别这么防贼一样对我。"

冰倩懒得跟他废话。韦民把门轻轻关上，却被眼前的烟雾吓了一跳，不知道发生了什么事，再仔细一看，才明白是冰倩这个最讨厌烟味的人抽烟了。冰倩不明白韦民为什么这时候来，没好气地说："有话就说，有屁快放。"

"我路过楼下，看有灯亮着，想过来看看你们，顺便把东西带给儿子。"韦民放下一个大包，有些抱歉地说。

"这么好的父亲啊，这么晚了私闯民宅你不觉得不合适吗？"冰倩冷冷地说。

"别那么夸张好吗？我又不是外人。"

"谁是外人，谁是内人？"

"既然你不欢迎我现在就走，这总行了吧？"

"不送！"

韦民的手已经要打开房门时，还是说："冰倩，我很后悔离开这个家，让我常回来看看好吗？就算我求你了。"

"我要休息了。"

"好吧，有时间我再回来。"说完韦民就走了。

"回来"，这句话他说得多好听，这是你的家吗？你想回来就能回来吗？是你自己走的，回来没那么容易，更不是你想回来就能回来的，冰倩这么想着，在心里冷笑。

周末，儿子一进门就高兴地问杨冰倩："妈妈，我爸给我从香港带的东西呢？"

冰倩不明白地问："我怎么知道？"

"他跟我说，他回来下了车先给我送了东西才回他家的。"

"哦，那个包，你自己去看吧。"冰倩这才想起前几天韦民夜半送来的包，她一直把它扔在角落里，懒得看，原来那天他是从香港回来。

韦民好像知道儿子什么时候到家一样，这时也开门进来了，进门就问："儿子，喜欢那些东西吗？"

“这都是女人的衣服、化妆品，还有这么多乱七八糟的东西。”

“这是给你妈妈买的。出差去香港一趟不容易，难道只给你买东西啊，你这个臭小子也太自私了吧。快，给你妈妈看看。”

儿子就大叫着妈妈，说你过来，有你的好多东西呢。杨冰倩不理，也不想过去看。这时儿子拿过来一个东西，兴奋地说：“妈妈，数码相机！你不是很喜欢照相吗？一直说买也不舍得买。”

冰倩接过相机盒子，原来是索尼牌的500万像素的数码相机。韦民说：“今天咱们就在家吃吧，我来做饭。”

杨冰倩这才看到韦民还买了很多菜，便没像以前那么敌视他了。韦民进了厨房，不多会儿厨房里就响起了锅碗盆勺交响曲，冰倩懒得看他送来的东西，就干脆去卧室躺在床上看相机说明书。

三个人一起坐下来吃晚饭，韦民拿出冰倩喜欢喝的红酒，为她倒上，又去酒柜找出白酒给自己倒了一大杯。儿子想下楼去试试相机，快速吃了饭就提出要去照夜景，冰倩劝也没劝住。韦民还帮他说好话，说他这么大的孩子了，不会有什么事，特别是男孩子，要让他早点学会自立，不能让他总有一种倚靠大人的心理，他要求儿子十一点前一定要回家来，别让妈妈担心。儿子高兴地作了保证，在冰倩的默许下跑走了。

2

家里少了一个人气氛就不一样。孩子本来就是家庭问题的调解剂，大人有什么不愉快的可以通过孩子传达给对方，还可以通过孩子说一些双关的话，好多小矛盾就这样在不知不觉中化解了。而眼前他们俩的关系不是夫妻，是前夫前妻，又各有所爱，就是因为这个孩子，他们才不得不偶尔要互相面对。血浓于水，儿子虽然憎恨过父亲，可还是他爸爸，别人无法替代。

儿子走了，杨冰倩看了看韦民，意思是问他走不走。韦民明白，却动也不动，犹豫了一会儿还是鼓足勇气问：“你们怎么样？”

冰倩白了他一眼，想问他是不是来笑话她的，可是转念一想，可能他还不知道那事，就低头看报纸没理他。

“什么时候搬家?”

“怎么了？等着要房子啊?”

“哪里啊，房子永远是你跟儿子的，我怎么可能要。”

“那你什么意思?”冰倩这才抬起头正眼看他。

“冰倩，我对不起你，对不起儿子，对不起这个家。”

“有完没完?”冰倩不耐烦他这话，把报纸翻得“哗哗”响。

“金灿灿只是一朵好看的花，玩起来不知道自己姓啥，浪漫起来可以不要家，和她一起走在大街上很招人眼球，可是过日子没那么简单，我现在再没有了家是温暖港湾的感觉。就是三天不回家，她也一样不做饭吃，身上有一元钱绝不花五角，要起性子来不论场合，好多场面都让我下不了台。”

“愉快就好，你和她在一起不是很愉快吗？这是她当着你的面说的，我还记得呢，你不会忘吧?”冰倩虽然嘴上不依不饶，口气却没那么多敌意了，韦民感觉到了，有些感激地看着她。

“人人骨子里都有浪漫情怀，但浪漫不能当日子过。我早就想跟你说这些，只是怕你笑话我，今天借点酒力，我才敢于说出来。”

“你到底想说什么?”

“我想回头，儿子是我们的，求你别忙着接受那个人，好吗?”韦民的声音很低，眼里噙满了泪，几乎是哀求地说。

杨冰倩心里一热，想告诉他，自己和那人已经吹了，可是转而又想，说了又有什么意思，岂不是在暗示韦民他有希望了吗？不，不能。但是见他这样，自己又不好说难听话，毕竟十来年的夫妻了，没有感情还有交情在，更有儿子的血缘连在一起，得饶人处且饶人吧。她这才说：“你回得来吗?”

“只要你接受我，最多一年。”

她差点流下泪来，心酸难耐，不知道自己该高兴还是该生气：一个说两年，一个说一年，我成了什么了？如果没有婚变，我们怎么可能都这么痛苦呢？你现在觉得不幸福不如意就回来找我，可是我的痛苦又去跟谁说，我能回到哪儿呢？

冰倩越想越多，眼泪还是掉了下来，韦民见了忙抽出纸巾递过去，以为冰倩又在生他的气，就说："请你等我好吗？"顿了顿又说，"那个人是比我文凭高，可是你了解他吗？"

"你可以走了。"杨冰倩擦掉眼泪，猛一下高声下命令说。

韦民本想进一步拉近两人关系，没想到冰倩这样说，可能是自己这句话不该说，又见冰倩冷漠起来，他只得不情愿地站起身，犹豫了一会儿见冰倩并没有坚持赶他走，就说："元旦时，咱们一家三口一起出去玩玩吧，孩子上初中作业重，思想压力大，给他放松放松，也让他过过照相瘾吧。"

冰倩未置可否，韦民接着说："我找车来接你娘儿俩。就这么定吧，我走了。"

当韦民"咚"一声锁上门时，杨冰倩心里很想留住他，想对他说，你如果真的后悔就回来吧，儿子是你的，老婆还是你的，这个家还是你的。三口人一起还过平平淡淡的日子，就这么过到老，看着儿子上大学，毕业参加工作，看着他结婚成家，然后一起抱抱孙子，这就是自己想要的生活想过的日子。这一切不正是大多数人都在过着的生活吗？自己并没有过高要求，更没有奢望什么浪漫，但是为什么这一切就不能属于自己？

杨冰倩认为只有两个字，是自己"命苦"。

电话又在十点整响起，杨冰倩被忽然响起的声音吓了一跳，她知道一定是方可曾打的，不想理他，可是电话一直响个不停，她没好气地按下免提。

"宝贝，圣诞快乐，我来陪你过平安夜吧。要不你来我这里？"

好久，冰倩才平静了声音冷冷地说："我是中国人，不过洋节，你找别人平安吧洋博士先生。"

"倩，别这样说话，我在这座城市只有你，在这个世上也只爱你，你离不开我，我也离不了你，我们从一认识就踏上不归路了，你不要这样折磨我们好不？求你了宝贝。"

"以后跟我杨冰倩说话，请你去掉这两个字。去过你的圣诞吧。"

"我说过了，两年后我就是你的了。你给我时间，我真的很爱你。"

"没事挂了，再见。"

"别别，我跟你说一下，我元旦可能也不能陪你了，要回去一趟办一点事。"

“跟我说这有意义吗？你回你的家与我有什么关系，我是你的情人还是二奶？”

“别说这么难听好吗？我说过你是我最爱的女人，两年……”

冰倩不想听下去，按了关机键。

元旦如期而至，韦民如约开了车来接他们。冰倩不想去，让他们爷儿俩去。韦民苦苦相求，儿子也死活要拉住她，冰倩只得委屈自己下楼。

离婚时，儿子恨透了爸爸，看他的照片都要用脚踩，说一辈子不认他，现在倒好，才两三年又亲得不得了，过去的事仿佛没发生过。她苦笑了一下，想，俗话说得好，真亲打不掉，假亲难安上啊！

韦民带他们来到黄河岸边的邙山，三个人坐上了游黄河的快艇，韦民说要让儿子感受一下躺在母亲河怀里的感受，体会冲浪的感觉。在船上，韦民左臂护冰倩，右臂护儿子，一家人显得很亲密，好不让人羡慕，像没有任何矛盾发生过一样。掌舵人故意搞些惊险的急转弯，冲起一丈多高的浪花，冰倩吓得大叫，儿子却高叫“太爽了，爽死了”，两只脚还不停地跺船底。韦民臂下一使劲儿，抱紧冰倩，冰倩也随着船的转动紧靠过来。虽然谁也没说话，冰倩心里却一阵温暖，那种久违的感觉又回到了身边。在别人眼里，这是多么幸福的一家三口啊，可是又有谁知道这是破裂后的临时组合呢？

下了船，儿子又要照相，冰倩站在一边随他们父子疯。忽然，儿子对一个走过来的游人说：“叔叔你好，请您帮我们照一张全家福吧。”

那人爽快地答应着接过相机，父子俩亲密地靠过来，冰倩张了张嘴，还是没当着人家的面拒绝，她怕伤了儿子的自尊心。儿子已经是小伙子了，得给他留点面子。照了一张，冰倩正要走开，那人忙说：“别动，再来一张，看这边的大桥景色多美啊，一列火车正在黄河桥上飞奔，下面是滔滔黄河水，背后是巍巍邙山，远处是天水合一，太美了！”

那人“啪啪”帮他们拍了好几张，儿子高兴地回放着看相机里的照片，并举过来给冰倩看。冰倩清楚地看到，韦民亲密地侧身靠向她，儿子的脸上笑开了花，自己虽然没有笑，却也有些甜甜的表情。好久没有看到儿子这么开心了，她还能说什么呢？

经过一个母亲怀抱孩子的雕塑时，韦民停下来给儿子照相，又让他们母

子合影，并严肃地对儿子说："儿子，这个母亲比喻的是黄河，孩子就是我们人类。黄河是我国的第一大河流，源源流淌了数万年，一直哺育着我们人类，所以我们把它称为母亲河。你也就是这样在你妈妈怀里一点一点长大的，要记住，无论走到哪里，母亲是最爱你的人，忘了什么都不能忘了母亲啊！"

爬山时，韦民在一个看起来危险的地方停了下来，伸手要拉一把冰倩，儿子也眼巴巴地看着，她只得伸出手去让韦民拉自己上去。好久没锻炼了，她已经气喘吁吁了，便站住歇歇，韦民也站住说："儿子，歇歇吧，累不累？"

"这算什么啊，我在学校每天早晨要跑三圈操场，一圈下来就八百米啊。"

"你坐下休息一会儿再爬。"韦民从口袋里掏出一包餐巾纸递给冰倩，冰倩接过来垫在石头上坐下，说："你们往上爬吧？我在这儿等你们算了。"

"不行，同甘苦共患难嘛！我们俩拉着你也要一起走到山顶。"儿子兴奋地高喊。

"就你懂得多。"

"他说得对，登峰造极嘛。"

冰倩掏出一片纸巾擦着脸上的汗，心想，狗屁同甘苦共患难，平常日子都过不下去。

过了一会儿，韦民见冰倩歇得差不多了，伸过手说："我拉着你爬吧。"

冰倩自顾自走去，没让他拉。韦民紧随她的右边，在陡峭处还是强拉她走了一段。在两人一起往上爬时，儿子叫好，还给他们留下了相搀相扶的爬山照。

天完全黑下来时，他们才回到市里。韦民提议去饭店吃饭，还没等冰倩说话，儿子就高呼万岁，冰倩只得随他们走。

汽车停在"一分利海鲜"饭店门前，韦民让冰倩找个位置坐下，他和儿子去选海鲜。等全部东西上来，冰倩发现完全是按她的喜好来点的。结账时，韦民又要了一份小黄鱼让打包带走，她以为是韦民要带回去给金灿灿的，也没说什么。她想问金灿灿知道不知道他来陪儿子，话到嘴边还是没

问。

回到家冰倩就想赶快洗漱一下睡觉，正想撵韦民走时，儿子却哭叫起来，一直喊肚子疼。冰倩忙给他简单检查了一下，认定是爬山时喝了凉水，又吃了一肚子海鲜，造成急性肠痉挛，她让韦民给他揉揉肚子，自己去找热水袋给他焐焐。

有这样的事发生，韦民也没法走，儿子更是拉住韦民不让走，她也没话可说。韦民说你累了去睡吧，我看着他，真不行再去医院。要是没事我就和儿子挤一下睡。

冰倩不好意思去睡，坐在儿子身边看了一会儿，韦民催过多次，她也是太困了，这才起身去自己的卧室外。

当她一觉醒来，忙跑到儿子房间，只见儿子香香地睡着了，韦民也坐在那里睡着了。冰倩忙找出自己的大衣给韦民披上，不想却惊醒了韦民，韦民一把抱住冰倩。冰倩怕儿子醒来看到，便说："有话出来说，别这样。"

冰倩想到客厅的，韦民却拥住她执意来到大卧室间，当两人双双坐在床上，韦民才说："让我回来吧，今天的一切我终生难忘，你就给我个回头的机会吧。"

"你走的时候说过，你不能再对不起第二个女人，现在怎么又这样说？"

"那时，我们偷偷摸摸地相聚，很刺激，渴望完全拥有。但是真正成了一家人，激情也过去了，才发现生活是平淡中见真情的。我已经适应了我们十来年的生活，跟她在一起总是不顺心，没一点安全感。她太好玩，我难以接受，日子越久我就越后悔莫及。"

冰倩想自己和方可曾可能也属于一时的激情，真正在一起生活未必就合得来。毕竟和韦民生活了十来年，他这么祈求，不如就留下他吧，两人虽然有点隔阂，孩子却是幸福的。想到这儿她也不自觉地靠向韦民，韦民感觉到她的默许，就想进一步拥有，冰倩急忙制止了。

结果，三天节日，韦民都是在这儿过的，真正像一家人一样幸福美满地生活了三天。爷儿俩一个劲儿地讨好冰倩，仿佛冰倩一发话，这个破镜就立刻重圆了一样。杨冰倩也很想很想让它重圆，可她能做到吗？她曾反复问过自己，终难得到肯定的回答。

冰倩说不出对韦民是什么感情，妹妹在省城打来电话，说好马不吃回头草，离都离了，别再理他那种小人。天涯何处无芳草，干脆调省城算了，利索地摆脱旧梦！

冰倩不赞同妹妹对韦民的贬低，却也不会一下子接受韦民。虽然离婚了，她还是很能客观地评价韦民。一个人做了点对自己不道德的事儿，并不能因此全盘否定他的一切。公正地看一个人，这是爷爷的风格，她学得很到家。就这样他们保持着一定距离，忽近忽远了两三个月，冰倩也正想告诉儿子“五一”让爸爸回来呢，这时候金灿灿忽然来访。

冰倩以为金灿灿听到什么风声，或是韦民提出来离婚，她打上门来的，不料想金灿灿却说是来求冰倩的。金灿灿说自己确实是一个玩性很大的女人，在外疯惯了，常常忘了家的存在。当初看到韦民为此事生气她还不理解，说他爱自己不够，一个大男人疑神疑鬼的烦人，可是经过一段时间思考后，她也觉得他说得有理。现在无意间发现自己怀孕了，于是一下子有了想安宁下来做母亲的愿望，但韦民却不想要这个孩子，说我不适合做母亲，不配让孩子叫妈妈。说实话，我很想当母亲，一个女人如果一辈子都当不了妈妈，那就不是一个完整的女人，我很渴望有个孩子，有个女孩最好。

说着，她还流下泪来。冰倩心软，听她这样说，表现得也很真诚，不免就同情起她来，忙抽了纸巾给她，又为她倒了杯水。一瞬间又气韦民，你有什么权利剥夺一个女人做母亲的资格？自己虽然在不知不觉中就做了母亲，没有金灿灿这种渴望和企盼，但是女人的心性是相通的，她不由得同情起金灿灿来。

金灿灿擦了擦满脸的泪水，喝了口水接着说：“我知道你们虽然离婚了，还有孩子连着会有来往，却没有拦过他或者防他管他的钱，因为我从心里觉得对不起你们。但是我也明白韦民很敬重你，所以我第一个就想到来求你，只有你能帮我说服他。”

“你们是一家人，我一个外人有什么权利管你们的家务事？”

“倩姐，别这样说好吗？求你帮帮我，就看在未出生的小生命的份儿上，救救她吧！”

“他说得也对，做母亲不是那么容易的，你要为她付出很多很多，为了孩子你会失去很多自由，浪漫就离你很远了。”

“我明白，我也下定决心要面对现实，实实在在地做女人做母亲。”

冰倩见她这样说，明白她不是一时冲动才来找自己的，又想韦民也有韦民的难处和想法，可能真有打算回来的思想，才铁了心不要这个孩子。正如金灿灿所说，孩子是无罪的，我们怎么忍心把她扼杀在襁褓中？想到这里，冰倩便说：“你先回去吧，等我见他时，就跟他说一下你的想法。”

“倩姐，不要再等了，最好这个星期就说，我代孩子求你了！”

“唉，冤孽啊！”

金灿灿看冰倩基本上算答应了，便起身告辞，临下楼还在不断地说谢谢的话。关上门，冰倩不知道是该哭还是该笑。多么滑稽的事情，天下真是无奇不有，她第一次来跟自己比谁才是韦民的最爱，韦民跟谁在一起最幸福；第二次竟然是来求自己帮她拥有一个美满的家——你毁了别人的家怎么就不想想呢？我为什么要去帮助你，我是傻子？

冷静下来的杨冰倩，不想再面对韦民，打电话告诉他自己周末有事不在家，让他回来陪儿子过周末，留下一封信放在桌子上，然后去了父母所在的省城。

韦民：

你没有权利不让她完成一个女性最伟大最神圣的使命，更不要充当扼杀自己骨肉的凶手。这个家已经习惯了没有你，让生活平静下来，让一切平静过渡吧。

杨冰倩即日

韦民看完信，知道一切都结束了，再努力也没用了。他深深地感到，真是覆水难收啊。早知今日，何必当初？

第七章

男人部落：原来我们不是一路人

1

李先后约的第一位女士，叫曲曼娜，三十七岁，一米六七的身高，未婚，教育厅干部。当李先后第一眼看到曲曼娜时，就觉得她端庄、文雅，不是俗人。他先就满意了八分，心里暗暗想到，姜倩丽啊姜倩丽，你要是知道我找到一个这样的对象，不气炸了肺才怪！

曲曼娜不单人长得端庄大方，还是名牌大学毕业生，出身于高干家庭，身上有一股娘胎里带出来的高雅气质。

成长于上世纪70年代的曲曼娜，从小就在母亲的教导下学了琴、棋、诗、赋。母亲宁愿一年不穿新衣服，也要攒钱给她买回一万多元一架的钢琴，还有古筝、古琴。古诗词，是刚出生时爸爸天天抱住她当摇篮曲一样念给她听的，以至于她长大后，任何诗词只读个三两遍就能背下来。中学时，语文老师常夸她是天才。棋艺也是跟父亲学的，她会下象棋、围棋。下棋时，父亲给她讲人生如棋的道理。父母从不让她出去像别的孩子一样疯玩，时间长了，曼娜也习惯了独处，总是以书为伴。母亲常常教育她，作为一个女孩子，首先要让人感觉自己是高傲和典雅的，这样活得才有品位。在这样的严格管教下，曼娜的童年不是灿烂多彩的，而是处处充满规矩。中学时代，她就越来越孤傲了，一个班里几十个同学，她没跟几个人说过话，大家私下里都说她是冷美人。

其实，曲曼娜心里并不冷，她特别想和别的同学一样有朋友，渴望有要好的同学，能一起说说笑笑。但是她放眼全班的同学，不知道哪个才适合自己。和男同学稍微亲近一点儿，人家就会说是谈恋爱；女同学里边呢，看起来都太俗气，不是衣衫不整就是学习不好，有的口无遮拦。于是出类拔萃的曼娜只能固守着自己的骄傲。整个中学下来，她没有一个好朋友。

中学毕业，她顺利考上了大学。在大学里，她尽量让自己不那么清高，放下架子去跟感觉可以交往的同学接近。大学毕业后，她被分配到省教育厅工作。那时她像一朵鲜艳夺目的玫瑰花，追求的人和求婚者络绎不绝，几乎踏破了她家的门槛。优秀而孤傲的她，自然对对象的要求高。先后见过几个，没有尽如人意的。就那么一直挑挑拣拣，总也成不了好事。有条件好的，人家嫌她不够温柔不够随和，当然更多的还是她看不上人家。这样一路选来，三十已过眼看就到四十了，没有热心人再介绍了，父母生气得只好放手随她去。她在单位分的有自己的房了，就过起了实实在在的单身贵族生活。久而久之，她就更个性了，觉得还蛮自在的。下班的第一件事就是打开钢琴，坐下来弹上一曲《生命交响曲》；不高兴时，就找出古筝、二胡玩一下，发泄一下心里的烦躁情绪。

李先后和曲曼娜约好，在一家歌厅见第一次面。开始，李先后觉得自己五音不全，又长年都没唱过，就谦虚地请曲曼娜唱。曼娜就很大方地唱了几首，唱的都是一些 20 世纪 80 年代流行的歌曲，他默默地感受着那些熟悉的旋律，一种亲近感在心里顿然升起，对她倍感亲切。一瞬间，他感觉自己仿佛回到了青年时代。听过她的几首歌后，李先后一声长叹，不由得打开了话匣子，讲起了自己过去那段难忘的下乡岁月。没想到曲曼娜对下乡的事很感兴趣，热切地问这问那。李先后觉得能被一个女人追问，说明已经得到了女人的好感，他的话也自然而然地更多了起来。他感叹说："我们那一代年轻人，好时光都被浪费在乡间田地里，青春虚度在落后农村，你们出生的时代好，没遭罪啊。我们这代人正好在长身体时闹饥荒，该上大学时叫下乡，要养老时被迫下岗。”说完他苦笑着看了曲曼娜一眼。

“你又没下岗!”

“好在那时毕业进了政法单位，如果进了工厂说不定现在真会下岗呢。”停顿了一下，他说，“还唱还唱！挺好听的，听得人挺高兴的。”

“唱歌是假，静静地说说话才是真。对下乡的事我没体会过，所以想知道一些，真的。说点你们那时有意思的事?”

“什么是有意思的呢？一时还真不知道发生的那么多事哪个最有意思。”李先后又是一声感叹，“我还真是在那时候锻炼了胆量。记得那年我才二十岁，活脱脱的一个愣头小子，天不怕地不怕。几个知青爱在一起吹牛，看谁胆子大，我就一拍胸脯说，自己根本不知道‘怕’字怎么写。一个爱恶作剧的知青就说，在村子西北方向有一片大坟场，天要黑时，咱们一起去放一瓶酒，如果你敢在晚上十二点把那瓶酒找到并拿回来，就证明你没有瞎吹。我说中。话一出口，心里还真有点后悔，可是就是再不敢也得硬撑着，面子大于一切。在众目睽睽之下，十一点多时，我不得不硬着头皮出门去了坟场。当天的那个夜晚，正是阴雨天，黑漆漆一片，我自己能听到自己的心跳声，犹豫着还是壮着胆往前走。路边的树上，被我惊飞的鸟儿扑棱棱会发出一两声尖叫，凄厉得让人心惊胆寒。一会儿，仿佛听到后面有个人在跟着我，有“嗒嗒”的脚步声响，我急忙站住，转身去看，在伸手不见五指的黑暗里不可能看到什么。我使劲睁大眼，却仍然是漆黑一团。站了一会儿，我假装着咳嗽两声，给自已壮壮胆再往前走。快到坟地时，又看到远处的河滩上有火星儿一跳一跳地在动，虽然我心里明白，那是磷火，并非是人们所说的什么鬼神在作怪，可是当时的我却控制不了心里升上来的阵阵胆寒，全身的每根汗毛都竖起来了，直打哆嗦，而心里的那股青春傲气又不容我退缩。村里有十几个男女知青呢，他们都在那儿等着看我笑话呢，落下个吹牛的名声多难听，所以我就大声地吼起歌来，那真不叫唱。”说到这儿，李先后喝了一大口茶，有点不好意思。看着曼娜认真听的神态，他只得又接着说：“不过，如果搁到现在我真会放弃，还是回家睡安生觉，随他们怎么说怎么笑也不会去逞那个能了。”

“然后呢?”

“我就狼嚎一样，大吼着快步跑到放酒的坟地，拿着那瓶酒，没命地往村里跑。也就是在那时我才切身感受到，人，其实是要生活在群体中才有安全感的，一个人很难生存。”

曼娜认真地听着，点头表示同意，李先后一瞬间有了相见恨晚之意。这次约会快结束时，他礼貌地伸出手，曼娜很自然地和他的手握在一起，他紧紧地抱了曼娜一下算是告别。

从歌厅出来，他明显地感到曲曼娜对他也很有意思，觉得这个女人可以跟姜倩丽媲美。她虽然没有什么实质性的官位，却也是一个正牌大学毕业生，而且还带职拿下了硕士文凭，身材、长相都能跟姜倩丽一比高低，可以说是人各有千秋。但是，他这次必须慎重，不能进展太快，要稳扎稳打，看清对方的全部面目。这就是李先后没有太主动进一步推进关系的原因。他明白得很，只要女人看上的男人，无论你怎么要求，她都会半推半就地接受；真不接受时，那定是女人压根儿就没看上这个男人或另有隐情。从这以后，他们在下班后都不急于回家，互相打个电话，少则半小时多则几个小时地聊天，越谈越投机。

第二个周末，曲曼娜选在一个洋味极浓的星巴克咖啡厅和他见面。在低缓的轻音乐里，他们窃窃私语，情意绵绵聊得好不开心。咖啡上来了，曼娜用小勺子搅着，一点一点地抿着嘴喝。李先后看在眼里心里也很舒服，想说自已不喜欢这玩意儿，又不愿扫人家面子，更怕人家说自已没情调，只得学着她喝了一点。一向不会做作的李先后，还是不住地咂着嘴。曼娜自己喜欢纯味咖啡，知道李先后一定喝不惯，就伸手为他加了两包糖两盒奶，示意他再尝尝。这下他觉得好多了，不那么苦和涩了。这个小小的动作，让李先后感觉到温情，心想，这女人够温柔，很有女人味儿。再看她吃瓜子，也是用手先剥了，不露牙齿地吃着，他觉得这样的女人真是有教养。

到了该吃饭的时间了，曲曼娜说这儿气氛好，雅静。李先后自然同意，曼娜就不客气地点了进口的西餐牛排，问他可以吗？李先后根本没听清她说的什么，就头如捣蒜一样地说：“可以可以。”

服务员问他们要几成熟的牛排，曼娜说七成吧，这样吃起来才脆而不腻，营养丰富又可口。李先后吃不惯洋味，更搞不懂老外怎么都充满野性，好好的熟食不吃，非吃半生不熟的肉，特别是日本人，还吃生鱼片，这和动物有什么两样？但是这话他以前只跟前妻说过，而在曲曼娜面前说就不太合适。当曼娜问他要几成熟时，他犹豫了一下，还是要了九成熟的。心想，中国人就要中国吃法，为什么非要模仿人家，我就不模仿。他不敢表露出自己的这种心态，就一杯接一杯地喝水。等铁板牛排“嗞嗞”响着端上来时，李先后还是模仿了一把曼娜，看她怎么摊餐布，怎么左手拿叉右手使刀，刀叉拿到手里却总也不习惯，怎么用都觉得别扭。曼娜没有笑话他，只是偷偷仄了他一眼。还好，再别扭的事，只要有爱情做主题，自然会一顺百顺。两个人眉来眼去地说笑，倒也浪漫温情，让他免去许多难堪。曲曼娜还特意要了红酒，她温柔地说：“今天我请李哥，让我敬你一杯。”

李先后忙说：“不，不，哪有女人请男人的？这不是让人笑话吗？”

“什么你啊我啊的，说我们才对。”曼娜眯着笑眼看他。

“是的，我们，我们。”他的心一动，爽快地说。

这顿饭吃了两个多小时。红酒让曲曼娜的脸微微泛红，原来很白的脸蛋这下白里透红分外迷人。李先后请求和她坐到同一张沙发上来，曼娜只把自己的身子向一边靠了靠，并没回答他。李先后明白，这种肢体语言更说明问题。他过来坐下的同时，就拉住了曼娜的手，把她的小手握在手心里，感觉却有一点点失望，没有找到他心底想要的那种感受。但是，这并没影响他紧握曼娜手的动作，只是放开了一只手，让他们的两只手很自然地握到一起，曼娜的脸蛋儿更红了。李先后看在眼里喜在心里，有了想亲她一下的冲动。

2

第三次见面，是曲曼娜提前到的，说这次她要表示一下诚意，要去服装店为李先后置办两套品牌衣服。她问他是不是每次来跟自己见面时，都要忙着去找衣服穿。看他穿的衣服，她都替他难为情。李先后挠了挠头说：“我找来找去，就只有这两套衣服，你又不喜欢我穿制服，所以就真的没衣服可穿了。”

“你啊，穿出来的衣服没一件能让人顺眼的，今天我要为你选两套配得上你身份和品位气质的衣服。”曼娜说。

她说出这样的话，李先后心里别提多舒服了。前妻在世时，并没关心过他的穿着好不好看，他整天穿着单位发的工作装。后来与姜倩丽结识的半年中，她虽然自己天天如开服装店一样地买衣服，对他，就结婚时为他买过一套西装。今天被曲曼娜一点拨，他大受感动，不由得心里先感叹一回：一个女人，她注意和关心你的仪表，就说明她是爱上了这个男人。听人说过，丈夫的穿着是妻子的脸面……

正在这时，姜倩丽打来电话，温情地问：“先后，好吗?”

“还不错。”他微笑地答。

“听你的口气，对象找好了?”对方有些醋意。

“不能说好，只能说进展顺利。”他有些得意。

“能说说对方情况吗?”

“一个老姑娘，硕士，没你漂亮。”

“桃花照满头了，怪不得这么高兴。”醋意改为敌意。

“好了，我还有事，再见。”李先后收了线。

姜倩丽这样，使李先后有一点点得意，这也说明自己心里已经有了曲曼娜的位置。一个男人一旦爱上一个女人，最容易在她面前装帅充大。他积极主动地让曼娜试了几套女装。不想，曼娜虽然难比姜倩丽的妖娆，却自有中年女性独有的气韵和知识分子的知性美。几套衣服试下来，她最后选中了一套，对着镜子左看右瞧，还含情脉脉地问李先后怎么样，那表情真可谓春风拂面，如三月桃花娇滴滴的醉人。

人靠衣装马靠鞍。这高档衣服穿在曲曼娜身上，确实让人感觉又高贵又有品位，李先后感觉她简直变了个人，自己站在旁边也要逊色三分。白领金领，并不代表品位的高低，像国外的贵族一样，你钱多并不一定是贵族，而曲曼娜穿上这套衣裳显出来的高贵端庄，李先后觉得哪个男人见了都甘愿做她的臣民。他忙不迭地掏出钱夹付款。服务员大夸李先后有福，有这么一位端庄典雅的夫人，说是不用介绍就能看出是有身份的高贵夫人，说得他一刹那间也觉得飘飘然了，犹如步入云端。

接下来，他们又一起逛了男装部。可是，李先后试来试去，如机器人一样不厌其烦地脱脱穿穿，却总是难让曲曼娜如意，所以也没能为自己选到合适的衣服。到底什么样子的衣服才是又有品质又匹配自己的呢？他很迷茫，觉得试过的都差不多，她却总是一直摇头，难露满意之色。

曼娜无不遗憾地说："我本想表示一下心意，为你选一套好衣服的，却不想反成了你给我买衣服了，真的很感激你。我说话算话，一定要为你选一套能显示你的品位的服装。"

一下午的时间对于逛商场来说，很短。对男人来说，很长。曲曼娜还在兴致勃勃地看呢，李先后早已走得筋疲力尽，后来他再也不想逛了，强烈要求撤退。出了商场，他们匆匆吃了点小吃，想赶快回去休息腿脚，最后他们约定下次再专门为李先后买衣服。

回到家，李先后躺在沙发上抽了两支烟，这才静静地想：这个曲曼娜，她眼里的自己到底是什么样儿呢？当他试穿西装时，她说："不好，不好，太古板了。本来，你天天套在法院的工作装里已经够严肃了，下了班再穿西装，太不可爱了。我希望看到一个潇洒又帅气的男人在我身边，而不是一个严肃的法官。"

当他在她的授意下又试了几套休闲装时，她的头摇得更像拨浪鼓一样，只说："快脱快脱，我怎么觉得你怪怪的，有点不认识了一样，仿佛乡巴佬刚进城一样别扭。"

她这么一说，李先后不由得面红耳赤，急忙脱下来去找自己的衣服。可是，人家是出于好心，又是在关爱你，只是说了实话，他不能让女人下不来台，所以他再也不愿试穿了。而就在这时，他们为了缓解情绪，就又逛到女装部，曲曼娜只试了两套，正好就看到她最中意的衣服。那套价钱不菲的衣服让李先后也觉得穿在她身上太般配了，也难怪她爱不释手，于是他就大声地让服务员打包。

回忆来回忆去，前前后后，他找不出曲曼娜有哪点不对，但是心里又有一种说不出的感觉，到底是什么呢？

第四次约会，曲曼娜提出一起去听钢琴音乐会。她说她对李先后很中意，想让几个朋友一起看看帮她把把关，然后就定下来，明确两个人的关系，然后就搬到她那儿一起生活。李先后觉得这话中听，就同意了。

晚上七点多，他来到曲曼娜指定的剧院，买了价格不菲的五张音乐票。这是由中国音乐家协会主办的美声唱法和钢琴独奏专场演出。

曲曼娜和她的朋友们如约而至，李先后和她们一起进场。音乐会还没开始时，三个朋友跟曼娜就对音乐评头论足起来，谈的水准很高，且评点到位，李先后之所以这样认为，是因为她们的谈话已经吸引了不少羡慕的眼神，仿佛专家点评，倒显得他是一个多余的人，只支棱着耳朵傻傻地听着充当听众，一句话也插不上。她们仿佛丝毫不把李先后放在眼里，就连曲曼娜也感觉不到他的存在了，几个人有说有笑好不开心。一会儿，场内终于关灯，前台明亮起来，先是美声大合唱，接下来是一个钢琴家表演的独奏，再就是一个外国人的女高音独唱。李先后坐在那里，只感觉刺耳难耐，有种抓心的感受，几欲起身一走了之，可他一来觉得不礼貌，二来也有点心疼自己买票的钱。再看看身边的曲曼娜，却痴痴地陶醉在音乐中，而她那三个朋友还跟着节奏不断摇晃，让他看着难受。最终，他还是狠狠心，不愿再跟曲曼娜打招呼，就偷偷猫着腰从旁边溜之大吉了。

走出剧场，他这才长长地出了一口大气，回头再向不断传来女高音的音乐厅望去，他一声长叹。

等他静下心来仔细想想，与曲曼娜的几次见面，均是歌厅、咖啡厅、高档商场和剧院，哪一处都非寻常之所。这些地方，自己原来都难得进去，自己想过的只不过是平凡而安生的日子，离这种浪漫太远，他想他们不在同一个档次上。

不行，不行，不是一路人！

他忽然想到，冰倩小妹现在变成什么样子了？出身官员家庭，会不会也变成这样啊？端庄典雅的女人难道都这样吗？他又摇了摇头对自己说，不会的，她一定还是原来的样子，还是我心里端庄文雅又可爱的小妹妹。

第八章
女人部落：初恋时节

1

以前，杨德尚在县里居住，是当地很有名气的中医。他认识的官员很多，上门拜访的各地名人更是络绎不绝，不少外国人也慕名前来，更有人想寻得他的真传，磨破了铁鞋。岂不知中医博大精深，与中国几千年的文化一样深奥，中医的特点是变幻无穷，不是一学就会的。大家都知道杨德尚医术精湛，医德高尚，却就是不把真本事传于他人，所以有人偷偷骂他老顽固、老狐狸精。

杨德尚就杨冰倩爸爸一个儿子，儿子一直很争气，从小学一路顺畅上到大学，很顺利地进了县政府的大门。从政后，他又步步高升，最后坐上了县长的宝座。所以杨德尚的医术是不可能传给儿子这一代了。杨冰倩的母亲柳玉娥生了两个女儿，冰倩是老大，自幼在爷爷身边生活，耳濡目染喜欢中医，上大学选择了医学院。毕业后一直在市医院搞内科，常常与爷爷讨论医学问题，自然很受爷爷宠爱。妹妹杨旖旎在省城大学毕业后就不愿回老家了，总是在一些公司跳来跳去，这是后话。

如今杨德尚老爷子都八十岁了，外人一直认为他后继无人，精湛的医术眼看就要失传了，人们都在感叹而遗憾着。

平时杨冰倩在市医院上班，业余时间就回家跟爷爷切磋中医，现在冰倩也成了市医院小有名气的中西医皆通的名医。杨冰倩从小生活在家教严谨的中医世家，很少出去疯跑。当爷爷表现出很喜欢李先后小朋友，冰倩便也很自然地和他成了要好的朋友了。在李先后小哥哥面前，她感觉既受呵护又有意思。小哥哥很听她的话，无论她怎么要求，他都会照办，从不生她的气更不教导她。那时冰倩不单喜欢跟小哥哥一起玩耍，更喜欢听他讲别的小朋友的故事和笑话，有趣极了；还喜欢他的声音和他深沉的眼神，和他在一起总是感觉安全而充实，有趣又快乐。那时他总给冰倩读小人书，也不知道他哪来那么多小人书，冰倩常被他有声有色的朗读迷住。《小兵张嘎》、《铁道游击队》、《烈火金刚》、《烈火中永生》，等等，当然她最喜欢的还是《红楼梦》。就是从那时开始，她喜欢上了他的声音和他的人，那成了她后来喜欢写作文的原动力，她的作文仿佛是在他的朗读声中写出来的。

后来，父亲在县委分了房子，他们一家就搬了过去，去爷爷家就只能在周日或节假日去，总是匆匆地去，急急地回。偶尔会巧遇上他一回。她大学毕业参加工作后，也曾跟爷爷打听他的事，爷爷含糊其辞地说些不明不白的话，她便不好再问。在老宅子那儿，她就他一个朋友，再无法找到别人打听他的去处了。只有一次，真是太巧了，她给爷爷送东西时，正好碰上一身法官服的昔日小哥哥，可惜人家身边站着一个有了身孕的老婆。她开始没看到有个女人存在就一激动叫了声“哥哥”，听他介绍身边的女人身份后，她一下子不知道再说什么好了，只得礼节性地叫了一声“嫂子”后就逃走了，觉得自己像个战场上的逃兵。还好，他们没有看到她蕴满眼眶的泪水。

2

生活在县委大院的干部家庭里，杨冰倩一直很受外界呵护。随着父亲的不断升职，她实实在在感受到了“当官的老婆穿带棱儿，当官的孩子有人敬”。无论在同学面前还是在老师面前，她都享有一种无名的优势，人生对她来说平坦而顺利。大学一毕业就分配到市医院上班，生活得甜蜜而平静，她的生活艳阳高照。

有个和她同时分来的转业军人，叫韦民，因为没有专业知识，只能安排在护士位置。韦民帅气刚毅，两个肩膀总是不自觉地保持着平衡。上世纪80年代成长起来的杨冰倩一代，从小脑子里就灌满了军人才是最可爱的人的意识，那一身军绿是人们眼里亮丽的风景线。初与韦民认识，杨冰倩便感觉有一种无形的亲切感，有时也能感觉到他在偷偷地注视自己。一个军人转业过来的小护士，无形中在心理上就比有学历的杨冰倩矮了半截。80年代，大学生如稀世珍宝一样，在社会上在单位里都被刮目相看。后来两人知道了，杨冰倩的父亲和韦民的父亲还是中学同学，于是两个人的关系比别人又近了那么一点儿。

有一次杨冰倩给一位囊肿病人做小手术，病人是个小女孩，惊慌疼痛中她不断地叫喊、骂人，无法让手术顺利做下去。冰倩那天正好刚刚邂逅了李先后夫妻，心里憋着一股气也很不耐烦，就吵了小女孩两句，小女孩的家属一下子找到理由了，大骂杨冰倩是小学徒，没本事就一边玩儿去，别拿他们的孩子做试验。说说倒也罢了，还大骂脏话。杨冰倩坚持做完手术后，去洗手间哭了很久。血气方刚的韦民看不过去，就找到病人家属据理力争了几句。不想人家来者不善，竟然和韦民大打出手，韦民只一个人，他们四个人，自然是韦民受伤，牙都被打掉了一颗。病人家属还告到院长那儿，说是韦民打了他们，院长也不问青红皂白就把韦民狠批了一顿，并让他停职反省，在全院大会上作检讨。韦民无论如何也接受不了，一气之下说，宁愿不要这个工作也不检讨。事情是因杨冰倩而起的，最后，还是冰倩找到院长详细解释了一番，又自己先写了检讨并找到病人家属当面澄清事实，院长这才同意韦民不作检讨、复职。冰倩觉得愧疚，就请一位同事陪她找到韦民家，向他表示感谢。

杨冰倩很感激韦民的仗义，这件事之后在心里和他感觉更近了。韦民是上世纪70年代的大兵，参加过越南“自卫反击战”。有次他跟冰倩说，在一次夜晚秘密行军时，天上忽然打出几颗照明弹，把整个天空照得如同白昼，这说明敌人发现了他们，这是一种不祥的征兆，也可以说是死亡信号，部队命令立即停止行动，又打出黑色弹。在这分秒必争的时刻，要想逃出死亡之谷，那就要看每个人的造化了。他那时才十八岁，不懂得多少自救方法，被身边的一位老乡大哥按到他身子下面，等炮声停了，他才被人从老乡大哥身子底下拉出来，原来大哥早死了，他当时吓晕过去了。后来清点人员，死伤很多，他却安然无恙，很庆幸。可是他心里从此也无限地痛苦着，因为大哥说过他想这次打仗立个功，那样就不用复员回家当农民了，家里也不用为他娶媳妇的事着急上火了。可是这个大哥怎么也没想到战争也会让人流血牺牲的，从此成了异乡鬼神，再也回不了家了。“就是这么一位大哥，他为了救我却那么走了，这是我心里永远的痛，我千万次祈祷他的灵魂能跟着我回来。”

韦民说到动情处，眼圈都红了。没想到他还有这样的心结，杨冰倩觉得军人真是无比神圣。

杨冰倩为了安抚韦民，就给他讲起了大学时的一个笑话。她说，大学生活不像人们想象的那么紧张。有一天，是我们最不喜欢的一个高度近视的男老师讲气管学，他有点老学究，总是讲着讲着就自我陶醉地摇头晃脑，还不断地走来走去。不知谁在他衣服的后面贴了张纸条，上面画着如他一样的学究像，还夸张地嘴里流着口水，纸条上还写了一句话：这个气管是放屁用的。纸条正好在他上衣下面对着屁股的地方，于是他走到哪儿学生就笑到哪儿，他生气地说大家不尊重他，当他大步走时，那纸条就跟着他跳，大家更是忍不住笑，一节课我把肚子都笑疼了。

韦民说：“你们大学生还这么淘，这都是我小时候玩剩下的。我原来把大学生当成神在心里供着，总认为你们不是凡人，所以刚来上班时，听说你是分来的大学生，我既崇拜又尊重你，不敢多看你一眼，更不敢靠近你。”

冰倩笑了笑说：“别这样说，其实我心里还很崇拜你呢。军人、军装，始终是我们这一代人心里的一个梦。”

韦民说：“其实我们还有一层别的关系。怕别人说我高攀，我就没敢跟你说起过。”冰倩问是什么，韦民才有些不好意思地说：“你爸爸和我父亲是中学同学呢。”

俩人关系从此近了。星期天，韦民就约冰倩一起到郊外玩。韦民刚买了飞鸽牌自行车，他就骑车带上杨冰倩去黄河边玩。

冰倩高兴地说：“韦民，我今天真高兴。下次再来，我要带泳衣，我想游泳。”

韦民朗声答：“小姐！这是黄河，俗话怎么说的你忘了？跳到黄河洗不清啊！”

“什么小姐不小姐的，我们是同事，现在应该说是朋友吧，我只想玩，又没什么需要洗清的。”

“我配吗？”

“唉，说什么呢！配不配的，多难听啊，我有这么可怕吗？”

“不是你人可怕，是咱们的身份和水平差距太大。你一个大学毕业的医生，而我则是一介武夫，小护士，听着就逆耳。”

“人不在于出身高低，而在于爱不爱学习。我感觉你很上进，常常发现你在看名著，你谈话也很不俗，这说明你的心是向上的。一个人只要一心向上，水平就会不断提高，我认为你将来一定会前途无量。”

“你真的这样看我啊？多谢多谢，我会继续努力的。”

“对了，你都在看哪些书啊？”

“我小时候没受过什么古典熏陶，当兵后才忽然明白过来读书的重要，于是就在部队想尽一切办法如饥似渴地读书。读不懂古文，就把图书馆里的现代书读了个遍。转业后，我办的有市图书馆的借书证，现在读外国文学。”

“这么说，你已经读了很多书了，真行啊！我小时喜欢看小人书，长大后也喜欢看文学书，可是还真没你读的文学名著多呢。”

“可我还是没法跟你比啊，你有专业文凭，我是因为父亲骂着母亲流泪才来上班的，不是怕母亲流泪我是不会要这个破工作的。但是我第一天上班看到你，就觉得眼前一亮，虽然你那么高傲，没正眼看我，我也不会下贱地去跟你说话，可你仿佛给了我一种信念一种感觉，我就有了想干下去的念头。”

“我没有什么过分的举动啊。”

“人与人之间的感觉，不是说出来的，一举一动、一点一滴都在各自的心里，那是可意会不可言传的，说出来反而没那种感觉了。”

冰倩听他如此说，忽然又想起了小哥哥，她感觉自己的爱情也许就坏在这个身份上，虽然自己没有看不起别人，别人却总是对自己只有尊敬而不敢靠近。她伤感地想："也是。我不知道我怎么才能不让别人对我敬而远之。"

3

从那次郊游回来，韦民总躲着杨冰倩。她觉得自己没做错什么事啊，很不明白。又一个周末时，她给了韦民一个字条，约他去上次的地方，说跟他有话说。

韦民接到纸条本不愿赴约的，可是他想有事应该说在当面，一个单位上班，低头不见抬头见的，闹僵了不太好，这才姗姗来迟。

冰倩看看手表，韦民整整晚了半小时。还没等他走近，她就不客气地问："为什么？"

韦民用脚踢了踢脚边的石子，有些不好意思地笑了笑说："什么为什么？"

"别装腔作势了，不理我，今天还故意来晚。"

"我天天正常工作，需要说话时没有不理谁啊。今天有点事就来晚了，请杨大夫原谅。"

"你……"杨冰倩急了，指着他说不出话来。

"我前天还叫过你一次吧，哪有不理你啊？"

"你还装不是？"冰倩的眼泪要流出来了。

"不是，不是，你别……别啊，我……我真的没有不理你。"

"你还这样说！"说完冰倩抬脚就走。

韦民愣了一下，忙追上去低着头说："单位同事都在说我是有意高攀县长家的大小姐，癞蛤蟆想吃天鹅肉。"

"县长的女儿就不能有同事和朋友吗？哦，在一起说个话就是想吃天鹅肉了？"冰倩流着泪胡乱往前走。由于路不好，中间又有一辆坏了的大货车挡路，穿着高跟鞋的冰倩走路难免摇摆不定，一不小心被石头绊住，一个趔趄摔在地上，只听她大叫一声“哎呀”，就再也站不起来了。她扭伤了脚，又疼又气，忍不住抱着脚哭了起来。韦民不敢上前抱她起来，等她哭了一会儿，他才蹲下来向她赔了一车好话，劝她起来去医院。最后他搀扶着冰倩起来，把她的自行车存放在附近的人家，让冰倩坐上他的自行车，他一步一步地推着往前走。等走出事故区，他嘱咐冰倩坐好了，这才骑上车急速向医院飞跑。

因为是夏天，还因为韦民心里又着急又紧张，衬衣一会儿就湿得透透地粘在身上。杨冰倩有点过意不去，小声说：“休息一下再走吧。这么陡的上坡我还是下来慢慢走吧。”

“别动别动。现在要快去医院找骨科医生看看，疼得轻一点了吗？”

“好多了，你紧张什么！不要你管。”

“我的大小姐，别赌气了，你终于肯跟我说话了。如果早知道会这样，就是谁再打掉我十颗牙我也要天天跟你说话。”

听他这样说，冰倩在后面轻轻打了他两拳，笑了。

等他们回到医院找到骨科医生，那医生只轻轻一捏一拉，冰倩疼得大叫了一声“妈啊”，疼得哭出了声，转眼间，就又破涕为笑了。

韦民心里的石头这才算落了地。

韦民觉得是自己没照顾好冰倩，执意送她回家，可是一想到她身份不凡，就又犹豫不决地问冰倩：“我送到门口就走？”

冰倩明知他的心事，却故意问：“为什么？是怕我妈妈看我扭伤脚了骂你？”

“不是，就是骂也是应该的，这事确实怪我。”

“知道错就好。你不去，我妈骂我，我就不吃饭明天也不上班了。”

说着话他们就到了大门口，他把自行车扎好，扶冰倩下车，又犹豫着松开手，看冰倩站着不动也不说话，他只得又上前扶住她，帮她敲门。冰倩妈开门见冰倩这样，责怪冰倩说，这么大的孩子了，扭伤了脚才知道回家。韦民忙说：“阿姨，都怪我了，不怪她。”

“唉，不是怪谁不怪谁，这么大的人了还不会走路，本来周末我等她帮我干点家务呢，一转眼就走了，回来了又成了这个样子。”

“阿姨有什么事吗？我可以帮你做。”

“不是做，是让她去找修水工来，家里水管坏了。她妹妹上中学忙，她爸上班忙，就她闲一点儿。”

“不用找了，我看看是哪儿。”

“不用不用，一会儿我自己去找吧。”

“阿姨，让我看看吧。”说着话，韦民扶着冰倩到了客厅。

“妈，就让韦民看看吧。”冰倩转向韦民，“你会修？”

“我在部队学过，不是太难的事，应该没问题。”

柳玉娥就带韦民来到厨房，并说不单厨房里的水下不去，卫生间也下不去了，再不修就没法用了。韦民看了看，说主要因为卫生间那儿堵死了，厨房下水道和卫生间的是连在一起的，只要把卫生间修好就全通了。说干就干，他跪下一条腿，用手插进浴盆下面，拉出来一些长头发，然后他把下水管拉出来用水冲干净。由于地方狭小，又是在一个拐角，活虽不重却很是拿捏人，韦民的脸憋得通红通红的，才把下水管重新安装好。等他站起来才发现，刚才跪的地方有沙粒，他又用力太重，沙子竟然把膝盖蹭破了，他丝毫没觉出来，还是杨冰倩过来发现的。他用手摁了摁流出来的 点血，不好意思地说没事，对军人来说这不算什么伤。

冰倩忙找来酒精，硬让他把裤腿拉起来给他擦了擦，这才让他洗手喝水。冰倩妈也热情起来，忙说：“快洗洗手，到客厅吃葡萄。”

“我喝点水就行了，还没彻底干完活儿呢，你去歇着吧。”韦民接过冰倩手里的毛巾，擦了一把脸说。

韦民把卫生间清理完后，又去试厨房的下水，顺便把厨房清理干净。冰倩妈见了有点过意不去，就顺口说：“小韦啊，今天就在这儿吃个便饭吧。”

韦民懂得别人留饭有多种原因，有假意的也有真心的，何况这不是平常人家。他不敢贸然留下来，就礼貌地说：“不用了，谢谢阿姨。”

可是杨冰倩不知道出于什么心情，忽然说：“妈，让他走。你给我做红烧鱼吧，我想吃了。”

韦民听了这话，觉得心里有愧于冰倩，还想再干点活儿来补偿一下，于是他就试探性地说：“阿姨真是好母亲。”

柳玉娥一听韦民这样夸她，更热情地说："你也别走了，帮帮我吧。"

韦民便留了下来，和柳玉娥一起在厨房忙活。冰倩问他："你会烧什么菜？"

韦民不好意思地说："一般的都差不多吧。你喜欢吃什么，让我试试，也算我对今天的意外给你一个补偿。"

"红烧仔鸡，糖醋鲤鱼。"

"好，我试试。要口味淡一点还是重一点？"

"适中。"

柳玉娥听了就说："我来打个下手，要什么你就说。"

韦民说："你把米饭蒸上然后去休息吧，其余的不用你管了，找不到的东西我再问您。"

韦民把围裙一围，手脚麻利地干起来。他先把鱼洗干净，用手抿上少量精盐抹在鱼肚子里，再仔细地在鱼身上用刀划上几道"人"字形花纹，放到一个小盆里去；然后把仔鸡先分成大块，再剁成小块，放上少许精盐和老抽拌了拌，这样主要的准备工作就大致做好了。他重新又洗了一次案板和刀具，开始切姜丝、葱丝和蒜丝。为了色彩鲜艳，他还找到了两个红辣椒，心说，就这样吧。

其实，做菜的一大部分功夫在于搭配和刀功上，烧的过程虽技术含量高，用时却并不是最长的，也就是二十分钟，韦民已经大声叫喊：可以开饭了。

柳玉娥不相信那么高大的小伙儿在厨房能这么利索，她忙看了看电饭煲里的米饭，也刚好蒸熟，便让冰倩稍整理一下餐桌，说："咱们先吃吧，你爸现在不回可能是又有饭局了，你妹妹也不知道什么时候回来，给她留点算了。"

当他们刚吃了两口饭，杨冰倩的爸爸回来了。一看家里有客人，不知道是何来历，就客气地对韦民笑笑，点了一下头。韦民见冰倩爸进来，先是愣了一下，然后连忙使劲吞下刚吃进嘴里的一口米饭，放下碗站起来，脸却刷一下红成一块红布。见冰倩爸对自己点头，他不知道是叫县长好还是叫叔叔好，忙去看冰倩，冰倩则不动声色地看着他说："吃饭啊。"

这时，冰倩爸来到餐桌前的主位上坐下，接过冰倩妈递来的米饭，冰倩这才拉了一把仍站着的韦民说："坐吧。爸，我同事，韦民。"

"哦，好，吃饭。哎，你们怎么不拿酒啊，有客人也不让酒啊？"

柳玉娥忙笑着说："就是就是，我给忘了。今天小韦可是功臣呢，不单修好了咱家的下水道，这菜还是他做的呢。对了老杨，你最好吃糖醋鱼，尝尝今天的水平怎么样？"

"是这样啊，那更要喝一杯了。"杨县长显然比刚才热情了些，说着他就夹了一块鱼肉放到嘴里。

韦民紧张得不得了，嘴里推说不喝酒，却又一次站也不是坐也不是的难受，冰倩又拉他坐下，说："坐下啊！"

"够水准！甜而不腻，酸甜适中，色香味都有了，不错不错。"冰倩爸咂吧了一下嘴说，端起酒杯示意与韦民碰杯。

韦民的"不喝"二字没敢再说出来，急忙端了杯子和他轻轻碰一下，一饮而尽。

"好酒量，小伙子够爽快。吃菜吃菜。"

韦民这才端起米饭吃了一大口，夹了靠近自己的小芹菜炒肉丝。冰倩妈把酒续上，韦民急忙站起来说："阿姨，我很少喝酒，已经有点头晕了。"

他的脸如染了红颜料一样，真的成了关公，于是大家就不再让他。冰倩爸说："好，年轻人锻炼锻炼就好了。"

冰倩还在吃饭，韦民先吃完又去了厨房，已经"哗哗啦啦"地把厨房收拾一新。冰倩妈过来看了心里高兴，嘴上却说："小韦去歇歇吧，累了半天了。"

韦民说："我不累，这点活儿算什么啊！您去歇着吧。"

"小韦挺能干哪，是个好同志，想让我怎么谢你啊？"杨冰倩不知道什么时候也过来了，看他忙上忙下的，打趣道。

"我有个事真想求你，可是不知道你舍不舍得？"韦民正色说。

"什么事？只管如实道来，让本小姐听听要不要紧。"冰倩笑着逗他。

"我刚才在你房间里看到有一套日本的《源氏物语》，我在市图书馆里只看了上部，怎么也找不到下部，也托人帮我在别的地方找过，也去省城买过，就是找不到。我想借你的看一下，一个月，不，十天也行，我保证完璧归赵。”

“哎，我还当是什么大不了的事呢，准了。说说为什么喜欢这套书?”

“这本书被评为日本的《红楼梦》，我看了上部。名著都有它传承下来的理由，我想读完它，不像《红楼梦》那样留下永久遗憾。”

“看在你今天辛苦的份儿上，本小姐就不收租金了。不过还是要有一条要求。”

“什么要求？只要我能办到。”

“你当然能办到，那就是……写个读后感连书一起还来，必须认真严谨，不得敷衍。”

“一定，一定。”

4

周一上班，韦民一直处在兴奋状态中，关心地问过杨冰倩的脚伤，得到没事的回答后，他又问冰倩：“你妈你爸没骂我没有照顾好你吧?”

“哪能啊，我又不是小孩子，还要你照顾啊。我只是告诉他们我自己不小心扭了脚，在路上碰到你，说你把我带到医院看完又送回家，结果还帮家里解决了当务之急。”

“谢谢你美言，不过确实是我没照顾好你的。”

“又来了。我爸还夸你的糖醋鱼烧得够水平，说喝酒看人品，觉得你是个不错的小青年，又好学上进，前途大大的……有。哈……这下高兴了吧?”

“……”

“怎么了，夸你还夸错了?”

“我有什么前途，当一辈子护士，老了熬个护士长，这就是一眼看到老的所谓前途!”

“面包会有的，一切都会有的，不要气馁啊小伙子。你们好像早晨八九点钟的太阳，才刚刚从东方冉冉升起，希望是你们的……”

"希望是你们的！"不等冰倩话说完，韦民接了这句话就扭头走了。

后来，韦民又去过冰倩家两次，每次都是还书再借书，去了当然又忙里忙外地帮着做家务，冰倩妈倒先喜欢上女儿这个同事了。常常有意无意地问冰倩一些关于韦民的家庭和为人的情况，冰倩一律回她不知道，当妈的也只得作罢。

又是一个周末，韦民忽然和父亲一起来拜访杨家。韦父说以前不敢登老同学家的门，怕水平差太远不够资格，现在儿子带着他，他才敢来叙叙旧。韦民的父亲是中学老师，一直不怎么得志，虽早知道老同学在当县长，因为差距太大，他不敢上门打扰。现在因为韦民和冰倩在一个单位，且两人是好朋友，父借子光，这才大了胆第一次前来探望。

杨县长待他们说不上亲热也谈不上冷淡。上茶后，韦民去了杨冰倩的房间，留给老人们自己的叙旧空间，但韦民心里明白，父亲第一次来冰倩家，虽然他们是老同学，但分开了这么多年，各人走的路不同也不会有多少话能说。他只和冰倩聊了几句闲话，就把冰倩要他写的《源氏物语》读后感交给她，让她也给自己打打分。又借了托尔斯泰的《战争与和平》后，就知趣地来到客厅，客气地对父亲说，杨叔叔事忙，咱们还是不多打扰了。冰倩爸不停地接电话，韦父一直踌躇地小口喝着水，茶水快喝完了，他不知道是继续喝下去好还是放下好，正好韦民出来解围，又恰好有人按响了门铃。于是，他们就起身告辞。

回家的路上，韦父严肃而认真地问韦民："你与杨冰倩的关系处得怎么样？"

韦民不在意地说："就是同事嘛。"

父亲严肃地说："我们家虽然不算是穷人，可从古看到今，再往后推几代看，也不会有出人头地的景象。你一个大男人，却分到医院当护士，不用说你不乐意上班，为这事我嘴上骂你，可心里却比你更痛苦，你知道我今天要你陪我来的用意吗？"

韦民迷糊地说："不知道。"

父亲说："你要想让咱们家光辉，想自己混出人样来，出人头地地做个男人，想结束自己这窘迫的前途，那你就紧紧地牢牢地抓住与杨冰倩的关系，直到你成为杨家的女婿为止，懂吗？”

韦民仿佛不认识父亲一样，父亲也正红着眼看他，四目相对足有一分钟，父亲扭头走了，留下发呆的韦民。他不明白父亲怎么变得这么势利，怪不得今天这么坚定地要来冰倩家，原来他心里早就有目的了。这人到了一定的岁数，怎么会变得这么俗气啊！简直不择手段。

清高的韦民，虽然对工作不满意，却一直做着文学的梦，对于人情世故总是持藐视的态度。他看不起世俗的人，更看不起势利之人，所以在单位他只跟冰倩能说得来。别人不理解他的思想，天天谈论着柴米油盐、婚嫁俗事，让他难以入耳。只有杨冰倩不掺和这些，他也仿佛置身事外，身份不高心却高雅到云彩里去了。

可是，今天父亲却给他出了一个难题，他与杨冰倩本来只是互相有点好感的心照不宣，却并没有到恋人那一步，情之所至水到渠成那才是他追求的爱情，而现在却要如任务一样去完成，他一万个不愿意，这不是小人之举吗？把人家杨冰倩当成什么了？跳板还是阶梯？他生气地回到家，“嘭”一下把卧室的门用脚踢上，灯也不开，直挺挺地躺在床上，不管妈妈的敲门声。

再上班时，韦民又与杨冰倩保持了一定距离，不冷也不热的。冰倩开始没留意，一周后，她觉得有点不对劲儿，就主动找韦民问最近是不是身体不太好。他说没有，冰倩说那么就是与谁生气了，他又说没有。冰倩实在猜不透，就耍起了小姐脾气说：“这不是那不是，我又没得罪你，连我也爱理不理的。行行行，那你以后别理我了。”说完气呼呼地走了。

第二天，韦民将《战争与和平》在单位还给了冰倩，并客气十足地只说了两句话，就转身离开。

冰倩又气又恨，不知道问题出在哪里。她赌气想，不理就不理吧，有什么了不起的。可没过几天，她还是想弄个究竟，觉得不能让韦民也如小哥哥一样那么糊涂地错过了。他的变化太奇怪了，让她伤心又为他担心，眼看他这样委靡不振的别是出什么事了吧？那天下了中班，她实在忍不住，因为曾去过韦民家一次，她也不用询问，一找就找到了他家。

韦民家住的是爷爷传下来的老宅，在老居民区。韦民正在家睡觉，直到妈妈领着冰倩进到他房间来，听到冰倩说话，他才一骨碌爬起来，不好意思地说："你怎么来了？"

"我不能来吗？如果不欢迎我就随时走人。"杨冰倩定定地看着他说。

韦民挠了挠头，使劲打了自己胸部一拳，"嘿嘿"地傻笑着说："杨医生大驾光临，寒舍蓬荜生辉。"

"贫嘴。让我站着说话啊？"

韦民这才想起忘了让座，忙拉过一把木椅子给冰倩，又觉得椅子上有灰尘，一时找不到抹布，就连忙用自己的衣袖擦了擦，绅士式地伸着手说："小姐请。请坐，请上座。"

"还上座呢，你能理我就是好同志了。"话里透出埋怨和气恼。韦民也不接话，只"嘿嘿"地笑。这时韦民妈把茶送过来，眼睛眯着看冰倩，又狠狠地瞪了韦民一眼。

杨冰倩忙站起来接过杯子说："谢谢阿姨。我路过你们这一带，就顺便想来看看韦民，一会儿就走。"

韦民也接了话说："知道你一会儿就要走，俺家没什么好吃的也不敢留你。"

韦民妈瞅了一眼韦民说："这孩子，怎么说话的！"

这时韦民才想起还没介绍冰倩的身份。家庭妇女的妈妈，从他转业起就一直在念叨他的婚事，他耳朵都快磨出老茧来了。父亲最近又不断给他施加压力，越是这样他就越跟父亲对抗，父子俩一直别着劲儿。妈妈也不知道为什么，只见爷儿俩吹胡子瞪眼的，多年养成的顺从习惯让她也不愿多问，还以为又是韦民不愿去上班了。今天见有这么漂亮的姑娘登门找韦民，妈妈高兴坏了，乐得不知道如何是好，话都有点说不好了。

韦民说："妈，冰倩是我同事，你忙去吧。"

他妈这才恋恋不舍地出去。

"傻了，不会说话啊？"冰倩见韦民低着头总是不说话，就有些不高兴地说。

"谢谢你来看我。"

"就这？刚才的贫嘴劲儿哪儿去了？"

韦民又一次挠了挠头说："我没事，你看到了。"

"撵我啊？那好，我也不会赖在你家。"冰倩说着，放下手里的茶杯就起身要走，韦民这才站起来说："不是，我生我爸的气，所以……所以在单位也不想说话。我真的没什么事。"

"你爸怎么了？"冰倩听他这样说，又重新坐下问。

"没怎么。你别问了。"

冰倩见他不愿说，想想是人家的私事，也不便再追问，就问他最近看什么书了。看到桌子上有一本《安娜·卡列尼娜》，就笑了笑说："你快成了托尔斯泰迷了。"

"哪里。我只是觉得他的书太有水平，其实这书早看过了，现在我在看诗集呢。"说着韦民从床头拿出《普希金诗选》和《拜伦诗集》来。

冰倩接过来，翻了翻问："你写过诗吗？"

韦民一下子红了脸，很羞涩地说："写过。只是自己看，见不得外人。"

"我能看看吗？"

韦民再次挠头。

"别挠了，让你把人心都挠烦了。看来我是外人，也不能看了。"

听她这样说了，韦民只得红了脸拉开冰倩身旁的桌屉，从里面拿出一本稿纸推给冰倩看。冰倩极认真地看着，他不好意思地傻站着，看到冰倩杯子里没水了，便端起茶杯开门出去加水。

当他来到外间屋子，父亲不知道什么时候回来了。父亲有些讨好地问韦民是不是杨冰倩来了，韦民鼻子"哼"了一下没有回答，父亲却无声地作大笑状拍了拍韦民，小声地说："一定要留她吃饭。"说完就向门外小跑。

韦民一看就明白父亲的意思，恨得只想让冰倩快走，可是这话他无法说出口，只得随他去了，本着不留也不赶的态度对待算了。

韦民回房间看冰倩还没有要走的意思，还沉浸在诗里，他伸过头看去，原来杨冰倩在看他写的近一段来的心情杂谈，便连忙用手盖了，说："不许看。"

"你怎么对生活对人生是这样的思想啊？我以前总认为你是积极向上的有志青年，想不到你心里却这么灰暗。你总在重复着的那个与父亲矛盾的扭结点到底是什么？我怎么越看越不明白啊？”

“你不会明白。不明白才好。说说我的诗吧，提提意见吧大学生同志。”

“在这方面我是小学生，你可以称上是我的老师了。只觉得写得很好，说不出意见，反正我是写不来。不过，我建议你投稿。”

“说实话，你是真正的第一读者。我总觉得自己水平差，不敢见人，怕人笑话，我一个中学毕业生也不配去做那诗人、作家梦。”

“你怎么总是这样自卑呢？不说古人了，就说咱们小学课文里的文章《半夜鸡叫》的作者高玉宝吧，他小学还没毕业呢；还有农民作家赵树理，他不也没什么学历嘛，你比起他们应该算高学历了。你就把这首诗再改一下，投投稿试一试，几分钱的邮资走遍全国，万一发表了也是对你的一种肯定和鼓励，发表不了也没什么丢人的，谁也不认识你或说你什么，丢不了你什么面子。”

“也是。你还是很有眼光的，我也认为前面这首最好，看来咱们的看法很一致啊。”

冰与焰

冰！晶莹
质朴清纯，无瑕而明
冷静却多情
是生命之源的积聚
是坚耐玉润的表明
当纵情的烈焰靠近
无畏升华是你的理想
留下的不是泪痕
你用靓丽之躯
映射火的欢乐
献出光的辉煌熠影
有心拥抱烈焰
无缘欢聚一身

用坚强掩饰柔情
为了纯粹的爱
你依然奋不顾身
念及火的热情
甘愿抛洒爱的滋润

火！焰紫
奔放豪迈，热烈纵情
释放着爱的能量
创造着美好文明
无惧冰之酷冷
何惜燃烧自身
独对寒冰现倩影
哪吝万念炬焚情
怜惜冰洁玉体
笑傲世间风情
谁愿钟情万种

冰倩指着诗说：这句“无畏升华是你的理想”太直白了，总的来看真是很好。我不懂诗，我们不写诗的人看着跟在天上飘一样，有些诗句我真的不懂。韦民低低地说：“别人不懂，你应该懂一点儿。”

杨冰倩疑惑地看着他说：“我不懂诗，怎么应该懂啊？普希金的诗高中时也看过，看来你跟他也差不远了。”

韦民笑而不答，只是含情脉脉地看着她。四目相对，两人都觉得不好意思，于是都低下头不说话。

过了一会儿，韦民说：“各行都有各行的学问，你要谈起医学来比我强太多了，我这只是不务正业罢了。”

“人各有所长。爱学习总归是好事。”

这时韦民妈敲门进来，说：“我煮点粥，闺女不嫌弃就留下来吃一点吧。”说着又向韦民偷偷使了个眼色，韦民心里明白，是爸爸让她来这样说的。他虽然有些生气，可冰倩总是客人，不能撵人家走，也只得附和了妈妈问：“行吗？”

冰倩本是要客气地说不的，见韦民这样的态度，觉得如果走了，可能会说看不起他家穷，又听得他妈妈说是粥，便不客气地说：“你要留，我就吃。”

“那就请。”不知道是冰倩的爽快让韦民找到自尊，还是刚才谈话的兴奋劲儿还没退，他也幽默地一伸手，绅士状地微微弯了一下腰伸出右手。

韦民爸爸一看到杨冰倩，那种讨好劲儿太过分了，难为得冰倩在他面前反显得很拘束。他就知趣地说了两句客气话，乖乖地退出说有事去了。冰倩这才自在了一些地坐下，再一看桌子，哇，整整一大桌子菜，盘子是盘子盆是盆的，满满当当，约莫有十来个菜。冰倩不高兴地用眼询问韦民，韦民很无辜地作出不知情之状，她想想韦民并没离开过自己，只好对韦民妈说：“阿姨，这么多菜就太见外了。我们是同事，没必要这么破费的。”

“不破费，是上午韦民的战友来玩，我弄好的菜，结果他们没来。这不又热了热，你别客气，随便吃吧闺女。”

韦民听妈妈这样说，只得随着妈妈笑，心里却不明白，妈妈一向那么老实的一个人，今天怎么说起瞎话来眼都不眨一下，看来真是跟着好人学好，跟着神婆吓假神，他不由得佩服起妈妈来了。但是这话不能跟冰倩说，他也只得把这个话圆了，就接过话说：“他们几个见我不高兴，说要来慰问慰问我，结果说好的却一个也没来。我也懒得问他们，这帮害人精，哪次我也骗他们一下报复报复。”

杨冰倩听他们这么说，明知不是那么回事，却也不好再说什么。看着桌子上的板栗烧仔鸡里还配有红枣，山药炖排骨里的枸杞和人参，她就明白这是饭店才有的做法。再看那红烧鲤鱼，韦民那天的做法可谓讲究到家了，可与眼前放的这盘双鲤鱼比较就差远了。家里讲究的是实惠，饭店则讲究美观，看那相依相偎的两条鲜活鲤鱼，冰倩感觉好温馨，真不舍得吃它们。还有几个凉盘，是凉拌苦瓜丝、金针菇拌黄瓜丝、卤鸭胗和猪耳朵片。韦民妈见冰倩看看菜又看韦民，知道她看出了破绽，忙说：“闺女，别嫌菜不好，吃吧。”

冰倩饭量很小，韦民妈让菜又太勤，碗里不一会儿就堆起来了，冰倩再三说不吃了，可老人还是不住地夹给她。韦民见了只得说：“妈，你看你，冰倩本来饭量就小，你也不知道她爱吃什么不爱吃什么，夹那么多肉，人家又不缺肉吃。”说着，他抢过冰倩为难又吃不完只好放下的碗，一下子倒扣到自己碗里来。

冰倩虽然极不好意思，却也如卸下重担一样感激地看着韦民。要知道初次去人家家里吃饭，留下剩饭是极不礼貌的表现。见韦民这么帮了她，她就嗔怪地说：“韦民，怎么说话的！”

5

冰倩从韦民家出来的时候，韦民爸还没回来。韦民妈嘱咐了再嘱咐，一定要韦民把冰倩送到家，不得有任何差错。

冰倩难为情地说：“我这么大个人了，又这么近，能有什么事啊，阿姨放心吧。”韦民妈这才依依不舍地站住脚，目送他们拐弯了才回去。

一轮圆月高高地挂在树梢上，韦民说：“咱们去郊外走走吧？”杨冰倩很喜欢有月的夜晚，就对他点了点头。一到郊区，韦民仿佛变了个人，这才放开胆笑着说：“留嘴把儿的小丫头，不怕郊外狼外婆把你吃了。”

“去去去，怎么说话的，谁是小丫头了，你才是小小仔呢。今天月色皎洁，阿姨带你去散步吧小朋友。”

韦民见斗不过冰倩，双手做出要胳肢她的样子，把冰倩吓得双臂交叉住抱在胸前说：“不许胡来，君子动口不动手。”

当他们走到没人的地方时，冰倩脚下又被一块小砖头绊了一下，一个趔趄，韦民眼疾手快一把扶住冰倩。等冰倩站直了身子，他忙问脚怎么样，疼不疼，说着他就弯下腰用手去摸她的脚。冰倩趁势顺手拍了拍他的头说：“没事，哪能老那么倒霉。”

韦民这才放了手站起来说：“说实话，到底疼不疼？”

“不疼，我又不是呆子，还不知道疼痒啊。”

韦民这才放下心，想想刚才已经抱过冰倩，现在两个人离这么近，他见冰倩有了撒娇的表情，声音也变得亲昵多了，心里不由得一动。正好他们的手放下时碰在一起，他便顺势又握住冰倩的手，冰倩要抽出，他一不做二不休使劲儿抓住不放。

他们就这样拉着手，又甜蜜地说了好久。这在80年代，已经算是很浪漫的了。

再上班后的韦民，虽然心里和杨冰倩靠近了，表面上却装得若无其事。可那一来一往的眼神，稍微留意的人就能感受到他的秘密，只是那层纸还没捅破，因为两家的情况和个人资历都差得太远，人人都在心里笑韦民是癞蛤蟆想吃天鹅肉。

这中间，韦民在有事没事时，总会去冰倩家帮忙干点家务活做做饭什么的。总是冰倩妈指挥韦民怎么做，冰倩则在房间里看书听音乐。冰倩妈心里喜欢这个孩子，却不敢明白问女儿，因为父亲也知道这个小青年的存在，却始终没有表态，她也只得睁只眼闭只眼，只是乐得韦民的勤快、热情和懂事。

一个月后的一个中午，韦民兴高采烈地把一封信推到冰倩面前，不顾同事眼光的跟踪，脸色有些红红地说：“你看看。”

冰倩正在整理病人资料，抬头问：“什么啊？谁的信？”

韦民笑而不答，不好意思地走了。她见信封上写的“韦民收”，下面是印刷的字体“《星星诗刊》社”，就明白过来，忙抽出信来。

韦民：

你好。

你的诗《冰与焰》已被我刊选用在第五期，欢迎再次投稿。

《星星诗刊》刘留

1983年3月

“你的那首诗发表了，真的吗?”冰倩读完信也很激动，忙跑去找到韦民，比她自己发表还高兴地说。

韦民对她肯定地点点头，不好意思地低头干工作。冰倩却拿着信久久没有放下，她的脸一阵发红，同事用眼角扫了她一眼，也不便问，只见她看了又看那张纸，才小心翼翼地收起来。

上世纪 80 年代，全国掀起了一股文学热潮。谁要是能发表一篇文章或诗歌出来，在单位或当地就能引起小小轰动，仿佛一夜就能成名成家，能接老舍、巴金的班一样了不起。韦民能在如此权威的《星星诗刊》上发表诗歌，怎能让杨冰倩不激动呢？她心里一下子拉近了与韦民不近不远的关系，打算今天下了班就跟妈妈摊牌，把和韦民的关系挑明了。

下班时，她不再躲着别人，而是推着凤凰自行车，在众目睽睽下等韦民。她这样的举动反倒让韦民浑身不自在起来，但是她不管，就要大大方方地与韦民并肩走出医院大门。

路上，她告诉了韦民自己的想法，韦民听了忙说：“杂志还没出来呢，还是等等吧。”

“这信还能有假?”

“冰倩，你不懂。我在部队时，也在小报上发表过小豆腐块文字，有时候有编辑任用通知也不是百分之百能发表的，也会有意外发生。就像你做手术一样，难免会有这样那样的事故出现。也就是一个多月的事，只要咱俩心里明白，你对我好就行了。”

“不行啊，我得让爸爸知道这个事，不然我怎么跟他说你啊?”

“不是早认识了吗，还要怎么说?”

“那不行，反正我现在不想跟你说那么多。”

晚上又是韦民来做的晚饭，杨县长正好也回来吃饭了。男人们在一起谈论国家新闻、时事政治，气氛很不错。等把韦民送走，冰倩还是忍不住凑到爸爸怀里撒娇说：“爸，你对韦民什么看法啊?”

“没怎么看。”杨县长故意板下脸答。

“我说你对他的印象怎么样?”

“勤快，利索，聪明，能干，嗯，还有……”

“你故意气我，你知道我问的不是这些。”冰倩有些生气。

“你个丫头，早看出你的心事了，你不说我们也只有装迷了。你喜欢的我们拦也拦不了，不喜欢的我们拉也拉不了，对吧？”

“坏爸爸。”冰倩说着用手在爸爸后背轻轻地捶打，说是捶打不如说是按摩，父亲笑而不理。

“你就看着你女儿嫁一个男护士啊？”

“丫头，你不懂啊！”

“什么不懂，怕他变了？你女儿就那么没价值啊，他就是当了县长也不会变的。”

“你不委屈吗？”

“是的，按说他无论是家庭、自身条件还是工作都比我差了一点儿，可是他有一颗积极向上、好学上进的心，还那么勤劳善良。一个男人，只要你给他一个机会，我相信他一定会有所作为的。对了，他在部队时就发表过文章，现在写的诗又要发表在《星星诗刊》上，今天接到了编辑的通知信，再有一个多月杂志就寄来了。”

“是吧？看来是个好青年啊。”

“什么是个好青年，本来就是真好嘛，这样的人才你不用，还用什么样儿的？”

“你的意思是跟着我？”

“你说呢？”冰倩反问爸爸，想听他的想法。

“不好。全县这么多单位哪儿都能发挥作用，跟着我算什么？”

“让他去文化局、教育局算了。多接触文化人，也对口。”冰倩妈听到父女在说这事，也过来插话。

其实，冰倩不知道，杨县长早已派夫人了解透了韦民的历史，并给这未来的乘龙快婿大致定下了单位，只是冰倩没有明确表态，他们都避而不说。知道女儿大了心事难猜，她不明说，就说明还有她犹豫的理由。

一个多月，对于幸福快乐的人来说，只是转瞬之间。这段时间，他们基本上明确了关系，韦民更成了杨县长家的半个主人。这天，他们刚吃完晚饭坐下来说闲话，有人按门铃，进来的是县检察院检察长，此人也是刚上任的比较年轻的干部，很得杨县长欣赏。县长只是简单地向检察长介绍了一下韦民，当说到职业时，他还犹豫了一下，这么小小的一个停顿，被机敏的检察长捕捉到，又看了眼旁边的杨冰倩，基本明白了眼前这个小青年的身份。他接过韦民递上来的茶杯，说："这位小伙儿很帅气啊，感觉有点军人气质。"

"是，去年转业的。"韦民正想知趣地倒完茶退去，却不想检察长直接跟他打招呼，他只好如实回答，却不知聪明的检察长在投石问路。

"你又不是专业学医的，怎么去医院了？不如去我们单位，我们是半军事化的体制，在那儿才不辜负部队这么多年对你的培养。"这就是会拍马屁的人，懂得领导哪儿痒痒。

"不敢想。你们也有一定的专业性啊。"韦民被他说得有些不知所措，又不敢多说话。

"你这么帅气，这么年轻，一看就是聪明人，进来什么学不会啊？愿意的话，明天就来。"检察长也不看县长，就一拍胸脯说。

"喝水，喝水。小韦你去忙你的吧。"杨县长只得打断他们的对话，不愿让他们继续谈这个事，因为他们家还没谈定何去何从。

上班的时候，冰倩偷偷问韦民："你对检察长说的事有什么想法吗？"

韦民只是笑笑说："能有什么想法？人家只是一时高兴说着玩，我也没那福气。"

冰倩说："你先说你想不想去。听我妈的意思，可能让你去文化局或教育局。我也觉得这两个单位适合你。"说完很注意看他的反应。

"你不懂，我这点文化在没文化人群中算有点文化，如果放到真正的文化人堆里就成了没文化的了，那里都是科班出身，也是藏龙卧虎之地，我去了还是一样遭人白眼。你也了解我的性格，其实我是个爱动的人。"

"这么说你想去检察院了？"其实她心里早有了主意，因为那次看到小哥哥一身法官服，让她十分倾慕，于是她就已经替韦民做了主。但是，这话她怎么能先说出来呢？她还是想听听他的意思，可是韦民仿佛明白她的心思。

"算了吧，去哪儿我也无所谓。"

"就这么定了，也不用等杂志出来再说话了。不让爸爸出面，我明天就让妈妈打电话跟检察长说一下，估计没什么问题，我看出来他在讨好爸爸。"

韦民接到《星星诗刊》时，也是检察院通知他正式上班之日。对于韦家来说，这不外乎是一件大喜事，父母对杂志没兴趣，只为韦民跃进龙门高兴得合不拢嘴。

“小子，听了老人言，得利在眼前。咋样，老子看问题准不准？”韦民爸得意于自己的导演，不由得沾沾自喜地看着韦民说。

韦民看不得父亲这种喜形于色的表情，心里有些厌恶。他想跟父亲争论，自己并不是在他的导演下完成的这一切，是情之所至，但是他懒得和父亲搭话，扭头回了自己房间。

男大当婚，女大当嫁。冰倩越来越离不开韦民的呵护了，她不愿因为两个人的家庭差异再一次失去他。再说韦民，本来就长得魁梧，那一米八的个头，加上一身检察服，无论往哪儿一站，都能吸引无数人的眼球。特别是跟杨冰倩一道轧马路时，走在哪儿都会有少女行注目礼，冰倩常常会问韦民：“你会不会有一天不爱我了？”

韦民总是回答她说：“你永远是世上最可爱的人。”

也许是爱的力量，韦民又在别的杂志上发表了不少诗歌，冰倩也觉得飘飘然，每一本杂志她都精心地保存着，心里更爱这个可爱的人儿了。这样就造成了韦民除了回家睡觉和上班外，几乎都在杨家。母亲看了，怕闹出什么不体面的事，就跟老杨商量，如果韦家要求，就让他们结婚吧，冰倩也二十四岁了。县长自然明白夫人话里的意思，说随她去办吧，他不便去管儿女情长的事。于是，冰倩妈就答应下多次来家说合这事的中间人，让韦家选个良辰吉日。

第九章

男人部落：只要能彼此温暖

李先后回家后，就找出在老同学那儿记下的名单，给一个看上去极温柔的女士打了个电话。对方说自己是一个命运极为坎坷的女人，只说了不到十分钟话，就大哭起来，让他不免生出同情和男人气概。心想，就是成不了对象，做朋友也应该帮她一把。于是，他们约好第二天见面。

见了面才知道，这个叫小敏的女人才刚刚三十岁，比自己整整小了十八岁。他不敢相信，如今还有把自己年龄故意往大了说的女人。问她为什么，她凄凄地回答："我想找一个比自己大的男人，关心爱护我和我儿子。我什么都不图，只要能对我娘儿俩好就行了。"

李先后又感叹了一回，说："你也太傻了，这么年轻怎么能如此想呢，有困难我可以帮你。你这样的，我就是娶了你心里也过不去啊，你只比我儿子大几岁。"

"我不在乎，自古中国老配少多的是。人家八十二岁还能找二十八岁的呢，爱情面前不分国界和年龄，我就是要找大男人，年龄大才知道疼我，我绝不后悔。"小敏认真地说。

看着眼前成熟丰润的小敏，她的自身条件并不差，该瘦的地方瘦该胖的地方胖，皮肤白里透红，眼睛水汪汪的煞是动人，长长的马尾巴随意地扎在脑后，露出几分朴实。也许是生活的磨砺，她忧郁的表情中露出或多或少的脆弱，她小鸟依人的样子让他想起少年时保护邻家小妹的情境。他感觉小敏流泪时，直想往他这边靠，他本能地生出手臂，想要保护她。但是他还是很犹豫，总觉得自己难以接受小敏，他这次要吸取以前的教训。他们这次约会是在公园里。小敏不顾面前的人来人往，还有人不停地回头看他们，依然和他倾诉着自己的过去。

她说，自己是一个命运多舛的女人，老天存心与她过不去。本来，她有个很幸福的家庭，只是在转瞬之间，她还没有一点思想准备的时候，不幸就措手不及地来了，如天塌地陷，让人丝毫没有招架之力。那天她正在单位上班呢，忽然有人打电话让她火速赶回去，说家里出事了，她晕头转向地往家赶，不明白家里会发生什么事。当她进了大门，却见家属院里已经围满了人，她还没走到出事地点，就听到有人在骂她，莫名其妙地走近一看，只见丈夫血肉模糊地躺在地上，公公婆婆已哭得死去活来，嘴里不住地骂着自己的名字。她不知道这一切到底是为什么，自己早晨上班走的时候还跟丈夫打了招呼，难道有人谋财害命？容不得她多想，院里打扫卫生的老头告诉她，正在扫地时，仿佛看见从楼上飘下一个东西，感觉是个人，惊吓得还没叫出声就听到一声闷响。等他跑过来一看，已经是现在这个样子了，他忙叫来院里的住户，有人就叫来了她公婆。唉，一个大活人，从七楼那么高的阳台上跳下来，能摔不死吗？怎么会这样啊？

公公婆婆见她回来，双双扑向她来，口口声声说是她逼死了儿子，骂她是杀人凶手，说着就咬腿打脸一瞬间使她成了罪人。围观的人都没有拉架，她也傻了一样只是流泪没有一点反抗，直到她伤痕累累地双膝跪在地上，二老才住了手脚。接下来，就是丈夫单位里的人也来了，人家也不无怀疑地看着她，质问她，昨天还好好的一个人，怎么就跳了楼呢？她感觉浑身是嘴也说不清，干脆什么也不说就一个劲儿地哭；就连自己家人也不明白，一个好端端的人无缘无故怎么就自杀了？事实摆在面前，她虽肝肠寸断，也只能打掉牙往肚子里吞。

公安局接到她公婆报案后，按程序先把她软禁了起来。可是，怎么问也找不出破绽，实在无据可证，就让她回家了。当她一个人住在派出所里的夜晚，她一点也没有怕的感觉，回忆来回忆去，就是想不起来自己到底哪点做错了，夫妻间并没有生什么真格的气，只是老觉得他像变了个人，郁郁寡欢打不起精神，总是说生活没意思。晚上睡觉的时候，他又说活着没意思，自己瞅他一眼懒得理，就抱住儿子睡了。早上起来，自己匆忙洗漱、做饭，然后吃完饭送儿子去幼儿园，顺便就上班了。自己临走时他也起来了，只是懒洋洋地洗漱，可是，他怎么就会去跳楼呢？连衣服也没换，还穿着那套睡衣。也不可能是他杀，家里一没有贵重东西，二没有什么仇家，害他干什么？她思来想去依然没有任何头绪。

从派出所出来后，她什么都没有了。公婆强行把孙子带走了，不准她看一眼。她只好回到自己父母那里。

从此，无论是单位同事，还是亲戚朋友，都有点像躲瘟神一样远离她，她只有发愤地工作来填补心里的伤痛和别人歧视的眼神。那时，她的眼泪，早已被定为是鳄鱼的眼泪，她无数次地想过死，想一死了之一了百了，可是她实在舍不下幼小的儿子，更不甘心就这样冤枉而死。她坚信，天下是公平的，终有一天她要要回儿子，更要等到查明原因的时候，还自己一个清白。如果这样死了，人家会说她愧对丈夫才不得不畏罪自杀。这样想着，她才坚定地活了下来。

每个星期天，她定时去婆婆家为儿子送牛奶或衣服，自觉地敲敲门说几句话，就放下东西走人。这样一直到三个月后，她终于感动了公爹，老人才让她进门和儿子见面。儿子见了她，一个劲儿地大哭着问：“妈妈，你为什么不要我了？爷爷奶奶都说爸爸死了，你也死了，这是怎么了？”

她只是一个劲儿地紧紧抱住儿子大哭，颤抖着说：“妈妈不死，要陪儿子长大成人。妈妈以后不会丢下儿子了，是妈妈不好，对不起儿子。”

第二个周末，她接儿子从幼儿园回来，孩子非要妈妈晚上跟他睡不可。婆婆不同意，母子俩就抱在一起哭，儿子死死抱住她不放，她也确实想抱着孩子一起暖暖地睡一觉，永远不分开。那天，她实在不忍心放下熟睡的儿子，也掰不开儿子睡着后那紧紧抓住自己领口的小手，就双膝跪在公婆面前说：“爸，妈，就算是我狠毒逼死了你们的儿子，可是这孩子是我身上掉下来的肉啊，我就算再狠毒，也不至于害我的亲骨肉吧。我的所作所为，你们也不是一天两天看在眼里的。我知道我说什么都没用，只请你们二老相信，我是一个母亲，一个愿意为儿子去死的母亲。”

公公被她感动得流泪了，说：“孩子，你就留下来吧。”

这以后，小敏每个星期天都住到这个家里来陪儿子。她像以前一样，为这个家打扫卫生，干家务，把家里收拾得干干净净，没有一点记恨的意思。人心都是肉长的，慢慢地，二老对她也亲热起来。儿子没了，孙子好好的是老人的最大心愿。就这样，她终于赢得二老的认可，无奈地又接受了她这个儿媳妇，并允许她偶尔带走儿子去姥姥家住。

两年后，老人的小女儿，一个二十七八岁的大姑娘，整天郁郁寡欢不愿说话，两次自杀未遂，如此反常之举就引起了大家注意，纷纷建议去看心理医生。结果查出他们家有遗传性抑郁症，有事实证明小敏的丈夫正是犯了这种病，才走上自杀之路的。医生们问起婆婆和公公的情况，这才知道他们是姨表亲结婚，公公的母亲是婆婆母亲的亲姐姐。

一切大白于天下，小敏这才被完全平反。可平反又能怎么样？谁能还她快乐和幸福？她已经没有眼泪可流了。她说不出自己是什么心情。如果丈夫能早一点做检查，如果自己稍懂得一点心理知识，怎么会到今天这种地步？然而，她又能怪谁恨谁呢？还是那句话，要恨就恨自己吧，都怪自己命苦。想明白了，她仍然还如以前一样对待这个家。

经历了这样的事，小敏尝透了人情冷暖。再说小敏的母亲家，又是一个什么样的家庭呢？父亲退休在家，母亲一直是家庭妇女。还有一个弱智的妹妹，二十九岁尚未嫁人，时不时在家里发点傻脾气，还不断地要赶时髦，要吃好的穿好的。为了让父母安宁，更不想听到她那刺耳的尖叫声，小敏只得一次次拿出钱来满足她。这个家的担子也完全落在她柔弱的肩上。在外面累，在家里更累，她的身心日日都在承受着巨大的劳累和痛苦，可是有谁来体谅一点呢？她也需要休息，想找个安静的地方歇一歇，像小猫那样为自己流着血和泪的心舔一舔伤，也想有个男人知冷知热地关心爱护，有人疼有人关心……

李先后很感动小敏如此坦诚地告诉他这一切。看着她那一脸的渴望，想想人家比自己小那么多，只觉得凭她那想依靠自己的举动，他就想保护她。他一激动，就诚恳而大声地对小敏说：“一个孩子算什么！我能养不起？只是你跟了我太委屈了。”

“只要你对我好，我永远不会这样想。”小敏认真地说。

从此后，他们就开始交往了。李先后的儿子不在家，小敏空闲时，就来一起做饭吃。每当小敏回忆起过去，泪流不止时，李先后总会怜香惜玉地拥抱她一下，仿佛要替她挡去所有的灾难，小敏也总是显得那么幸福和满足。每当这时，小敏就悄悄地对他说，自己除了心灵伤痛外，就是性的难耐。这话仿若一针强心剂，更让他有了责任感，于是他们就同居了。

李先后还是有点爱小敏的。经过一段时间的交往，他觉得小敏温柔贤惠，知道体贴人，每次来他家，总是把家里收拾得一尘不染，令他大大感叹，一个家真是离不开女人啊。家里有了女人，一打开门来，就有一种安全温暖的感受扑面而来，这才是真正意义的家啊！对于再婚的人来说，最重要的就是两个人能彼此温暖。

小敏已经决定选择李先后了。在一次约会时，她带来了她的表姐，说是路上遇到的，其实她是让表姐为她把把关。这也是女性的通病，一找了男朋友，总想在亲戚朋友中炫耀一番。既然见到了，李先后也不能薄了面子，于是大家一起去吃饭。刚坐下，就听小敏介绍说，她表姐叫汪宜文，是电视台某栏目的王牌主持人。李先后不由多看了对方一眼，不住地点头说荣幸荣幸，同时客气地双手接过汪女士递过来的名片。不看不知道，一看吓一跳，汪女士还获得过金话筒奖，可见小敏没有瞎掰。再听对方说话时，那真是字正腔圆，很有一种“派儿”，他不由偷偷想到，这女人比姜倩丽和曲曼娜可又不一样了，不知道丈夫是什么人物。

饭后，汪宜文开车把他先送回家，她开的是一辆白色的广州本田。几天后，汪宜文忽然打电话说要回请李先后吃饭，他不懂为什么，可又无力拒绝，也不敢问叫没叫小敏，就如约到了一家五星级酒店。汪女士等在大厅里，先微笑着跟他握了手，只称他李法官。随她进了一个包间，里面还有一位男士，正在看着几个文件。汪宜文介绍这人是陈总，陈总客气地和李先后握手，请他坐上座。

等菜上得差不多了，汪宜文才说出今天找他来的意图。原来陈总的公司有一宗经济案子，对方狮子大张口，一审败诉了，二审时想请李先后关照一下，说他们也终于找到了最有力的证据，不是要李庭长徇私断案，只是让他秉公办理就行了。

李先后一听就有些生气，笑着质问他什么意思，说我们办案都徇私没秉公吗？汪女士真不愧是主持人，连忙解释，说得左右逢源，直到让李先后心境平静，还不得不满口答应尽力帮忙。接下来她又不时表现出与李先后关系暧昧的言语和举动，让在场的人都心知肚明地看出来他们关系不一般，这就让李先后也不由得不胡思乱想起来。因为，他后来听小敏说这位事业有成的汪女士，离婚多年，现在也是单身一人，是不是她对自己有意思，今天要让自己表现一下呢？于是他就更显出大度和不凡来，主动和陈总说笑碰杯，说大家认识就是有缘，只要不违法乱纪，秉公办案是他应尽的职责，宜文的朋友就算是他的朋友了。话说得很漂亮，汪宜文更显出跟他的暧昧来，说话也发着嗲，跟他说话也不再叫李庭长而是换成了先后哥，还高兴地连连和他碰杯，一改李先后请她时的做作姿态。

汪宜文喝多了，无法自己开车，就由陈总开车送他们俩。在上陈总的奥迪车时，汪女士不愿坐在前面，要并排和李先后坐在后排，说这样才亲近，却只字未提他们还有一层未成的亲戚关系。她一直称自己是哥儿们，李先后也不愿否认，这样更显出他们关系的微妙。汪宜文也许真的喝多了，车刚启动她的头就倒在李先后的肩上，李先后推也不是不推也不是，不知道如何是好，直到车停在汪女士家楼下。陈总说到了，她才睡眼惺忪地直起身子，伸了个懒腰，手还轻柔地碰了一下李先后的脸，不知有意还是无意，临走时还回过头深情地看了李先后一眼。

汪宜文介绍的那个案子没多久就开庭了，他跟经济庭庭长一再说，是一个好朋友的案子，让他酌情办理。大家都是平级干部，抬头不见低头见，谁都有用到谁的时候，这一点大家也都心知肚明。也许因为有人关照，也许是因为陈总真找到了有力证据，案子真的就翻了过来。判决书下来的当天，经济庭庭长就电话告诉了李先后，李先后第一时间打电话通知汪宜文。拨电话号码时，他就在心里想，说不定今天有好戏呢。因为近段时间汪女士总是暧昧地约他，说自己如果不是出差在外就会天天请他喝咖啡，说 10 号后她就不出差了一定好好陪他，今天正好是 12 号，她应该在家。

电话响了好久，汪女士接通后先打了一个哈欠才癔怔过来一样地说：“哪位?”

“回来也不理我，给你接风吧。”李先后也不明白自己本来是跟人家报功的，怎么忽然就把话说反了。也许是他声音太兴奋，一下子惊醒了半梦半醒的汪女士，她这才说：“哦，是李庭长啊，结案了?”

“你真聪明，已经定了。”李先后没有听到对方说请他，等了一分钟他只得又说：“今晚，我为你接风吧?”

“谢了，这段台里直播很忙，我哪儿也去不了，以后有时间我请你吧。”还没等李先后再说话，她就客气地又说了声谢谢，然后紧接着说了再见，就挂断电话。

李先后的手还紧紧地握住话筒没有放下，他不明白这女人的心是什么样儿的，怎么热就热得让人喘不过气儿，冷又冷得让人直打寒战。说不清是什么心情，他只得泄气地下班回家。刚到家属院大门口，就看见小敏买了许多菜正在那儿等他呢，他也没说什么，就和她一起回了家。

他俩一起吃着小敏做的饭菜，小敏说起妹妹又发疯闹事了，李先后问：“她经常这样闹吗?”

“也不是，每当她要不到东西时才这样故意发疯。”

“她想要什么？如果是合理的买给她就是了。”

“她看人家骑电动车好，非要给她也买一辆不可。”小敏无奈地说。

“是有点过分。真是让你受累了。”

“我搬过来吧。”小敏听到他安慰自己，眼眶里已经噙满泪水。

李先后不知怎么回答好，有一丝烦躁涌上心田，他推诿说：“我跟儿子商量一下吧。”

他们的关系这段时间有些疏远，像拉坏了一部分皮筋的松紧带，小敏又恰在这时提出这样的要求，仿佛又拉坏了另一部分皮筋，他们的关系就更松软下来。李先后认为自己没能答应小敏的要求，有些不好意思，小敏见李先后迟迟没反应也很伤心。她想，自己就因为有个儿子有这么个家庭，难道就嫁不出去了？她决心不去求他，让他自己好好去想，她就不信找不到男人。

没几天，小敏打电话说过来找他有事。刚进屋就拿出一沓钱来，说是她表姐汪宜文让她送来的，说是给李先后帮助的酬劳，话里还透出一股酸酸的味儿，眼睛并不看李先后，却看着墙上的一幅字画说："我表姐处过的对象都是部、厅级干部，更有很多房地产老板要送她别墅和名车她都不愿嫁，家里玫瑰花都成灾了，一般的普通男人跪烂了膝盖她都不正眼看一下。"

沉默了一会儿，她才定定地看着李先后，仿佛要看出什么来。李先后本来听她这么说就有些气不打一处来，这话里话外旁敲侧击，分明是在声讨自己，又是第一次见她用如此不屑的眼神看自己，李先后顿时就急火攻心，心想，你也敢这样看我，就算你表姐嫁个省长我也不要你，你又有什么资格来教训我？没等小敏再说什么，他猛地站起来说："我本来要出去有事的，还以为你有什么大事才不得不回来，现在我要走了。"说着话，他就像撵人一样和小敏一起出了门，把小敏拿来的钱硬塞给她，也没说给谁，不等她嘴里再发出声音，他就快步下了楼梯，刚出门就一伸手招了辆的士，头也没回地坐上车走了。

说来也巧，他无目的地下了车，自己生自己的气在街上走着，这时有人给他打电话，说自己是一位丧偶一年多、做生意的四十岁女人。他开始还犹豫着见还是不见，却经不得对方说："如果你选择了我，保证让你下半生幸福无比，等你退休后，我也不做生意了，我们就全国各地旅游去，冬夏两季，哪儿舒服在哪儿过，我保证咱们不会缺钱花。"

"你现在很有钱吗？"

"钱不多，但是你们的钱是公的，我的钱却是母的，她们都是会生子再生孙，子子孙孙来源滚滚无穷尽。"

"你很自信啊？但是为什么选择上我了？"李先后有点心动。

"我看了你的照片和资料介绍，心一下子就动了，别人可没有这个运气。再说，你的年龄再适合不过我了，更主要的是我们同是丧偶人，会很在意对方，会更好地珍惜下半生难得的缘分。"

李先后最爱听的就是这句话。他想想也是，离婚女人，找第一个还会认真，一心要找个比前夫强点的男人，有非要跟过去比比的心理。当她跟男人接触一段后，女人就会感觉很失望，有一点不满足的地方也要放弃，到了第二个第三个，她们就不会那么投入真情了，再后来就会无所谓地想玩一把，多数人自然会生出玩世不恭的心态来。社会上流行一句话：男人越离越害怕，女人越离越胆大。大凡离婚久了的女人，身边或多或少都会有几个男性追随，久而久之“玩”的心理就占了主导地位。而丧偶的人们，他们的情是被迫割断的，一旦再拥有时，就会很珍惜很重视这个缘分。这么想着，他就同意了和对方见面。

第十章

女人部落：为什么我们不能白头偕老

1

韦民爸爸的目的终于就要达到了。他倾其所有积蓄，又借了一部分钱，大办特办了韦民的婚事。

杨家没怎么宣扬冰倩的婚事，韦家的宣扬已是满城皆知了。有些事，你再怎么宣扬，该去的人去，不该去的人家还是不会去的；你不宣扬的，想去的人还是会想尽一切办法打听，从门缝里也要挤进去的。这么下来，两家就没法比了，社会就是这么现实。

婚事刚办完，检察院就给韦民分了一套房子。那时也没有装修这一说，有个干干净净、白白亮亮的新房子，就很好了。冰倩妈给买了几件电器，韦民妈给买了家具，一个新家就这么诞生了。

二人世界，又是新婚，生活中除了甜蜜还是甜蜜。高兴了就做一下饭，不想做就回双方的家里吃，小两口过得浪漫又舒心，幸福溢于言表，双方父母看在眼里喜在心里。

韦民的父亲在没惊动杨县长的情况下，就平步青云，从被排挤的一般管理人员顺利坐到了副校长的宝座。大家对其缘由都心知肚明，但是韦民爸自己总是在人前大大咧咧的，说论资排辈自己早该超过这个位置了。其实他心里也明白，如果没有自己的策划预谋，不是韦民成了县长家的乘龙快婿，根本轮不着自己的好事。这一天，他想了一年多了，也用心良苦了一年多，梦总算实现了，以至于有时会自顾自地傻笑。笑自己一生碌碌无为，本该是儿孙承袭长辈的福禄钱财，却不料自己做了个跳梁小丑，父借子光，简直如古时候皇宫里的妃子，母以子贵。他一个人在家喝酒时，常常会想这些事，说不清自己现在的心里是高兴还是心酸。想自己一表人才，能说会道，一生却总是不得志，快五十的人了，才借儿子的光混了个副职，难怪儿子从心里看不起自己。自从那天从冰倩家出来，他给儿子下了有生以来的第一个死命令，儿子再没有好好跟自己说过一次话。不得不说话时，也是眼望着别处说完扭头就走。可是他哪里知道社会的复杂和人情冷暖，不这样行吗？人要学会识时务，现实你改变不了，就得削尖了脑袋挤扁头去适应它。事实胜于雄辩，眼前的一切不就说明了一切吗？儿子还在记这个仇，傻儿子，等你慢慢明白吧，当你有了不如意，你就会明白爹的苦心了。

第二年春天，冰倩在自己医院里顺利生下一个大胖儿子。韦民妈和冰倩妈别提多高兴了，除了让冰倩喂奶外，根本不让她碰孩子。韦民也把冰倩像神一样供着，家里充满欢声笑语，韦民感觉生活真有意义，整天乐呵呵的，下了班就想往家跑。

每个家庭中，新生儿的出生都会带来欢乐和祝福，也会带来许多忙乱。杨冰倩从小到大都是个爱学习的乖乖女，参加工作谈恋爱，都是韦民在围着她转，就连韦民在厨房忙得满头大汗时，她也是在房间里听音乐看小说，丝毫不觉得哪儿不正常。成了家后，每当韦民正在做饭，单位来电话要他必须马上过去时，也是韦民给冰倩交代了又交代才走，等回来一看，做到一半的饭还是他走时的那样，他不能埋怨冰倩，只得自嘲地收拾残局。由于韦民的身份和他对工作的敬业，已经提升为副科长了，他总有这样那样的事要处理，有各种会议要开，有时为一个大案件还要加班加点；而冰倩也一向敬业，这么一来，家务和孩子就成了两个人的重担。韦民虽然尽了最大力量分担，总还会有这样那样的矛盾发生。虽然孩子满月后家里就请了保姆帮忙，冰倩却嫌农村女孩不会做饭，只让她照顾孩子，洗洗擦擦做一些家务活儿。

韦民有事不回家，他们就凑合着简单吃点东西。时间长了，就常有怨言。韦民一肚子苦水却说不出口，因为他自从跟冰倩谈恋爱以来，就没有养成据理力争的习惯，委屈只能打掉牙往肚子里咽。

忙里偷闲，韦民又发表过几首小诗。冰倩总沉浸在孩子的欢笑中，早已无暇欣赏诗歌了，再加上还有自己的专业和工作，她的心里总是填得满满的。

韦民的父亲很疼爱这个孙子，每周必来。有时韦民不在家，他也照样来。有一次他自己来到儿子家，遇上冰倩妈，亲家们一起说说家常事，谈到工作上的不顺心，冰倩妈心知肚明这话里话外的意思，却也不表什么态，只哼哼哈哈地应付着，这场谈话只得淡淡地结束。

俗话说，生火就有烟。韦民和冰倩虽然有许多小矛盾，却并不影响夫妻感情和正常生活。韦民自认为是男子汉，以忍让为先，平静的日子倒也过得实实在在。

孩子呢，就像出土的幼苗一样，见风长。转眼，孩子就要上小学了。

孩子一上学，就没再要保姆了，这个家便又成了没有外人的家了。但是韦民似乎觉得冰倩心里有人，有一次看她拿着书发呆，就问她在想什么，开玩笑说，你是不是心里有人啊？不料想冰倩却大方地说："有人，怎么样？"韦民还当是笑话，就问她，一定比我帅吧。晚上睡觉时冰倩忽然说，自己看了小说里一个两小无猜的故事，联想起了自己小时候的事，说小时候喜欢上了一个小哥哥，只是那时自己不懂得那也叫爱情，还被称为"两小无猜"。后来的事她没再多说，韦民也不便多问，全当她看小说看迷了。

日子久了，杨冰倩也学会了许多家务事。作为女人，不可能什么家务也不做，除非你是宋氏三姐妹式的女性，否则总要过常人的日子。

韦民早已由副科转为正科。因为没有文凭，检察长暗地里明确告诉他，让他快补一个大学文凭，尽量赶上下一届副检察长的考核。韦民便打算去上个电大函授什么的。

2

韦民上学的班里有个女同学，叫吴小娜，人长得清纯大方，学习成绩很好，受到同学们的热情追捧。只有韦民没有对她有任何表示，这事很正常，因为韦民有家有儿子了。韦民常常因为公务而缺课，吴小娜就担当起给他补习的任务。补习多了，话就随便了，请她吃饭就成为很自然的事，韦民于是知道了吴小娜的许多家事。原来她母亲在她幼年去世，她初中毕业时父亲听从继母的话，让她在家干家务、照顾弟妹。可是，她心里一直埋藏着上学的火种，直到她参加自学考试，并且凭着成绩考上中学教师的职位。她说她现在已经是在学第三个专业了，现在除了工作就是学习，每天只能休息五个小时。下一步，她要考研。

吴小娜虽然在学习上刻苦要强，性格却温柔得如小绵羊，和韦民在一起总是处处依着他，吃饭慢慢地从不发出声音，走路轻轻地仿佛在飘。韦民说工作也好，谈学习也罢，她从不插话，一直认真而虔诚地听着，静静地如睡熟的小猫咪。韦民感觉在吴小娜面前，才真正能体现自己一个大男人应有的神圣和尊严。

吴小娜没对韦民表示过什么，对于很多追求者都置之不理，而她对韦民的课，却总是很认真地给他补。不苟言笑的她，在韦民面前总是那么娇柔，小鸟依人地可爱，她虽性格柔弱却有一股倔劲儿，再苦再怨也不流泪。自从认识韦民后，她从心里觉得甜蜜，控制不住想见他的心情，当看到韦民没来上课，她总会觉得失落，又有点庆幸，因为韦民会又一次请她补课了。每当这时，她这节课就会听得特别认真，还在心里想着自己怎么样讲解，才能让韦民领会得更透彻又能节约时间，他们好多说说话。长到二十四岁以来，她第一次这么对一个男人有如此好感，从没体会过的感觉。她只觉得韦民高大魁梧的形象太可爱，他英姿飒爽的样子在她心里扎下了根，从没有见过这么帅的男人，想着想着她常常会一个人傻笑，她甚至不知道这正是女儿怀春的表现。

人的理智在感情面前，往往显得势单力薄。无论韦民怎么样克制自己，都无法回避吴小娜的柔情。他恨得在黑夜里打自己的嘴巴，但是越是克制那股情绪就越蓬勃，后来他不再强迫自己，心说：该怎么样就怎么样吧。

杨冰倩也是个绝顶聪明的女性，韦民嘴上没说什么，他那来去匆匆的脚步和飘游不定的眼神，已经让她感觉不太对劲儿。哪儿出了问题她暂时也确定不了，也明白韦民不会有什么抉择，但是现代女性对爱情都很自私，特别是杨冰倩，她不可能容忍自己的爱情有半滴水分。她可不愿自己的丈夫有半点虚情假意。她也明白，再怎么问韦民，他也不会说什么的，各人有各人的秘密。但她还是要有所行动的，于是，她决定不动声色地另作打算。

经过打听、暗访，杨冰倩终于查到了吴小娜的存在。一天中午，杨冰倩找到吴小娜，自报家门地说："我叫杨冰倩，是韦民的老婆，想跟你谈谈。"

吴小娜开始想拒绝她，对方一说出韦民的名字她就难免有些心虚，还隐隐地有一点害怕。可是她转念又想，自己并没有什么可以让她抓到的把柄，只是韦民请吃了几次饭，多说了几句话而已，自己又没什么错，又见对方也不是要骂要打的泼妇，犹豫了一下就同意了。吴小娜很礼貌地把她让进自己的办公室，就礼节性地倒开水，中午单位没什么人了，她们就这样面对面坐了下来。

"谢谢。"杨冰倩接过吴小娜递来的水杯，客气地说。"听说你是自学成才，自学了三个专业，真是令人佩服啊。"杨冰倩喝了一口水，看了看办公桌上的书，随手翻了一本，不看吴小娜地说道。仿佛杨冰倩来不是兴师问罪，而是落实她学几个专业的真假。

"课余时间没事，也不爱逛街，只有看书，所以就势多读了两个专业。"

"我大学毕业就分配到市医院上班了，正好韦民也是那年的转业兵，几乎与我一块儿分到医院的。因为他没有专业知识，被安排当我的护士。就是在那时候我们认识并恋爱的，后来结了婚。我也嫌一个男护士丈夫不光彩，就给他换了工作，当上了检察官。我们有一个儿子，上小学一年级了，十分可爱，也很聪明。韦民也很爱这个家，更珍惜或者说喜爱现在的工作，等拿到文凭就可能竞争副检察长。他办案比较忙，常常旷课，听他说是你帮助了他不少，才把课补上的。我也很喜欢医院工作，也想在专业上有所提高，明年也准备带职读研。”

吴小娜仍然认真地听，像忠实听众一样。她们好像两个久别重逢的老朋友，在说着多年不见彼此发生的事。杨冰倩喝了一口水话锋一转说：“你很漂亮，又温柔可爱，应该有个好男朋友？”

“我每天除了工作、回家、听课，三点一线外，再没与外界接触。谢谢，你过奖了。”

“我今天来找你，就是说说心里话，你不会介意吧？”

“不会。”

“但愿没影响你的好心情。我愿意跟你这样好学上进的人交朋友，有时间你也可以去我家玩，我家在检察院家属院三楼，你一问就能找得到，很好找的，真的。”杨冰倩说着话已起身要走。

“再坐一会儿吧。”吴小娜不由得说出这话，仿佛杨冰倩想说的话还没说出来，她紧张的情绪也刚刚放下，就这样结束谈话，她感到余味未了。

回到家后，杨冰倩仍不动声色。这时的韦民感觉有什么地方不对劲儿，他再也见不到吴小娜了，去她工作的学校也没见到人。想去她的学校问吴小娜的去向，可他以什么身份问呢？再说，他一报出名字，恐怕就会有人知道他是谁了，这么一来不明摆着挑明了与吴小娜的关系吗？自己一个大男人好说，吴小娜那么柔弱的一个女孩，她怎么受得了单位的冷言冷语，还让她怎么在学校待下去？从认识她的那天起，他满脑子都是要保护她、关爱她的念头，他可不想给她添乱子，那就放下找她的念头吧。再说，她这样回避自己，一定也有她的理由，自己为什么不理智一些呢？再说了，就是找到她又能问出什么呢？

韦民真想补课，也不可能了，于是，他天天只得回家自己学。他觉得这中间肯定发生过什么事，但是他不敢问杨冰倩，也无法张嘴。后来，他穿着便装又去了吴小娜的学校，在放学的时候去的，想看能不能遇上她，把事情问个明白，可是他仍然没能见到人，这场风波就这么不了了之了。

3

由于思想包袱和工作繁忙，韦民有两门差了十几分而没能拿到毕业证，他只得在来年补考。

杨冰倩也不是自甘满足的女性，正如她跟吴小娜说的那样，她要带职读研。韦民虽说自己忙，怕照顾不好孩子，却还是很支持冰倩去充电。他明白如今的各行各业都在竞争，水平高总归是好事，一个人不可能沾一辈子父母的光，父亲退了休就不会有人那么捧你了。他也是，因为现在杨冰倩的爸爸调至别处了，自己就没那么受宠了。正像周围人说的，杨冰倩的父亲已经把他扶上马，并且又送了他一程，接下来，马儿跑不跑、路上顺不顺，就看他自己了。

冰倩是在重庆医科大学读研，离他们所在的中原城市很远，不便中途回家，只能在每期的寒暑假回来。这样一来，家里的一切和孩子的事就得全由韦民一个人打理。虽然双方父母也常常帮着照顾，但是韦民还是忙坏了。他要工作，要学专业，要照顾孩子，还有业余的文学爱好，这每一样都需要付出时间和精力。杨冰倩喜欢浪漫，非要三天写一封信给她，并要求除了写写几天的时间安排外，还要写一首小诗给她。开始韦民觉得这样很好，不单让她放心，自己还可以找回藏在心底的文学圣火。但是时间长了，又夫妻这么多年了，早已难觅激情了。起初几封还能勉强写出来，表达一些过去有过的心情，后来，再写就觉得烦躁没意思，更没有写诗时的那种感受和兴趣。只能硬着头皮去写，写出来的诗句连自己看了都脸红。杨冰倩没多久就不满意了，写信说他对自己的感情变了，还打长途电话到单位说他心里有想法。这样，更让韦民觉得女人无聊，干脆连信也不写了，反正天高皇帝远。

寒假里，杨冰倩回家也没有发多大的火，并没感觉有什么不对劲儿的地方。只是春节在韦民父母家过年时，韦民父亲总是提他们学校的事，说自己如何受排挤，早该升职的却升不上，如果冰倩爸再晚走一年，校长位子早就属于他了。现在如果杨县长打个电话给教育局，还一样有很重分量的。话里话外都在暗示杨冰倩帮他说说话。韦民不耐烦他的啰嗦，狠狠地用眼瞅他，冰倩也不接话，只是吃饭，在不得不接话的情况下也只是“嗯嗯”几声。

春天是一年中最令人向往的季节，也是最迷人的时节。90年代初期，文学热有所降温，但也还有执著的追求者。省文联主办的一家杂志到南明市来开诗歌笔会，韦民因为曾经有过的诗歌成绩，也在被邀之列。会议三天，两天专家讲课，一天座谈。晚饭后，文联领导让这些诗人彻底放松一下，搞了一场小型歌舞会。在歌舞会中，才显出女诗人的奇缺来。那时正流行三步、四步，不可能男人抱男人跳吧。主办单位的文联主席一看，这怎么能行，不能冷落了任何一位大诗人啊，再说他们大都是有职务的，得罪不起，说不定将来就是“普希金”呢。南明市女诗人少，但还能找不到会跳舞的女性吗？大家发动关系，通过文化局找。对于一个地级市来说，会跳舞的还是大有人在的。金融系统的金小姐，被请到了这个舞场。她刚往那儿一站，整个舞厅都静下来了。只见进来的这位女士，长长的如瀑布一样的长发，流泻在脑后，身高有一米六八的样子，身材苗条，脸上带着迷人的笑意。她的着装也别具一格，淡绿底印红横线的短袖T恤，勾勒出女人特有的丰满挺拔，红色大喇叭裤的裤脚足有一尺宽，一抬脚，发出“咔咔”的皮鞋铁掌声，仿佛在敲击着每一位男士的心房。

这时，文联主席也满头大汗地跑进来说：“各位领导、大诗人们，说来我们真是很失职啊，这位是我们市农业银行的一位干部，叫金灿灿，也是一位文友，写一手好散文。她个人也没申报过，所以文联也不知情，结果这次很遗憾地没参加会议，真是林某人的工作失误。不过，来日方长，只要发现了人才，以后有的是机会。”

说完这话，主席好像是卖关子又像是更神气地说：“大家有没有发现，金小姐不单是才女，身段也是绝好的啊。再告诉大家一个秘密，她父亲是我们市唯一的一个中国舞蹈学院毕业的高才生。金小姐本人也在大学里拿过舞蹈比赛的冠军。”

“啪……”不知是谁带头鼓起掌来。立刻，场内像炸了锅，骚动的眼睛变成骚动的情绪，可是却没有谁敢先邀请金小姐跳舞。她大方地对大家笑了笑，说：“谢谢林主席的夸奖，那都是过去了。比起在场的各位老师和大诗人来，小女子差远了。今天能有幸结识各位，当是金灿灿的万分荣幸。这儿不是说话的地方，还是别扫了大家的舞兴，我也为大家带来了几位女朋友，姐妹们请进来吧。”

只见她夸张而又戏剧化地一摆玉手，门外的五六位姑娘应声而进，个个青春靓丽。这下整个会场也真正热闹起来。舞曲再次响起，大家自觉地邀请着美女，却单单没人邀请金小姐。她聪明过人，也不让自己尴尬，很优雅地走到正在擦汗的文联主席面前，娇柔而诗意地说：“林主席，没人理我，为您伴一曲吧?”

林主席有些出乎意料地抬头看大家，见来客们各自已经有了舞伴，也不便推辞，不能冷落了好容易请来的贵宾啊。他笑着说：“我不会，你别怕我踩了你的脚啊!”

“没事，主席客气了。请吧。”

二人进入舞场，金小姐教林主席跳最简单的慢四步。说来也怪，四十多岁的林主席，第一次跳舞，竟然也跟上了这位美女老师的步子。但是，他真怕踩了人家的脚，总是低下头走，一曲下来，还真找到一点感觉了。

第二曲开始，林主席就把金灿灿拉到主客面前。中国的各种场面，都讲究论职排位。从第三首曲子开始，金灿灿就忙了起来，大家不等曲子的过门音完，就急不可待地抢上来，伸出一只只绅士之手。那位年龄最大的诗人，到底是见过大世面的，与金灿灿站一起虽然还稍嫌矮了点，跳起舞来却真是不含糊，他俩真如棋逢对手。他们先是试探性地跳了慢三、慢四，接着跳快三、快四，到基本掌握了对方的步伐，又跳起探戈来。他们扭来扭去，占据了整个舞场，大家也真没见过如此优美的舞步，眼睛都跟着他们的脚步在走。再看金灿灿，那转身，那扭头，风雅又多情，嘴里含着笑，风情万种，迷住了在场的所有男人和女人。最后金灿灿终于大声宣布说：“不行了，太累！我要歇歇了。”

大家这才注意到难怪她叫累，因为她的高跟鞋足有九寸。

她从衣袋里掏出手帕，轻轻展开，右手不停地用手帕对着脸扇着。不管大家怎么看她，欣赏也好，媚眼也罢，她只是含而不笑地一直扇着。

4

“看什么呢？这么认真，你怎么不跳舞？”

正在低头看诗的韦民，拿不准传来的声音是不是对他说的，抬起头看去，当他确定是对他发问时，这才不好意思又极有礼貌地笑了笑说：“我不会跳。”

“可以学啊。你不可能生下来就会写诗吧，什么都是人学的啊。”

韦民还是对她笑了一下说：“我这人忒笨，怕学不会。”

“得，别这么说，我就不信。下个曲子我教你，一定要把你教会。”

“呵呵，不行，你们跳吧，我真的不行。”

“大家听听，他说他学不会，跳舞又不是什么尖端科技，哪有学不会的事。林主席刚跟我跳了一曲不就差不多了嘛。”

正好一曲结束，韦民仍没有要学的意思，一直还在推托。不料金小姐却大声说：“各位老师们，你们看他这么标准的身材，又会写诗，如果不会跳舞又不愿参与进来学，是不是太煞风景啊？下次再开笔会，还请不请他啊林主席？你要是请他我就跟您急。”

这话说的，在场的人都笑了，林主席忙跑过来说：“小韦，快起来学学。人家金小姐这么说了，你再不学也太不给人面子了。”

韦民满脸通红，不得不站起身，左手刚抬起就被金小姐握住，右手僵硬地被拉到她的后腰，再不跟着走就显得太不像话了，他只得试着找到一点感觉。跳舞对于年轻聪明的人来说，到底不是什么技术活儿，一曲下来他就跟上了曲子。金小姐不断地鼓励他，跳完一曲就很自然地跟他坐一起，曲子再次响起时，不等别人来邀请她，她已经做出继续和韦民跳的意思了。

自从那次诗歌笔会结束后，跳舞的事一直缠绕在韦民心中，那晚他们跳得是那么愉快。那时候只是单位才有电话，没有现在通讯这么发达，一见面就可以互留电话和手机号，有事没事发个短信联络情感，所以婚外情才能发展得神秘快捷。

韦民虽然对金小姐有好感，却丝毫没有别的杂念。不料想一天中午要下班时，传达室告诉他有个女的在门岗找他，他想也没想地说："让她等等，还没下班呢。"

半个小时后，韦民才慢吞吞地从办公室下楼。当他走到门岗听到有人叫他，他才想起门岗说有人找。只见门岗里走出一个婀娜多姿的大美女来。一刹那间，他有些惊呆了，张了张嘴却忘了来人的姓名，只得笑了笑说："你好，你找我？"

"是不是忘了我是谁了？"对方有点咄咄逼人地问。

"哪会，哪会啊。"其实韦民真是一时想不起她的芳名，但又不能直说，只得敷衍应答。怕对方再追问下去，他只得说："有事吗？"

"没事不能来找你吗？"

韦民这下真没话说了，一时语塞不知如何应对，忙用手把大盖帽往上推了推，掩饰地说："可以啊。不过总会有点事吧。"

"无事不登三宝殿。学写了一首诗，上次笔会的那个老师跟我约稿，我以前只写散文、小小说，很少写诗，可他又是诗歌专刊，非要诗歌。我只得班门弄斧学写一首，可是又怕人家看了笑话。听说你是诗歌高手，想请你把把关，可以吗？"金灿灿目不转睛如嗑炒豆般的一口气说。

经她这么一提醒，韦民这才想起来，来人叫金灿灿。他便接过她递过来的信封说："我最近工作忙，也写得少了，恐怕会让你失望，更不敢说把关了，你不如找林主席他们看看。"

"高攀不上你啊？"

"哪里哪里，你见外了。"

"我请你看自然有我的道理，也是对你才华的肯定。"

韦民觉得再推辞没什么意思，也只好大方地说："好吧，恭敬不如从命。蒙你看得起，那我就先欣赏欣赏吧。"

"多谢。那我三天后再来取，你一定要不吝赐教啦！"说完话，她优雅地伸出右手，韦民只得也伸出了手，她和他轻轻握了一下就告别而去。

三天后的一个下午，韦民的办公室被轻轻敲响，他刚说了声请进，从卷宗中抬起头来时，就觉得眼前一亮。他这才想起金灿灿说过的三天后来拿诗稿，他忙起身给她让座倒水，并客气地说："请坐。"

待金灿灿落座后，他从办公桌的抽屉里取出她的诗稿来，坐在金灿灿对面的沙发说："没想到不写诗的人也能写出这么好的诗来。"

"拜托老兄，我要听的是意见，不是虚情假意的夸奖。"灿灿撒娇地说。

"我的意见和想法，都写在上面了，恰当不恰当你自己把握。只是我的感觉，仅供参考。"

灿灿接过韦民递来的信封，抽出来看了看，不住地点着头说："谢谢，谢谢！不愧是诗人，看法就是不一样。"

"咚咚。"有敲门声。韦民大声说："请进。"

"韦科长，省里来了几个客人，检察长说吃完晚饭安排个小活动，就是唱歌跳舞什么的。可是咱们单位女同志都是旱鸭子，问你认识的文联那边有没有女的会跳舞？"

韦民站起来给他们介绍："这是我们办公室王主任。这是我一个朋友。"然后他才接着说："认识的有会跳舞的，只是人家不知道愿不愿意，得先问问吧。"

"好好，你快问，不然等下班就更不好找了，我等你信啊。"说完他转身要走，这才想起还有客人在，忙又转过身说："你们聊，打扰了。"

"愿意吗？能不能请得动你金小姐啊？"韦民微笑着问。

"什么话啊，我正愁没法感谢你改稿之情呢，这不是正好谁也不欠谁了？"

"呵……一言为定！你回去准备一下，六点以前赶到，我也把手上这个案子整理一下。"

"好的，你不撵我我也不能久留，单位还在上着班呢。"

"呵呵，那就先再见。"

"嗯，晚上见。"灿灿大方地又一次先伸出手来，韦民这次是很自然地和她握手了。

检察院的小型舞会，没法跟文联那次的舞会比较，因为来宾里只有两个人会跳三步、四步，还有的什么也不会。像跳舞这种事，往往是男人会了，稍稍带一下女的就能跟上；如果让素不相识的女人带着男人一步一步地学，总让人觉得别扭，不是女人难受而是大男子主义的男人们受不了。韦民因是在自己单位，又有上级和本单位领导在场，他只礼节性地跳了两曲就不再跳了，灿灿感觉这种场面太扫兴，坚持了一个多小时就推说家里有事，先走了。

大概又过了一个月，文联通知开会。韦民想不去，又怕人家说他当了个小官就摆架子。去到才知道，是因为他的诗，上次笔会专栏上发了一组，并注上了“特别推荐”字样，另外加上诗人介绍，看上去非常光彩。以前都是看名作家、名诗人才有这样的推介，他着实也激动了一下，脸上不由泛上红晕。他心里兴奋，表面却很客气地对文联主席和大家说：“这是组织的功劳，我只是滥竽充数了。”

“往下再看看还有没有你认识的人名？”林主席笑着对他说。

“哦，还有金灿灿啊？”他故意认真地读了几句，抬头看了看林主席说：“不错不错，她不是写散文的吗？诗也写这么美啊，真是文如其人啊。”

“谁文如其人啊？说我吗？”

随着说话声传进来，一个人推门进来。林主席满脸堆笑地说：“哟，说曹操曹操就到啊，看来美女是最机灵的动物，怎么早不来晚不来，刚说你，你就来了，呵……小金越来越漂亮了，大家都坐吧。”

韦民就又一次认真地夸金灿灿的诗写得好，两个人都闭口不谈改诗的事。

5

那个年代文化人虽然穷，却有着很高的社会地位。无论走到哪儿，一说你会写两句歪诗，大家立马就会高看你一眼，投来崇拜目光。所以，只要敢拿起笔写两句诗的人，总会觉得自己高于平常人。文化界总是有很多理由聚会，自古文化就需要交流的，所以常有这样那样的笔会、诗歌会举行。这一次文联的笔会，是在W市所属的一个风景秀美的县里召开。此县坐落在大别山脉，是我国不多见的将军县。这里风景好，又有天然的温泉，当地政府就开发了温泉浴场，建了温泉宾馆等配套服务项目。

接到会议通知后，林主席要求和韦民一起走，但是韦民有个案子在搞调查，要推迟半天才能脱开身，林主席就先走了一步。第二天韦民正匆匆忙忙往车站赶，发现金灿灿也在车站，手里提着个包像是出差的样子，韦民忙走过去叫："金灿灿，你要去哪儿?"

"你呢?"她狡黠地答非所问。

"我要去N县开一个诗歌笔会，你……"

"我能跟你一起参加吗?"

"这，我不好做主。"韦民有些为难地不好意思地说。

"别怕，我的韦先生，林主席通知我去参加会的，与你无关，这下你不为难了吧?"

"你个小丫头，在故意逗我啊。不是说昨天下午报到吗，你怎么没走?"

"你不也没走吗?我想跟你一起走，犯法吗我的检察官先生?"

"你嘴里藏着刀子，随时准备杀人。"

"哎，你以后不准小丫头小丫头地跟我说话啊，你才比我大几岁，就美得你跟个老夫子一样了?"

"当你大哥哥没问题吧?"

"好啊，以后我就叫你韦哥了，这还像点话。"

"像画贴墙上，丫头片子。"

"哈……上车吧，别打嘴皮子官司了。晚了就没车了。"

车上路后，由于N县是比较偏僻的小县城，路况很不好，汽车总是摇来晃去的，两人天南海北地谈天说地，都很兴奋，大有相见恨晚之势。也不知是司机不注意开车还是灿灿故意东倒西歪，她总会时不时地歪到韦民怀里来。年轻人离得近了，话又投机，难免生出情意来。灿灿有时说到高兴处还会高抬粉拳轻轻打韦民，韦民心里痒痒的，却不敢轻举妄动。

到了地方后，两人偷偷地从后门进到会场，在最后排坐下听课。说是在听课，两个人并没断了窃窃私语，韦民与灿灿在一起有一种轻松快乐的感觉，没有一点拘束，浑身都有放松敞开的感受。

晚饭后，他们也不与大家掺和，不约而同地走出招待所大院，灿灿说："咱们熟悉熟悉附近的环境吧?"

“为了你的安全，甘愿做你的保护神。”

“又贫嘴。”

“韦民。”

韦民正在等着斗嘴呢，却听到灿灿这么叫他，听声音有些不对劲儿，抬头看时，灿灿却是凄凄的眼神，满含热泪地看自己。他有些不知所措，忙问：“怎么了，哪儿不舒服吗？”

“我的心不舒服。”

“你有心脏病？”

“你啊，是故意不懂还是不想懂？”

韦民这才觉出了事情的严肃性，他站住再也不敢动了，只得抬头绕过灿灿向远处看去，嘴张了张还是没发出任何声音。

“想听听我的故事吗？”

“你愿意说，我洗耳恭听。”

“你也听到了，那天林主席介绍说我的父亲是中央舞蹈学院毕业的，因为被打成右派下到南明市来。他来时是个二十岁的小青年，回去的希望太渺茫，自然就在当地结婚生子了。妈妈是一个内向爱静的传统女性，开始认识爸爸时觉得他爱动爱跳很新鲜，双方就产生了爱慕之情。可是日子比树叶还稠，久而久之矛盾就产生了，两人志不同趣难投。自从有了妹妹后，他们就无法相处，在一起除了吵架就没话说。一个说对方是头发长见识短的古董，一个说对方是没正经不务正业的浪荡公子，我就是在这种辱骂讥讽下长大的，他们打架时我常常吓得浑身发抖，只好跑到姥姥家不回来。在我十五岁时，他们都不愿再吵下去，就离婚了，我虽然判给了爸爸，人却天天还是在姥姥家，只是每个月去找父亲要生活费。继母私下总是想法刁难我，常常在爸爸不在时，皮笑肉不笑地说些风凉话，说爸爸给我的生活费在桌上放着，让我自己拿，意思就是让我快点滚。我不想理她，就拿了钱转身离开，回去一数却少了十块。姥姥让我回去问一下，是我在路上拿丢了还是怎么回事，可我明明放在兜里动也没动过，怎么可能丢了十元呢，只得硬了头皮回去问。于是继母撒起泼，说我跟爸爸告她瞎状，爸爸不问青红皂白就打了我一巴掌，骂我像我妈妈一样小市民。我那时真是恨透了他们，同时也恨母亲，恨他们为什么要生下我。直到我大学毕业，父亲托人给我安排了现在的工作，才算彻底脱离了这种恐惧的家庭氛围。”灿灿说着，泪水不觉流了满脸。

“我想尽快脱离他们早日独立。上班后，我再也不愿意看见他们，找单位要了一间房子自己住了。一个一直爱我的中学男同学，总是给我送这送那，他家人对我也特别热情，一来二去缺少温暖和爱的我就认为是爱情到来了，也没经过父母同意，我们就同居了。他对我依然是无微不至，可谓百依百顺。不多久我就发现怀孕了，只得匆忙结婚。也许是因为心情不好，我不慎流产了。经历了这样的事，我们才冷静下来开始了正常生活，我却发现我根本不是爱他，只是把他当成一个可以依靠的港湾，和他在一起我从来没有感觉过心动，与他热恋时也好，婚后也罢，我总是极为冷静，总是他在围着我转，我几乎不懂得什么是爱。他呢，只知道一味顺着我对我好，不惜一切地为我服务，满足我的任何要求，就连内衣他都给我洗好，他越是这样对我，我心里越难受。但是我确实不敢提出“离婚”二字，不单怕他受不了，我自己也会离不开他的呵护。想想父母的经历，我就偷偷做了手脚，决定不再要孩子，不让我的痛苦在我孩子身上重演，就那样混一生算了。可是，千不该万不该让我遇到你，自从认识你以来，我几乎丢了魂，无论干什么，满脑子都是你，睁眼闭眼都有你的身影，我快疯了。但是我还是要克制自己，毕竟我和他也做了两年夫妻了。可我真是有生以来第一次这么心跳过，让我把心里的话说出来吧，就算你看不起我，甚至踢我两脚我也无怨无悔了，我觉得自己愿意为你去死。就在我要下决心找你说这话时，正好林主席通知开会，他说还有你。我想这个会对我来说真是天赐良机，我来时心里就打定了主意，不管你怎样笑话我，我也一定要告诉你：没有你，我不愿再多活一天。”灿灿说到这里已经哽咽了。

韦民再铁石心肠，也要被感动了，他不由上前一步，轻轻地抱住灿灿，并接过她手里的手帕为她擦去流到嘴角的泪水。这时的灿灿，像着魔一样，猛地抱紧韦民，并把嘴凑上来，亲吻着韦民，喃喃地说：“让我死吧，让我死吧！”

男女之间的楚河汉界，看上去是那么的神圣不可侵犯，但是，两心相悦时却又如薄薄蝉翼。他们不顾别人的异样目光，时时处处都互相关心体贴着对方，俨然一对热恋情人。参会者中，有不知情的就公开地说他们真是天生的一对啊，无论是个头、长相还是风度，真是一对绝美恋人。

男女之间的事，一旦突破了，再想退缩是很难的，何况他们也是真心相爱。韦民有一点内疚，借用唐人张籍的话说：恨不相逢未嫁时。金灿灿总说是三生有幸，是她用三生修来了这个情和爱。她这种肯定而坚定的口气，令韦民很不安，他不知道自己应该怎么接她的话，也不知道这种关系能维持多久。自己一个人时总是发愣，就连和灿灿约会时也会这样，灿灿则安慰他说："你早晚都是我的！"

三个月后，灿灿跑到韦民办公室来，也不说话就扔到他办公桌上一个绿本本。韦民先没注意，认真看时，才看到"离婚证"三个字，他惊呆地看着灿灿，灿灿毫不客气地说："我解放了。我什么也没要，只要我的自由。"

6

等到杨冰倩暑假回到家，韦民和金灿灿的事早已满城风雨了。到底是有教养人家出来的女儿，她这次也一样很冷静，仍然没闹没吵，只是不动声色地等。她不再去找对方谈话，因为她已经听人说了对方的情况，谈话这种方法对彼人是不可能有效的，所以她就静静地等。

说是三年的学习，只学了两年，第三年基本不用去，在医院实习，毕业论文通过就算毕业了。她又回归到这个家里来，有的是时间，总会有说开的时候，她这样认为。

本来杨冰倩想，韦民会忍不住跟她摊牌的。在她回家两个月后的一天晚上，有人敲门，儿子去开的门，问阿姨找谁，来人说找你妈。杨冰倩听着有些陌生，看着电视头都没扭地大声说："谁啊？进来吧！"

看到一个身材高挑、着装时髦、不到三十岁的女人站在面前，杨冰倩心里已经猜到了八九不离十。但是她万万没有想到这个女人会来找自己，真是山不转水转啊！

既然来了，杨冰倩也只有冷静对待，且看她怎么说吧。这时，冰倩大声地叫着还在厨房忙活的韦民："韦检察长，来客人了。"

韦民认为杨冰倩又不知发了什么神经讽刺自己，知道她已经知道自己与灿灿的事，几次欲开口跟她解释几句或摊牌，却总是见杨冰倩一副藐视自己的神情，他便话到嘴边只得作罢，心说，随便吧，死猪不怕开水烫，是祸躲不过。亏心事已经做了，随她处置。这样一想，他反倒也不怎么怕了，每天按时上下班，回来该干什么还干什么，尽量不与杨冰倩面对面。

杨冰倩见厨房里没有反应，就对儿子说："去把你爹拉出来。"

儿子到底是孩子，真的跑到厨房里拉着韦民往客厅来。当韦民一眼看到站在客厅门口的金灿灿时，简直愣住了，太突然了，他一点思想准备都没有，怎么也没先和自己说一声就跑到家里来了。他当着杨冰倩的面，无法把这话问出口，只是手足无措地咧了咧嘴，本意是想笑笑的，可那笑却比哭还难受，又看杨冰倩冷冷地看自己的眼神像把刀，只得硬着头皮问金灿灿："有事吗?"

"我想找冰倩姐谈谈。"

"找我有什么好谈的？你们谈得不是热火朝天、路人皆知了吗，怎么想起跟我谈了?"

韦民听不下去，只好扔下手里的抹布，对儿子说："儿子，咱们出去买点东西。"

韦民不等儿子同意，就给儿子换上鞋，连拉带抱着开门下楼去，仿佛这里不是他的家而是地雷区。

已经过去半个小时了，韦民心急如焚，尽管儿子问他为什么总在那儿转不回家时，他也不敢往家走，他真的很害怕三个人见面的场面，更怕杨冰倩当着儿子说出什么话来。下楼后，他一度担心过杨冰倩会不会有过激的举动，但是他冷静地想，应该不会发生在她身上。可是两个人到底谈些什么，谈到什么样子了呢？他这时的心情用打翻了五味瓶来形容已失去力量，他不知道这场谈话还要进行多久，到底要谈到什么程度。

楼上的两位，并没有如韦民想象的那么可怕，两个人都很冷静，特别是杨冰倩，居高临下自不用说，本来你金灿灿是这个家里的第三者，还敢到家里来，你也太嚣张了。杨冰倩忍住几欲发作的脾气，她要静观其变，让对方自己唱这台戏。她本意不想让韦民离开的，让他像小丑一样站在中间，出够他的洋相，看看他到底是什么嘴脸。但是她又怕儿子受伤害，毕竟孩子是无辜的，所以她才没阻拦韦民如逃跑一样的脚步。

再看金灿灿，也不说对不起，只一味地说自己无爱的婚姻，说自己从小到大那个无爱的家庭，说自从见到韦民后的心动，说自己如何如何地爱韦民，最后流着泪说，如果没有他，她就没有勇气活在世上，等等。杨冰倩忍不住接话道："你来威胁我？"

"不是，冰倩姐，我只是说说我的心里话，我真的太爱他了。我也知道我这样做很伤害您，对不起您和孩子，可是爱情是自私的，我实在控制不了自己，再不见他我就要疯了，你不把他给我，我就不想活了。或者说你要这个名分我要人也行。"

"废话，他是东西啊，你把我当什么人了？"

"我知道这一切的一切都是我的不是，责任也全在我，但是我真的离不开他，您能成全我吗冰倩姐？"

杨冰倩看金灿灿哭得泪人一样，不由心软下来，刚才想说的话、想摔茶杯的举动全忘了，甚至那一瞬间生出的好多污辱她的话语，此刻也不知道跑到哪儿去了，她甚至还不自觉地抽了茶几上的面巾纸给她。她回忆了一下，自己还真的没有眼前的女人那么深刻地爱过韦民，就是恋爱时也很理性，按部就班地走到结婚，并没有她说的那种要死要活的感受，难道自己那不是爱情，自己没有爱过韦民？被她这么一说，冰倩觉得韦民似乎比自己强烈些，却也不曾为爱舍得生命，难道自己的婚姻是错误的，没有真正的爱情？冰倩真是被弄糊涂了，一时找不出什么话问对方，只得说："他也这么爱你爱得死去活来吗？"

"虽然没有我强烈，可他说他和我在一起觉得一切都能放得开，很轻松很愉快。"

"那么他没说我们也是自由恋爱的吗？是谁强迫他了吗？"

"他没这么说，他说他就是觉得放不开，也努力过，就是做不到，自己也说不清为什么。"

"好一个说不清！好啊，你让他自己跟我说吧，只要他韦民能从嘴里说出"离婚"这两个字，我杨冰倩就是八辈子没有男人，也会一分钟不停地去跟他办证。”

“真的?”金灿灿一下止住了流泪，仿佛自己听错了，眼巴巴地看着杨冰倩，连正在擦鼻涕的手也静止在那里不动了。

“你可以走了。”冰倩说完回房间关上门，不再理金灿灿。

金灿灿看已经这样了，也只得起身开门离开，远没了来时的心劲儿，小偷一样小心翼翼地下楼。

金灿灿这么一闹腾，把窗户纸彻底捅开，杨冰倩虽没有大吵大闹，韦民在这个家里却也无法过下去了，他认为自己再没有脸面进这个家，也没有一点胆量面对杨冰倩和儿子。很晚的时候，他约莫金灿灿应该走了，才背着熟睡的儿子轻手轻脚地回家，自觉地跟儿子睡小床，心事想了一夜。直到天亮，他又做好饭，让儿子叫妈妈吃饭，儿子过来说，妈妈说她一会儿再吃，不用管她。于是他和儿子一起吃完，一起下楼并送儿子上学。路上，他一再叮咛，说你已经快九岁了，自己遇到什么事要多动脑子，在家多帮妈妈干点家务活儿，听妈妈话，做个最棒的小男子汉。

儿子只当是爸爸一般的嘱咐，一样高兴而灿烂地回答着蹦跳着，不明白自己将要面临什么样的家庭变故，更不知道这种变故将会给自己留下什么样的记忆和创伤。

从此后，韦民只在白天有了空闲，且杨冰倩还在上班时才回家里看看，或找点活儿干干，或整理一下儿子的房间物品，然后再默默地离开。

杨冰倩也发现了这些变动，她已经伤透了心，不愿理会这一切，一心要把自己融入到工作中。深造归来，论医龄论实力她都是医院里的中坚力量，她已经被提升为内科主任。

每当晚上，杨冰倩总是越想越多越想越生气越想越难过，常要面对整夜的无眠和不尽的泪水。思来想去难以走出来，她就强迫自己看书。除了管儿子外，只要有一点空闲时间，她就让自己去看书，把时间挤得没有一点水分，不给思想留一点余地。这么着，她还真的钻到了医学里，人体内脏学真的很迷人，她学得忘了心痛忘了许多烦恼。只有工作才能减缓她的痛苦，她最后想通了，自己有事业有儿子，这个世界没有男人一样过。

一天，冰倩正在值班，有人通知她儿子生病了，正在急救室。她不顾一切地跑过去，原来是儿子不小心撞在学校的砖头垛上了，砖头倒下来好多块砸在他的头上身上，经初步检查，可能腿会骨折，头也被缝了六针。

在这种情况下，因为一来和韦民没有离婚，二来就算离了他也还是儿子的爹，杨冰倩只得把电话打到韦民爸爸的学校去。

儿子被转到病房来，杨冰倩跟人换了班。刚才还在麻醉药控制下的儿子手术后没怎么叫，只是一个劲儿地哭，等躺到病床上，就哇哇大叫起来，一会儿叫头疼，一会儿喊腿疼，还一个劲儿地乱动腿。杨冰倩只得求护士帮她的忙，狠心地按住儿子不让他乱动，骨折后乱动会使情况更严重。儿子是因为骨折疼的，那应该是钻心的疼，大人都难以忍受。杨冰倩听着儿子号哭，自己也早已成了泪人，儿子紧紧地抱住她，她边安慰儿子边为他不停地擦泪，岂不知她的心比儿子更疼。病房里别的病人也被他们母子感染得纷纷落泪，素不相识的病友也不知从何劝起，只是问，怎么不见孩子的爸爸来啊？

不多会儿，韦民就满头大汗地赶来了。看到如此场面，他也满含热泪，走出来问护士是怎么回事。等他再进来时，儿子感觉到是他来了，就大声地说："你出去，我不要你这个坏蛋爸爸！"

杨冰倩虽然恨韦民，却不愿把这种恨传播给儿子，她制止道："怎么说话的？不许这样没礼貌说话。"

"我就是不要他了，他太让我丢脸了。"儿子说完又大哭。

"小孩子不许这样说话。"冰倩还在制止儿子。

"妈，你跟他离婚吧，我不想看到他。"

"这是我们大人的事，小孩子不许乱讲话。"

"我今天上学时，路上见到那个女人抱住他，同学还喊我看，我往后还怎么在学校混啊？"

冰倩这才明白儿子怎么会忽然这样说话，她忍不住扭头用眼角余光狠狠地白了韦民一眼，韦民听到这话也傻了一样，脸一下憋得通红。

"我今天是故意让砖头砸的，我想让他来见你，让你跟他离婚，我永远不要再看到他，不要这样没脸没皮的爸爸，好吗妈妈？你答应我……"说着儿子又大声地哭起来。

杨冰倩听了这话，真的对儿子肯定地点点说："好，妈妈知道了。"

“拉钩！”儿子非要跟妈妈拉钩，杨冰倩当着韦民的面跟儿子认真地拉了钩。

儿子住院期间，韦民每天都会来几次，交上足够的医疗费。不管儿子怎么说，他都没有辩解过一句，也不敢面对冰倩，只是默默地做事，走时才告别一声。等到儿子出院回家时，韦民先把儿子抱上楼，把东西放好，然后把厨房门一关就忙活起来。

小孩子到底是年纪小，当时说话那么绝情，经不得爸爸做几样讨好他的事，就乖乖投降了。饭做好了，三口人一起坐下来，韦民知道杨冰倩喜欢喝红酒，也早已买来，他拿来高脚杯，倒了两杯，两人默默地碰了一下。那清脆的玻璃声响还没完全消失时，冰倩已猛地喝完了，举着杯子让韦民给她再倒。韦民犹豫了一下，她就顺手拿过酒瓶，满满地给自己倒上。韦民本想阻拦，犹豫了一下也给自己满上了。

冰倩把瓶里的酒喝完，就换到沙发上打开电视看，不想面对韦民。韦民明白，就故意大声跟儿子不停地说着话，让儿子快吃饭。等儿子吃完了，他就让儿子回自己房间早点休息。一切安排停当了，他这才无声地坐在杨冰倩对面。

“来吃的告别饭吧？跟鸿门宴差不多了。我明白你的意思，也决定放你自由去过愉快的日子。”杨冰倩看也没看他说。

“我们能不能静下心谈谈？”

“还有什么好谈的？一个九岁的孩子都那样说了，我也跟他拉了钩，你是看到了的。”

“我只能说对不起，我知道这三个字代替不了我的愧疚，也太没分量了，但是我还是要对你说出来。说实话，你别这么理智，我一点都没想过分开。”

“说到底还是我的错？”

“不不不，我不是那意思，我的意思是，是……”

“你的意思不就是早点过上幸福愉快的日子吗？是我阻碍了你们！”

“冰倩，你要让我有个回旋的空间……可是现在，现在我不能再对不起另一个女人！”

“你走吧，明天九点民政局见，我要休息了。”

第十一章

男人部落：三个月，十万元

1

和对方见面选在一个超市门前，李先后想见一下就早点开溜。虽然对她的话感觉很新奇，却也没那么相信，他想如果看着不顺眼，就借故去超市买点日用品。当他站在超市门口刚掏出手机时，见迎着自己的目光走来一个身材匀称长发飘飘的女人，他一时不敢相信自己的眼睛，难道是她不当医生改做生意了？他急忙抬手揉了揉眼，才明白眼前女人的眼睛特别像她，和心底的情妹一个模子里出来的眼神。他心想，如果来约会的是她就好了。在他这么想着的时候，对方已大大方方地伸出手，说了声你好，就和他紧紧地握手，并笑着指了指对面的茶楼说："我已在那儿定了位置。"

刚坐定，对方就洒脱而熟练地招手叫了几个小果盘和两杯绿茶，也不问李先后什么，就大方地谈起了生意经。说自己如何在商场跌宕起术，如何的以小赢大、以弱克强，如何会把握机遇和投资未来，最后还是叹息一声，眼里含着泪光说："人啊，再要强也强不过命，是自己的命不好，爱人早逝。"

李先后没安慰她，傻傻地看了她好久，这才端起面前的茶杯喝了一大口水。他问她是哪儿的人，在豫安市有亲戚吗？因为他很怀疑眼前的女人和杨冰倩有血缘关系，当看到对方摇头否定时，他一时真想不通，世上怎么可能有两个人眼睛长那么像，竟然没有一点关系呢？这样他便对眼前女人有了一分莫名的好感。

瞬间沉默，又听到她振作起来说："如果我能找到一个可以依靠的山，重振雄风也是很容易的事。我才刚过四十岁，正是干事业的时候，在商界摸爬滚打了多年，已积累了丰富经验，稍微动一动脑子，每年赚个十万二十万应该没问题。但是钱乃身外之物，我需要的是有个知心老伴，再过十年后，就不再做生意了，老两口牵手去各地旅游，那才是我一生的最大心愿。"

对方说得眉飞色舞，李先后觉得这样的老年真是不错。对于美好而浪漫的未来，李先后自然心动，心情也随着她描绘的美好而变得晴空无云，仿佛那一切马上就要成为现实，只要他愿意接受，幸福就唾手可得。原来以为幸福是那么难觅，如今却觉得，蓦然回首，幸福就在这灯火阑珊处，得来全不费工夫啊！

随着社会的快速转型，人们的思想意识和观念也在转变和提升，生意人越来越被社会看好，地位也发生了本质的变化。就连李先后这样的公检法系统的国家干部，也不得不对眼前这个做生意的女人高看一眼。是啊，自己工作一生，不就是每月两千多块钱的死收入嘛，以前的生活一直处于窘迫中，近几年孩子大了才刚刚宽余一点儿，家里又有不幸发生。如今算是有小钱花了，可是并没有多余的钱可供自己如生意人那样高消费，更没有心情去想旅游和浪漫的事。听人家这么一说，一个机会，一个季节就能赚个几万十几万，一年轻轻松松收获二十万，自己呢，却从来没体会过拥有几十万的感觉是什么样子。现在快老了，再过十年就退休了，不如就找个做生意的老婆，就算比不上姜倩丽的身份好听，钱却是响当当的硬家伙。当官虽好，但是当没职没权的官只能混个肚儿圆，一旦退了休，鬼才来请你，再没人愿意理你了，倒不如与生意人结缘，也潇洒一把，一生也算没白活。

想到这儿，他就回想到和小敏的关系上来。小敏人虽不错，并没有大的不是，却有一个那么小的儿子要抚养，经济上先不说长短，既然接受了他们，就要切身为孩子的成长负起一个父亲应尽的责任，这是不容置疑的。可是如今培养一个孩子真是不容易，这个担子一旦挑上就要十几年啊，自己年到半百了，挑着确实有点重了，而小敏又那么年轻，她现在急于找个家找个支撑，才甘愿嫁给自己，也许能安生地过几年。可二次婚姻，没有孩子的血缘关系维系，只能靠双方的感情做纽带，而这个纽带就是夫妻之间的性，自己比她大了近二十岁，等过了新鲜劲儿，没了激情和好奇，一个三十岁的女人正是如狼似虎的年龄，只怕在那方面过不好。她现在需要家的时候，一切都能忍住，可是真正成了夫妻，天长日久后，她就不会再这样忍让了，到那时矛盾自会升级，万一过个三五年过不下去了，到那时自己就真正老了，还去哪儿找伴儿找可心的女人啊？而这个叫阿慧的女人，她女儿已经十五岁上中学了，孩子上了中学，也就有了独立的能力了，如今都是住校，每周只回来住一天，矛盾发生的几率很少；再说，女孩子和继父的关系还是好处多了。

再说这个阿慧，看她的做派听她言语，一直是商场中人，就是没捞着大钱，供养自己和孩子的钱一定不会缺。这也就是说，和阿慧组成一个家后，基本上不用自己为她们母女付出什么，只要两个人心往一处想，就能平平安安地过好日子。她女儿一旦上了大学，就算大致完成了教育任务，慢慢会有她自己的路走，女儿长大嫁出去只是多了门亲戚，一切就画上了句号；可是儿子呢，却会大大的不同，跟着一系列的事多着呢。这样一想，他就下决心回去和小敏摊牌，结束他们之间的关系，请她另寻归宿。

与阿慧见面的第二天，阿慧就大方地邀请他到家里去吃饭，说街上吃的不卫生。

李先后按约定的地点找到阿慧，阿慧领着他七拐八弯走过两条小街道，顺便又在路上买了一些时令蔬菜。这个小小的街道，虽然又小又脏乱差，却人头攒动，透露出都市一角的热闹景象。想想这个地方的名字——三铺，就知道是一个典型的都市村庄。十年前，这里还是郊区，后来附近有了几所大专院校，又建了电子市场，这里就变得很热闹了。

“小心。”当阿慧从一个店里买菜出来时，差点一脚踏进脏水里，李先后急忙这样提醒她。

“我们这儿就是这个样子，习惯了。”阿慧有点抱歉地对他笑了笑。

“怎么住这儿？环境太乱了。”

“当初买房买到这儿，只有住这儿了。”

“这街上都是小青年，中老年人很少，一看就知道是租房的大学生。”

“是啊，你看看这一栋一栋的楼房，都是一家一家的私房，他们靠出租房子就月收入几万呢。”

“乖乖，这栋九层，那栋十层，最少也是七层，怎么政府要求六层以上就要设电梯、不准市民私自建超高楼房的禁令在这儿都没效啊？”

“这楼房都是违章建筑，可是没人管。”说着她指了指前面不远处的一座停工的建筑又说，“看到那座楼没？上周，一个才三十五岁的民工，在没有任何防护设施的八楼干活时，不慎掉了下来，当场就摔死了。”

“真是一个乱地方，都市村庄一直就是案件高发区，可我还是没想到有这么乱。”

说着他们已经走到阿慧住的一个小院子里。上到二楼，阿慧开门进来，还做了个邀请的手势，李先后问用不用换拖鞋，阿慧说不用，因为家里没有男式拖鞋。

阿慧打开了几个灯的开关，屋里顿时亮了起来。李先后一眼扫遍客厅，木沙发上衬着水红的沙发垫，每个靠背上的白纱饰透出了主人的洁净与细致，正中的主墙上挂着一幅红色的“福”字。李先后从小受母亲启蒙，也认为人的一生，福，是最好的。阿慧不知道，只这一个“福”字，就让李先后心里立刻温暖起来，倍感受用。

“别傻看了，请坐吧。”

“你在哪儿弄的这字？”

“这个‘福’字啊，是在北京玩时买的，我找包装盒给你看看就明白了。我做饭去。”

李先后接过阿慧递给他的一个长条的包装锦盒，上面有雪青色的花纹。他解开黄丝带上的活结，看见盒子里面是黄色绸缎衬里儿，还有一个说明书和鉴定证。

原来这个“福”字还这么有来历，是康熙赐给他的得意大臣和珅的。和珅得了这个字后，请工匠精心雕琢在玉石上，又在他新建的王府里，巧工细做了九百九十九个福字，加到一起就成了万福。这个“福”字之所以这么完好无损，是工于心计的和珅大人把它藏在了假山的下面。中国人喜欢“福”字到极致，多数喜欢把“福”字倒挂，在家里或春节时贴在门上，以示福到之意。而这个“福”字的说明书上则解释说，这个“福”与平常的“福”字不同，它是唯一不能倒挂的“福”。因为它的右上角的笔画很像个“多”字，下边再看就是“田”；而左偏旁极似“子”和“才”字，右偏旁就是个“寿”字，故整个“福”字又可分为多田、多子、多才、多寿和多福，极富艺术性且意味深长，正迎合了中国人的心理。

看了详细的解释，李先后不由得认真地看起这个“福”字来，根据上面所云看去，还真是另有一番不同。他笑着来到厨房问阿慧：“你真信他们说的，想多福多寿多子多才啊？”

“任何事，不可不信，不可全信。那儿卖的很多，我当时听导游姑娘滔滔不绝地介绍这个‘福’字的小故事，一时激动就花了六百八十元买下来。后来发现满大街全是，一问才要十元钱，知道受骗也没用了，就当是买了福吧。平安即福，知足是福，自己认为是福就是真福。”

“呵呵，也是也是。”

“快去客厅，这儿油烟大，一会儿就好了。”

李先后洗了手，帮着阿慧把菜端到客厅的餐桌上。虽然只是家常便饭，却透着一股温暖。主食是绿豆大米粥，配有馍和四碟小菜。那粥熬得不稀不稠，黏软合适，加上绿豆的颜色，使人食欲大增；再说那四个小菜，是两荤两素，分别是绿豆芽炒韭菜、小青菜炕豆腐、番茄炒鸡蛋、小芹菜炒肉丝。红白黄绿四色搭配得恰到好处。

特别是那豆腐，被炕得两面焦黄，香而不腻，远比饭店做得可口。吃的时候，阿慧还无不幽默地说，菜不多，就这十来个了。见李先后不明白，就指了韭菜说：“韭（九）菜加青菜加芹菜已经是十一了，嘿……玩笑玩笑，不成敬意，慢待了。”

“哪里哪里，这说明你没把我当外人看，一家人就是要吃家常菜嘛，我好久没这样吃过了。”李先后也高兴而深情地回道。

两个人坐下边吃边聊，欢声笑语其乐融融，两室一厅里处处充满了甜蜜。刚吃过饭，阿慧就很麻利地收拾完了碗筷，一副温柔而干练的家庭妇女做派，不由让他联想到她做生意应该是什么样儿。看这地板，整个一尘不染，沙发和家具也整洁有序，整个儿一贤妻良母式的女人，不愧来自江南鱼米之乡。他决定再去她开的商店看看，想对阿慧有个全面了解。

第三天，正好是周末，李先后因为知道阿慧是早晨九点才开店门，所以到十点多才姗姗而来。阿慧早已忙上了，见他进来，便温雅地让座给他，自己又去忙生意了。有两个小姑娘店员，不知他的来历，其中一个还礼貌地问他需要什么，阿慧忙说是朋友来玩，女孩子红了脸忙道歉，李先后感到她们都是文雅而有礼貌的从商者，心里不由生出一股暖意。想想自己以前无论买什么东西，总是觉得哪家说话和气，对人温情，就老爱去那家消费，有时明知道稍稍贵一点也情愿。想来阿慧这样的态度和热情，生意一定也会很好，难怪初次见面，她谈起生意来那么振振有词呢。

李先后见阿慧一直忙着卖东西，只是偶尔过来匆忙跟自己说几句话，就又有人喊老板了，他觉得自己不但帮不上忙还有点碍手碍脚的，而阿慧又有点左右不是，怕慢待了他又不想丢下客户。他便客气地说，他想出去转转再来。阿慧便说："你别走远了，一会儿中午人少点了，我们一起吃午饭。"

他很高兴地答应了，于是便在附近随便看看。这时的李先后，心里自是甜蜜的，他觉得生意人很神秘，从心眼里佩服阿慧。一个女人，如此能干，如不是命运不济，她应该过得很好。如今她又当爹又当妈，要照顾女儿，建立一个温暖的家，外面还要做生意，每天要应酬各种各样的客户，就是一个大男人也很累的，想到这儿，他觉得阿慧很值得尊敬，感到这样的女人如果你真心待她，她一定也会投桃报李。

不多会儿，阿慧就寻了过来，有些不好意思地笑着说："这会儿能抽开身了，我们一起转转，要不给你买件衣服吧？"

"不用不用，我一个大男人，讲什么穿着。"他虽然喜欢阿慧，却也吃一堑长一智，吸取了上次花冤枉钱的教训，自己绝不买也不客气地让阿慧。

吃饭时，阿慧选了一个小而静的叫"阳光小店"的饭馆。坐下来后，她先把菜单推给李先后说："男人是当家的，理应你来点菜。"

李先后则客气而绅士地说："在外面都是女士优先嘛。"就又把菜单递给了阿慧。

阿慧就问："你喜欢什么口味的菜？"

"我以前一直在外工作，现在又经常全省跑，除了稍偏重面食一些，菜类的倒没什么挑剔，南北、甜咸口味皆能吃得饱。"李先后如实说。

听他如此说，阿慧就对服务员报道：小白菜炒豆筋，红烧肚片，酸菜鱼头汤，一瓶"长城干红"，两碗米饭。

就凭这点菜的功夫，足够让李先后佩服了一回。与别的女人在一起吃饭时，总是不知道点什么菜，双方推来让去的。点差点的菜他不好意思，点太好的呢，他又觉得浪费，有点心疼钱。看阿慧这样，他明白跟这样的女人过日子会省很多心，这么想着菜就上来了。菜醇香可口，正好足够两人吃。还没等他买单，阿慧已把钱给了服务员，说自己常在这里吃饭，老板很熟，会给她打折。看看这女人多会说话，不但让李先后找回面子，还给了他一个堂而皇之的台阶下。他想，如果没人，真想拥抱一下阿慧，她真是个可人的能干又精明的女人。

"下午干什么呢？"李先后征求阿慧的意见问。

"好久好久没看电影了，李哥愿意陪我去看一场吗？"

李先后正想找个理由和她靠近的，这下不是正中下怀吗？他高兴地说："当然，我也很久没进过影院了，有美女做伴儿求之不得。"

刚进电影院，他们就不自觉地手拉在一起了。坐下来后，两人才发现，一个大厅里只稀稀拉拉坐了十几个人，大多是搂肩抱臂的一对对男女，很少有他们这样的中年人，都是小青年。

当两人的手不期然在扶手上相遇时，李先后就牢牢地抓紧她。阿慧没有丝毫的退却，感觉他还不停地抚摸并向他怀里拉去时，阿慧配合得很自然地靠过去，眼看前方嘴里却小声哼哼着，并用小手指抠他的手心。他也不甘示弱，左手拉人，右手早已寻往阿慧的胸脯。那阿慧也不是吃素的，忙挣脱右手找到他的下面来。还是李先后小声地求饶，说受不了，快放手。

不知不觉电影放完了，两个人还没从兴奋中走出来。大灯明亮刺眼，他们互相看着对方，忍不住笑起来，手拉手出了影院，谁也不记得电影放的是什么内容。因为是周末，阿慧说女儿在家，意思是不能让李先后去家里了，两人只得恋恋不舍地分手，各自回家。

回家后，李先后躺在床上想，这样的女人，应该说是实惠型的，就是姜倩丽知道了也自会逊色三分。阿慧不但在家里能做个贤妻良母，做得一手家常可口的饭菜，会麻利地收拾家务，在外也能风风火火地像男人一样做生意赚钱。想到这里，李先后觉得自己太需要一个这样的女人了。这次我要好好地珍惜，把握好人生的第二春，他想。

与阿慧的交往是平凡而实在的。不在周末时，他们或一起去街上吃特色小吃，或哪天生意好阿慧会高兴地叫上女儿一起进饭店，每次阿慧都会抢着买单。去阿慧家时，她总会费尽心机做些拿手的家乡小炒，每次都会变换花样和口味，不多不少，仍是四个，色香味搭配俱佳，让他感觉好不温馨。性生活中，她虽无姜倩丽的浪漫娇柔和风情，却是居家过日子之女人做派，倒也能给男人带来满足。其实，他曾偷偷地想过，如果姜倩丽是自己的情人，阿慧是老婆，这样就最完美。

每逢节日，姜倩丽还会给他发短信，学别人转发一些市井黄段子或暧昧的调情话语。阿慧不在身边时，他也会回一两个过去；阿慧在时，他就不理不睬。他明白年龄不饶人，要想多活几年就得节欲，还是过安稳日子吧。

自从认识阿慧后，李先后里里外外如变了一个人，以前的邋遢一去不复返了。他浑身上下无不是大小名牌，花钱也大方多了。单位里的同事虽然偷偷讥笑他傍了富婆，但也还是高看他，纷纷求他帮助买一些便宜的名牌服装。因为阿慧的同行可以拿到进价，这样同事就能省出很多钱，而且不会买到假冒伪劣。这样的好事谁不愿沾呢，所以阿慧也赢得了李先后单位同事们的一致好感。

2

至此，隔三差五的，就会有同事或因一条领带，或因西服、大衣之类的来找他帮忙。凡是找他帮忙买过衣服的人，都暗暗地去商店比了一下价钱，结果便宜得让自己都吃惊，大家都尝到了甜头。李先后更觉得自己这次选择是对的，也实实在在想把这次婚姻进行到底。

时间温暖地流逝，过春节时，李先后就让阿慧亮相在亲戚和孩子面前，带着阿慧一家一家地串下来，都是阿慧抢着出钱买的礼物。亲戚们也认为这才是一个实实在在过日子的女人，劝李先后把握好这次缘分，好好珍惜。听大家给予阿慧这么高的评论，李先后更是沾沾自喜，不过，他还是吸取了上次的教训，想着至少要交往一年再办证。阿慧说什么时候都行，不过是一张纸，两个人的情感才是真的。

每年的“五一”或是“十一”，是国人的大节日，也是旅游黄金周，也给商界带来一次非凡的销售高峰。这两个节日又正好是每年的春秋换季时，人们需要购置换季新装，所以也是商家的大好商机。

阿慧的服装店，自然也要大量添置新货充实货源。那天生意不错，阿慧高兴地约李先后去她家吃饭，她依然做了几样可口小菜，还特意买了红酒。阿慧是一个喝点酒就红脸的女人，红光满面的让李先后觉得可爱有加。吃完晚饭，两人情意绵绵地聊天时，阿慧显得有些欲言又止，李先后忙问：“是不是有什么话要说，我们已经是这样的关系了，你还有什么客气的?”

阿慧这才说：“每年的‘五一’，是女人消费的最高峰，哪个爱美的女人夏季不拥有几套漂亮的裙子啊？所以每个经营女装的老板都会在这时狠狠地上货，看谁的货全数量足，谁就能招徕更多的客户。这就是生意经，把握机会和时间就是金钱。”顿了顿，她接着说，“一个季节，能看准几种新款式的服装，早一个小时抢回来先上市，一下子就能赚个十万八万的。这就需要大量投资，没有投入哪能收获？这叫做追时投资，一两个月也就能全部收回成本，所以机不可失不容错过。”

“那你就好好抓住这个时机，需要我帮忙只管说。”李先后也听兴奋了。

“如今人们都富了，服装也逐渐往中高档发展，所以店里也要进一批时髦而档次高些的夏装，我想实实在在赚一把，留做我们以后的结婚花费和开销。以前是赚了一些钱，因为丈夫看病和安葬花去了很多，又给了婆婆一部分，虽然还有几十万，也全都压在货物上；这两年我心情不太好，生意也没好好打理，去年我在一心跟你谈恋爱，也无心经营，就又滞压了一批冬装，以至于现在手头有点紧张，一时周转不过来了。”

她停顿了一下又说：“可是，我又不想放过这个好时机，这样就急需一点钱。回老家借钱又实在不方便，农村的几家亲戚都在外打工呢。”

“我手里有点，要用多久？”李先后爽快地问。

“你能拿钱，我给你打个借条。最多两个月就周转过来了。”

“这是什么话，都一家人了。”

“也是。往后咱们的财产都合起来算了，我会把一碗水端平，给我们的孩子一样平分。”

她又补充说：“我确实是为咱们结婚赚钱，是为咱们两个人赚的，为这个家赚的。你能拿多少？”

“五万吧。”

“……”阿慧抿着嘴浅笑。

“不够？”

“说实话，五万块钱去广州都不敢进市场。我手里已经有了十万，你也拿十万吧。放心，两个月后，我会如数还给你的。”

话说到这个份儿上了，又是这种关系，更是需要男人充汉子的时候，李先后哪有思量余地？何况人家一再亮明观点，是为了结婚赚钱，你要想有个幸福的家，就理应与之联合起来，还有什么不可以的呢？何况人家说是借呢？

俗话说：张口容易合口难，开弓难寻回头箭。他也不想让阿慧小瞧了自己，于是就爽快地说：“好吧，就十万块钱做正经事，我哪有不借之理。不，应该是拿出来。”

“我真的太高兴了，从心里感谢你，更敬重你爱你了。”阿慧温柔地抚摸了李先后的脸，又亲了亲他并动情地抱紧他。娇滴滴的阿慧对着他耳朵说：“我想要。”说着先用手抚摸起李先后的手，并把他的手拉到自己怀里。

男人在这种情况下是无法按兵不动了，他马上行动起来，双手都不老实了……

拿到李先后送来的十万元后，阿慧就火急火燎地去广州进货了。说是要一周才能回来，让他在家安心上班，耐心地等她回来，还一再安顿他，别总是给她打电话，免得一路去的同伴笑话他们这老情人更黏糊，都快是老夫老妻了就是打也打不跑她了，等过了“五一”，本钱回来差不多了，他们就选个好日子，简单办两桌酒席领结婚证，给家里重新装修一下，换一套高档家具，安安心心实实在在地过日子。

李先后问：“你不在的时间，用不用我来店里照看一下啊?”

阿慧笑容可掬地说：“不用劳你大驾了，店里两个女孩子都很可靠，我就是走一个月也没事的。好好当你的法官吧。你看着没客人时坐在店里很轻松，其实做生意这样的事，你根本受不了的。什么人物进来你都要笑脸相迎，特别有一些鸡蛋里头挑骨头的客人，有时还会不干不净地骂人，你那身份不发脾气才怪。开门迎宾，总为这些小事吵闹发脾气，不是把别的客户也吓跑了吗？所以啊，那里是不适合你的。”

“我学着耐心点儿，就像现在对你一样。”

“算了，别为了几个小钱委屈我的好男人，我要你快快乐乐地过每时每刻。”

“宝贝儿真会说话。”

“你是我心里最宝贵的人。”阿慧说着又紧紧地抱住他。

听了这话，李先后就安心上自己的班。法院的案子也跟商业换季一样，一茬一茬的。他庭里的民事案件太多又复杂，自古就有“清官难断家务事”之说，可是他偏偏就要充当这个官，到底清不清自己也说不太清楚，不过秉公办案是他的作风。凭良心说，也受过贿，比如说，自己家里根本没想装潢，可有次主办的一个案件的被告是个搞装潢的，非缠住要帮他装修，他拒绝过多次，一个老同学又打电话过来说情，说如果不让装就是不给面子，案子随他怎么判都行。话说到这份儿上了，那人也把所有装潢材料都拉到门口了，他只得半推半就地接受下来。诸如此事，你不收反而遭人家骂。最后判决时，他也只得在权限内稍稍偏了那么一点点，算是给了人家一点关照。

忙到周末，阿慧从走到现在整整七天过去了。每天都有电话联系，每次她总是说自己在广州很累很累，让他少打电话，说她一有空就会给他打过来的。

周日早晨九点多了，他打阿慧的手机却关机了。他心想，她如今也会算着过日子了，在乎漫游费了，也不想他了。想着周六歇一天了，一周下来的劳累已经歇过来，反正今天闲着也没事，就顺便去店里看看是不是阿慧回来了。当他来到阿慧的服装店时，怎么也找不到店面在哪儿，他开始怀疑自己迷了路。再细细想想，又左看右看还是没错，认定了就是在这一家叫“新新”的店时，才走进去问人家：“这个店原来不是叫智慧吗？”

一个男人走过来问：“你有什么事吗？以前的店亏损了，原老板三天前就转卖了店走人了。”

李先后不相信自己的耳朵：“不可能啊！”

“我没跟你开玩笑，是真的。”男人更严肃起来。

他急忙走出店，又一次掏出手机不停地按重拨键，可电话里永远是一个女人告诉他：“您拨的号码已关机，请稍候再拨。”

他重新走进店里，说：“请问，你们能联系到原老板吗？”

“你到底有什么事？要买衣服就买，不买也别总来打岔，要找事去找原来的老板，我们要做生意。”

“我是原老板的朋友，急着找她有点事，能帮助联系一下吗？”他只得耐下心来跟人家说话。

对方这才说：“不能。因为原老板不是本地人，她说家里发生了灾难，店转得又急又便宜，所以走的时候，我们也根本没要她的任何联系方式。”

傻呆了一样的李先后，猛然想到阿慧的家他是知道的，急忙快步跑到马路上招手打的，顾不得跟新老板说声告别，就一路催着司机快点儿，直奔小区而去。到了阿慧家，他却怎么也用不好阿慧给他用过多次的钥匙了。起先他认为是自己不冷静，过于紧张使得手发抖发颤才打不开门锁，等靠着墙稳了稳情绪再去开时，钥匙只能插进去却怎么也扭动不了，他试了无数遍才不得不下楼。当他去小区的门岗处一问，更让他吃惊不小，原来，阿慧只是那套房子的房客而并非房主。是啊，阿慧曾跟他说过，这里是都市村庄，阿慧一个外乡人怎么可能是房子的主人呢？而自己怎么就没想到这一层来，真是情迷法眼了。他不想再问谁，可自己再也想不到阿慧还有什么踪迹可查，他不相信，自己一个堂堂的大法官会被阿慧这样骗了？

回想过去，他们一起见的都是自己的亲戚，却没见过阿慧的任何亲戚，连她的老家具体在哪县哪乡他也不是很清楚，只是和阿慧女儿一起吃过几顿饭，可是在哪个学校他也没往心里记，只知道是初中二年级了。他心里不由得生出老家的一句俗语：打了一辈子雁，不料想，老了老了被雁啄瞎了眼。

他静静地想着阿慧，怎么也没法与骗子挂上钩，可是回忆如电影一样在脑子里放了一遍，却又无不露出骗局的痕迹：她如魔鬼，如一阵风一样，是那么的来无影去无踪。与她认识几个月来，从没想过提防她，只享受着她为自己带来的幸福和快乐，享受着她为自己提供的优越，怎么可能想到她是骗子呢？

单位的同事会怎么说他？他又该怎么和大家解释这件事？见过阿慧的人，都认为她是个过日子的女人，更夸她是个生活能力强的女人，都没一个人有相反的意见啊，他怎么可能把她往坏里想？

三个月，十万元，这两个无法画等号的东西，却偏偏等量代换了。自己是笨蛋还是弱智？也没人提醒过自己啊，他找不出自己错在哪儿，百思不得其解。十万元，对于有钱人来说并不是大数目，但是对于李先后这样一个人来说，却是他半生的积蓄。老婆一点点积攒的辛苦钱刚买下房子，人就过世，接着又结婚离婚花去一部分钱，那十万里其实还有他跟朋友借的五万，更为悲惨的是还有老婆用生命换来的钱，自己下定决心想跟阿慧过日子，才如此大方地拿出来。此时的李先后，用“心疼”这两个字是远远代表不了他的心情的。可是一个大男人，这种事也不敢跟别人诉说，他丢不起那个人，就是再痛苦也不可能像女人一样哭天号地啊。最重要的单位里的人，谁不知道一直是阿慧在倒贴他啊，他就是说出去别人也不相信啊。他只有自己安慰自己地抱住一丝希望，但愿阿慧是和他开玩笑，过几天还会和他联系。

他仍然坚信，阿慧一定会回来的。

李先后思来想去，即便阿慧真是骗了自己，他也不能把事实说出去，这里不单单关系自己的脸面，更多的是别人要联想到他当庭长才一年，有受贿行为。还是买个蒸馍揣怀里——自己哄自己吧，总会有办法的，编个好一点的谎言，给大家一个好结局吧。

第十二章

女人部落：相亲啊相亲

1

杨冰倩决定调往父母和妹妹所在的大河省的省会城市，不愿在到处是熟人的家乡生活下去了，也想为孩子选择一个好的学习环境。妹妹已经在省城十来年了，不费周折地帮她儿子转学到省实验中学就读。安顿好了孩子的学校，她就忙于自己工作的调动。毕竟老父是官场中人，所以她的调动很顺畅，两个月后已办好一切手续。等方可曾知道杨冰倩要走了的时候，她已经离开了那个城市。他打过N个电话，杨冰倩最后接了一个，冷静地说：“谢谢你的爱。爱就像春风，哪怕再温暖，也有过去的时候。当一切都过去的时候，无须回头，更无法回味。有人说生命是单行道，其实有些爱情只是某两个人的一个交叉点，过了那个点，就越走越远了。”不等方可曾回话，杨冰倩就把原来的手机卡拿掉，换上了新的号码。

杨冰倩回到上大学的这座省会城市，选择了一种新的生活，她觉得浑身的放松。时间久了，却也生出许多寂寞来。现在虽然和父母生活在同一座城市里，去一趟路上却要一个小时，只在周末才能和他们团聚一下。妹妹仍是单身，在一个科技合资公司当副总，自己有一套复式公寓，偶尔也抽时间回父母家吃顿饭。冰倩调过来后，妹妹才每周必回父母家的，姐妹俩在一起说些悄悄话。两人的思想虽然相差很大，但毕竟都是女人，总能找到共同点。

有一天，冰倩忽然接到同学刘翠云的电话，她说有个同学发财了，要搞一次同学聚会，说凡是联系上的同学，不准推辞只能参加。杨冰倩只得笑笑说，你们这么武断啊？翠云爽朗地笑了说，请就去呗，同学见见没有什么不好的，咱就是凑个热闹，不玩白不玩。冰倩想想也是，权当放松自己一回吧。调过来半年了，自己很少参加什么饭局，也见识一下别人是怎么幸福的吧。

轰轰烈烈的同学聚会上，杨冰倩重新与十几年没来往的同学们相见，大家久未见面，纷纷开着学生时代不敢说而现在无所谓了的荤笑话。大家谈论谁谁暗恋过谁，谁谁追过谁，点到名字的女同学多少还有点不好意思，作要打人状；也有女同学大方地与男同学们拥抱，说你怎么越变越帅啊，还长叹着高唱一句樊梨花的台词："早知道杨凡长恁好，我何必嫁给薛丁山。"男同学也点头装出极惋惜的表情说，是啊是啊，我那时候稍微胆大一点，××就是我的人了。逗得大家欢笑一堂好不热闹。很多同学不再有曾经的腼腆，豪爽地大杯喝酒，大声喊叫。几个要好的女同学，在私下里说知心话。同学中有离婚的，有结婚三四次的，有正分居中的，也有过得幸福的。杨冰倩虽成了单身却不愿让众人知道，只说给了两个女同学，还一再嘱咐不要传出去。等聚会快结束时，张罗这次聚会的同学高声告诉大家说，是同学张扬发财了，自愿搞了这次聚会。私下里，刘翠云早就告诉了杨冰倩，是张扬对初恋同学小美很怀念，单独请她怕请不到，因为当年是自己无情抛弃了她，所以就导演了一场这样的聚会。如今各式各样的聚会云集，为情而聚的却是少数，于是刘翠云还大夸了一回张扬同学重情重义，这种没有功利性质、纯为大家欢聚的相会，令人赞叹。

但是，又有谁知道小美是以怎样的心情对待今天的同学相聚呢？是的，任何一个伤透了心的女人都不会轻易去见负义男人，虽然已经过去二十年了，但那种疼是刻骨铭心的，到死也不可能完全愈合。她虽然没有现在的年轻人这么时尚，一谈恋爱就同居，但他们也是要求同时分到了一个单位去的，然后工资、饭票都合到一起两年，不分彼此，单等分到一套小房子就共修百年的。却不料张扬半道一句话也不说地退出了同盟，她一度发疯似的找他想问个究竟，可他总是躲过她的寻找。于是，小美只有等，等张扬给她一个答案。后来，她却等来了张扬托别的同事送来的喜糖，他的新娘是当官的女儿，难怪张扬如此选择。从此后，小美发愤学习，一路考研又考博，如今已经定居国外，这次回来办公事兼私事，她要把女儿也办出国去。一个聚会的机会就这么产生了。但是从始到终，张扬怎么也找不到机会跟小美单独说话，不论主持的同学怎么安排，小美总是带着十三岁的女儿不离左右，一副过去的永远过去，永远不给张扬忏悔机会的样子。

人到中年了，张扬再怎么发达，也还是觉得心里愧对小美。聚会中，只有小美和杨冰倩不大与人说笑、打闹。杨冰倩还是在心里偷偷感叹，人间怎么总有这样那样的不如意发生呢。

聚会没多久，刘翠云就打来电话说，她有一表哥，因为前表嫂有外遇而离异，表哥是省直医院的外科主治医生，家里还有一栋小楼，儿子在国外，让冰倩好歹都要见见，说不定有缘分。

杨冰倩犹豫了几天，结果对方自报家门地打电话来，执意要见面，冰倩只得前去赴约。

见面是在一个叫“上岛”的咖啡屋。大厅里虽有不少人，却听不到说话声，只有钢琴声在缓缓奏响。在包间里找到刘翠云的表哥，男人对杨冰倩自我介绍说，他姓陈，叫陈子明，可以叫他陈哥。他说自己比冰倩大了八岁，她又是刚来这个城市，有什么不熟悉不方便的事，以后只管找哥哥。他还说他是外科医生，与内科的杨冰倩内外结合一定会很融洽。还说冰倩所在的市级医院太小了，他所在的省会第一人民医院，又是现在最吃香的外科医生，不算工资，每年仅收到的红包就是个不小的数目，家里还有一处几百平米的房产，这一生怎么过也花不完；儿子送出国外了，他一个人很孤独，希望找到一个传统型且美丽温柔的女人陪他共度下半生。

冰倩一边听着陈子明的长篇大论，一边偷偷注意着这个让自己叫哥哥的男人。他长着白白胖胖的脸，脸上的肉把眼睛都挤没了，也许是油脂过多的缘故，以至于头顶中间的黑发都脱落了，脑门显得特别光亮。杨冰倩平时就对这种“地方保护中央”的发型有点难受，有时大风天走在街上，忽然看到有男人在捂头，因为其一边的长发被风吹起来，在空中舞蹈，冰倩总会替他们难为情。这位陈“哥哥”也许也为此事生过烦恼吧。

想到这儿，她不由生起同学的气来，这样的人怎么可能适合自己呢？他要找的是小绵羊一样的美女，杨冰倩自知不配这么位富人，可是当面也不便流露出什么，只得一边喝着咖啡一边装着认真地听。

陈子明又说：“听我表妹说你离三年了，也没找，传统型的我喜欢也不喜欢。我喜欢，是在我之前要传统；不喜欢，是认识我后不要太传统。人是跟着时代走的，时代已经发展到 21 世纪，该开放的要开放一些，我前妻以前就是总拿传统那一套来约束我。男人嘛，在世上混不容易，只要没忘记回家就行了；但是女人就不行，绝不能给男人戴绿帽子。她什么错我都可以原谅，唯有这事不行，结果她说为了报复我才找的。不管什么理由，发生了就必须离，所以我也离婚五年了。”

“哦。你这么好的条件应该很好找啊。”冰倩本不想说这话，可是还是没忍住。

“确实好找，我谈过几个，见的就不用说了，他娘的数都数不过来了。大的和我同龄，小的只有二十几岁，小姑娘小得可爱，只是领出去我怕别人说是爷儿俩。我也忘了在这上面花了多少钱了。对女人嘛，只要舍得花钱，敢于说奉承话，到处都是，不管多大年龄的一律自动投怀送抱。”

“是吗？”

“都是成年了，性是互相快乐的运动，大家都需要。”

“……”冰倩无话可回，只得喝面前的咖啡。

“你们是为什么离的？”

“感情不和。”

“说实话，太年轻的不能实实在在过日子，天天想着玩和浪漫，怎么花钱；年龄大的呢，总是为她的孩子着想，两天的新鲜劲儿一过就没一点激情了。就这么找来找去，网上的网友也见过好多，征婚广告也做了，就是没有一个能让我一见动心的，只是玩一两次就结束了。”

“……”

“表妹跟我说了你的情况，真的很好，我比较满意，你呢？”

“呵呵。”

“我很懂得体贴女人，每次都会让女人死去活来地幸福。我们都是搞医的，对生理知识应该懂得的比别人多一点，一个女人不能长期没有男人，一个男人更不能没有女人，不结婚可以，但不能没有性伙伴。这也就是人们常说的，要阴阳互补。咱们都是过来人了，明白压抑久了不是好事，性可以使人兴奋，可以让人有激情，对生活和人生增加信心，更可以促进新陈代谢和血液循环，你搞内科更懂得这些，对不对？”

说完这些，他意味深长地对冰倩色迷迷地笑，见冰倩沉默不语只低头吃瓜子，他就认为自己说到了点子上，说到了女人心窝里，就得寸进尺地说：“我应该坐到你旁边才对，隔个桌子说话你听不清楚吧？”

“能听清，我耳朵不聋。”冰倩严肃地回答，并做出拒绝的手势。

陈子明刚抬起的屁股，只得慢慢地不情愿地又落在沙发上。为了减少尴尬，他把瓜子盘又朝冰倩面前推了推，说：“吃瓜子啊，不要这么秀气嘛，男女在一起越赤裸越好嘛。嘿嘿……”

冰倩听着他的话，还有这种阴沉的笑，感觉仿佛有阵冷风迎面掠过，身上顿时起了一层鸡皮疙瘩。为了掩饰这种烦躁，她抬手去拿瓜子，这时一双白白胖胖的大手已经握住了她的手，她像被蝎子蜇了一下，连忙拉回自己的手来，手里的瓜子也撒在桌面上，脸一下红了。陈子明不但没生气，还爽朗地大笑说：“这么纯情啊？表妹没有骗我，我就喜欢你这样的女人，女人味儿特别足。不过，现在要学会放松，慢慢地你就会习惯了，到时候还离不开我这种抚爱呢。”

冰倩感觉浑身爬满了跳蚤，不，应该说是荆棘，她感到刺痛难耐，又找不出哪儿最难受。

“你去婚介所征过婚吗？”

“没，没有。”冰倩烦躁难耐。

“那最好了，就是去那儿也是枉然。婚介所大多只骗个中介费就完事，搞几个有点姿色的男人女人当婚托，让人不小心就被骗。”

“都是这样子的？”

“哪个地方都这样，不然他们哪来钱赚？我前几年还被骗过呢。”

“不会吧，还有人敢骗你？”

“当然，我也不在乎，说明白了也不算什么。”

“你怎么相信了？”冰倩也好奇地问。

“男人好色，我一看漂亮女人就心痒，也是太高估自己了，所以一不留神就上当了。”

“时间不早了，我儿子该放学了。不好意思，我先走一步。”冰倩不想再忍受下去，起身欲走。

“还没吃饭呢，怎么着也一起吃顿饭嘛，随便点儿，我买单。”陈子明也站起来大声说。

“不了，以后吧。”冰倩说完就打开门逃命似的走出去。

与这样的人见面，冰倩心里有一种吃了一大块流油的肥肉的感觉。回到家，她想打电话问刘翠云怎么介绍个这样的人，可是又一想，人家也是出于好心，如今的社会，有钱能代表一切。

第二天，刘翠云打来电话，问对她表哥的印象如何。冰倩说：“你表哥太开放了，我适合吗？他适合我吗？你就是爱乱点鸳鸯谱。”

“你一定是嫌我表哥胖吧，或者是他说话太直了。他那人就那样儿，男人嘛，嘴上总是管不住自己，不过他人还是好人，心也很好，你接触一段就会感觉好点儿，”刘翠云还想撮合。

冰倩只得明白地告诉刘翠云：“我不可能再见你表哥，不过，还是谢谢你。”

刘翠云这才打住话头，她们又说了一些别的同学的事，说某某离了两次，现在男朋友不断地换；某某老公出国，自己在家却也没断男人。刘翠云说她们属于潇洒一族，又说如今城市离婚或丧偶者不叫鳏夫、寡妇了，早已改称为时髦的单身贵族了。你听听，只这名字就羡煞人，你好不容易加入了进来，还不把握住享受一把，潇洒走一回？冰倩说你这不是笑话我吧。刘翠云忙说，什么话啊，我们谁跟谁啊，要笑也是你笑话我，我比起你来差远了，你还不知道我吗？刘翠云小时候家里穷，后来攀龙附凤嫁了个当官的有毛病的儿子，福没享到，罪却受了不少。原来孩子小，她只能闭着眼睛过日子。现在孩子大了，好容易找了个情人，对方又死活离不掉婚，而且还霸道地不准她再有别人。“唉，我这一生啊，总是没有自由的命，看着你们自由就心酸、羡慕。”

停了停，刘翠云说：“你看我，都忘了一个重要的事了。你刚来到这个城市，认识的人有限，我有一个初中女同学，他们夫妻下岗后开了一个饭店，名字叫‘姻缘饭店’，二楼专设有免费登记室，我们约个时间去看看吧?”

“不想去。一个人过也没什么不好的。反正也不需要男人养活。”

“那可不行。女人一生是靠爱滋润的，没有爱的女人，衰老得很快。再说，你为谁守啊? 人生苦短，为什么不活得快乐一些?”

“各有各的活法。不可能都一样地追求。”

“算了，你也别讲大道理了，我周末去给你登记一下。如果有人约你，你就去见见，行不行见一面你也少不了一块肉，要学会全面撒网重点捕鱼，明白吗?”

“你啊，总是一套一套的理论，我都有点佩服你了。”冰倩不由得笑着说。

“人在社会上混，就得这样，左右逢源、随遇而安。”

“你真行啊，真应了别人的一句话啊。”

“什么话?”

“说一个女人接触的男人多了就成精了。”

“哈……真成精了那才好呢。对了，再跟你说个实在事，你啊，以后注意，别找农村人进城的半城市男人，他们从外表上看都是人模狗样的，可是你要真跟他一起生活了就明白了，他们骨子里永远还保留着农民的毛病，邋遢、蛮横、粗鲁；最不可忍受的是老家里的七姑八姨，三天两头找上门来。”

“你老公不是干部家庭吗? 怎么知道这么多?”

“他小时候在农村长大的啊，后来才随他老子进的城，老家不是一样有亲戚吗?”

“你找情人他也不管吗?”

“他想管，自己无能敢说我吗? 我没跟他离婚就够意思了，他还有啥屁可放?”

“你啊，情人怎么说呢？”

“他离不掉，又不让我找，反正对我也很好，赚钱也有我一半，他老婆睁只眼闭只眼也不管。开始我想要名分，长了也想通了，有男人疼就妥了，管他离不离。”

“你幸福吗？”

“什么幸福不幸福啊，幸福是什么颜色，多少钱一斤？这是个没法鉴定的界线，自己觉得怎么好怎么就是幸福，自己别给自己添烦。苦也一天，乐也一天，唱也一天，哭也一天，想开了，人生就那么回事。”

“你成了人生学专家了，多年不见你的社会经验和生活理念已经够博士水准了。”

“哈……好了，以后再聊吧，我要去做美容了。对了，你也要学学打理自己啊，别让自己成了真正的黄脸婆，让男人看了害怕啊。”

挂了电话，冰倩还在想刘翠云的话。刘翠云从小就没了父亲，重担落在母亲身上。为了帮母亲一把，刘翠云就接收了人家的厚重彩礼，很听话地嫁了个有残疾的男人，结果现在成了这样的结局。

2

不知道刘翠云打电话后的第几天，有个陌生男人打电话来，自报家门地说是在“姻缘饭店”看到了她的登记，感觉很合意，想约见一下，让冰倩选个地方。

杨冰倩感觉很意外，可是她一想，反正谁也不知道这个事，不如凭运气去撞一下，或许有不错的也难说。对方说自己在省直机关工作，结婚三个月分手，已离婚十年了，因为把感情看得至高无上，想找一个和自己一样重感情的人。还说自己没什么文凭却有真才实学，在单位一直是笔杆子，和年迈的父母同住。

冰倩听明白了对方的话，感觉声音也有些磁性，就问他：“为什么快四十岁才结婚，结婚又那么快分开了呢？”

"对方不是好女人，作风太乱，见了男人就抛媚眼，我受不了，就离了。"

"哦。"冰倩想，世上真是什么人都有啊，他这么重情却遇不到知情懂情的女人，又觉得这人好纯情的，竟然十年都没找，说不定他有什么暗恋和不结婚的理由吧，她有些好奇。

杨冰倩说先电话聊聊吧，以后再见不迟。对方却说，就是现在很想见见。他迟疑了一下又说，也许是春心动了吧，请理解他。冰倩被说笑了，就说在"上岛"咖啡屋见吧。对方惊叹说，那一定很贵的。冰倩想这人还挺幽默呢，只得说你说在哪儿见。他说在一个十字路口的公交站点，冰倩笑得不得了，说你怎么这么爱开玩笑啊，就在我说的咖啡屋吧，十点我准时到。

一见面，她才看到对方是一个脸比脚后跟大不了多少的男人，约有一米六八的身高，体重不到五十公斤的样子。见了她，他笑得比哭还难看地说："我先到了十分钟，我怕你来不了呢。"

冰倩听他这样说，只得又看了看他，见他半个屁股在沙发上，双手紧紧地夹在两腿中间，上身的大棉袄还配着翻毛领，她笑着说："怎么会不来，说好的嘛。"

"天冷了，我每天写文章下班晚，等公交时很冷，就去买了一双保暖棉鞋穿，比皮鞋好多了。"那人说着还抬起一只脚给冰倩看看，为了证实鞋的保暖度。又问冰倩："你穿皮鞋是不是感觉有点冻脚啊，我就不会。这人啊，只要脚暖和了，浑身都不冷了。"

杨冰倩只得随着他抬起的脚看去，心里不由得泛起一股酸楚。

"怎么结三个月就离了?"过了一会儿，冰倩忍不住又问起这个问题。

"那女人，怎么说呢，是个看着男人就走不动路的浪荡货。"

"啊?"冰倩不由得发出这声惊叹，心想怎么这样形容女人。

"我追求的是纯洁的爱情，没有一丝杂质。"他的嘴一噘，头还扭了一下。

"是这样。"

"她不愿离的，我去她单位大闹了一场才办了手续。"

"怎么这样啊?她不愿离说明还爱你嘛。"

"她爱我，我不爱她了，我把她单位领导的桌子都掀翻了。一对狗男女，奸夫淫妇。"

"你这么做有证据吗？"

"要什么证据！我和她一起上街，巧遇到那个男人，他们眉来眼去的就是证据。我是男人，堂堂正正、顶天立地的男子汉，眼里揉不进沙子。"他努力睁大眼睛，也许是因为瘦，他竟然有点三角眼。

"离了十年，没找过吗？"冰倩只得转个话头，不想听他的深仇大恨。

"伤透了心，怎么找？再说，纯情女人太少了！"

"你怎么想见我了呢？"冰倩还是忍不住问了这个问题。

"我一看你的照片就特别喜欢，觉得你就是我心中寻找的那个感情专一的女人。"

"嘿……你真会说话，可是我可能不适合你。"

"我们发展发展试试嘛，我觉得你很好。"

"哦，是吗？"冰倩不由得笑出了声。

"你说，好不好？"

"好不好，行不行，不是靠嘴说出来的，要靠缘分，你说对吧？"

"我父母是上海人，我们家人都很讲究的，所以一直看不习惯这里的人。"

"现在呢？"

"现在都习惯了。我也在报上登过征婚启事。有个女人说她有车有房子，工作又好，我说她就是没有好男人，我来了，结果还是没搞成事。没想到真有女人愿意倒贴啊，她那天还请我吃饭呢，因为见面她选定在饭店里。"

"哦。"

"我们以后多联系联系，感情就生出来了。"

"呵呵……"

"我昨天给你打电话打了十好几分钟呢，我的手机每分钟话费六角啊，你知道要花我多少钱吗？"他说着这话嘴一嘬一嘬的让冰倩很难受，感觉有个东西在心里一别一别的。

"是啊，真是让你破费了啊。你喝点水吧，瓜子怎么也不动啊？"冰倩自己的水杯没水了，招呼服务员加水时，才发现对方的杯子动都没动过。

“他们这儿的东西是很贵的，你吃吧，我不吃。”

冰倩告诉他，这是免费的，他却还是坐着不动。见他这样，话也谈不下去了，冰倩只得说：“走吧？时间不早了。”

“就是就是，快中午了。”

杨冰倩觉得再没有待下去的理由了，要是请他吃饭还会落个倒贴的名声，不如省了吧，于是就跟着他站起身说：“走吧。”

服务员问了声谁结账，对方忙说：“你看是不是？他们这儿很贵吧？坐一会儿就要很多钱的。”

冰倩不想再接他的话，直接去了吧台。结过账回头看时，那人才挪着千斤一样的脚步半抬不抬地看冰倩，杨冰倩用手对他扬了扬发票说：“走吧，结过了。”

冰倩从眼角的斜光里，依稀觉得那人这才放心地向外走。杨冰倩这才明白过来，他在电话里说咖啡厅很贵这话，并非幽默之语。

回到家里，冰倩回想着这个人，不禁笑出声来。真是有意思，见了个这么典型的男人，真是长见识。

3

也不知刘翠云是怎么在那儿登记写的，冰倩总会不断接到陌生电话。现在她留了心，先在电话里问清对方的情况，并说先聊聊再见面。有些聊不了几句，她就彻底回绝了。

那天，杨冰倩正在看一个连续剧时，手机又响了，原来是刘翠云问有没有人给她来电话。她说有，却并没说见过那人的事，只说自己懒得出去。刘翠云骂她不拿自己的幸福当回事，说女人不能长久没男人爱，这样会快速枯萎的。冰倩说我怎么觉得你和你表哥是一家人一样啊，一样的话两个人说。刘翠云骂她没良心。两个人就在电话里笑起来。

“说正经的，我得到一个可靠的情报，姻缘饭店登记处那儿，来了一个很抢手的帅哥，同学首先通知了我，我立马就拨了你的电话。怎么样，够意思吧？”

“够意思。不够意思的都死完了，就剩下你了。”

“去去去。说正经的，我也认为不错，机不可失啊！那人是个大学教授，长相也不错，同学说一看就是个稳重有内涵的男人。这样的男人可是目前市面上的抢手货啊。”

“是吗？你把人比喻成货物，是贬还是褒？”

“冰倩同志，你是真的不懂啊？物以稀为贵，如今城市单身的中年男人是香饽饽啊！特别是好一点的中年男人，你就没想想，真正的好男人，人家老婆会舍得不要吗？再说，如果是一个宽容、体贴人的男人，他也不会中年抛下妻儿不要啊。所以说，只有在死了老婆的男人中才可以找到好男人，这个人就是，丧妻一年了，你要牢牢地把握啊！”

“让他们香去吧，让人抢去吧，我自己过不就行了？”

“看看，又自暴自弃不是？我坚决不答应一万个不答应。”

“哈……真有你的。”杨冰倩忍不住大笑起来。

“我的意思是提醒你，我同学已经把你的电话给了人家，如果人家打电话约你，一定要去见见。还是那句话，见见也吃不了你。你的，明白吗？”

“好像我妈一样这么关心我，又像我死去多年的奶奶一样啰唆。”

“我是开导开导你这个老古董。”说着她还改了词唱起来，“睁开眼吧，小心看吧，哪个愿承受寂寞……”

“好了好了，知道了，我的大歌星。”

“最后警告：机不可失，失不再来！”电话里说相声一样抑扬顿挫。

刘翠云的电话刚挂不久，手机就在桌子上鸣叫着转圈。

果然是那位教授打来的。他自我介绍说，自己是某大学的副教授，教古代汉语，姓张。去年老婆患癌症去世了，有两个孩子，女儿工作了，儿子在上大学。他说这一年内心里很空虚，女儿很懂事，天天都想法调节生活，可是孩子永远无法替代老婆，想找一个实实在在、年龄适中的女人过下半生，一起慢慢变老。

冰倩听他说得很动情，话里话外都透着真诚和心酸，便听得认真。

“咱们还是见个面吧，当面谈谈会好些。”

“……”

“你有顾虑吗？我不会伤害人的，请相信我。”

“没有没有，你别这样说。”

“那好，你选个你认为安全又安静的地方，我们见见吧。”

“在光明路的‘好的’咖啡厅吧，那儿安静一些，你说呢？”

“好，现在是六点，我六点半到。”

杨冰倩去到时，不用打电话，她已经看到了他，因为只有他一个中年男人不时向外看。见冰倩走向他，他也忙起来说：“是小杨吧？”

“张老师好。”杨冰倩轻声说，同时伸出手来，和他礼貌地握了握。

“你们喝点什么？”服务员走过来问。

“你喜欢什么？”张老师征求冰倩的意见。

“随便。你喜欢什么就来什么。”冰倩微笑着回答。

“我们这儿西卡尔咖啡是主打牌子，要来一壶吗？”服务生推荐说。

“我不喜欢咖啡，喝了晚上睡不着，本来就睡眠不好。还是来绿茶吧，行吗？”他又一次看着冰倩问。

“好，我也喜欢绿茶，就来信阳毛尖吧。”冰倩也不再犹豫，直接点了名。

“二位稍等。”服务员走了。他们一时不知从何开始，双方都不好意思地笑。

“也许是年龄大了，也许是爱瞎想，近一年来，我常常整夜无眠，你还好吧？”张老师到底是男人，先打破僵局说。

“我以前偶尔有过一两次，现在好了。”

“那你是已经恢复了，到底是年轻啊。我希望有个人来安抚我，让我尽快恢复平静。”

“你想找什么样的？”

“应该就是你这个年龄段的最好，我大你十多岁，你觉得行吗？”

“呵呵……”

“原来的她，是一个温柔善良的女人，我们可以称得上是郎才女貌。她对我很温柔，遇到再生气的事也总是用商量的口气跟我说话。对我家人和亲戚的事，她总是很热情，她的家人和亲戚我也从不慢待。孩子自然是家里的重心，四个人的生日，每年只过三个，因为我们常常忘了她的，可她从来不埋怨一声。家务从来不攀我干，穿戴也总是以我和孩子为主。自从她生病后，我才担起家庭重任，每天变着法子做不重样的饭菜送到医院，想补偿二十多年来她对我的照顾。整整一年啊，我也尽了我最大的人力和财力了，可是还是没能挽留住她！"

"你真是个好丈夫。"冰倩被他的故事感动了。

"好有什么用？她才是好人，病得什么都不能吃了，还一遍一遍地让我把水果和亲戚送的一些礼品，转送给病房里的病友们，认识她的人没有不说她是好人的。可是老天就是这么对待好人，我那时很想不通这个事，曾一度很痛苦，是自己做了什么亏心事吗？怎么偏偏报复到她身上了？恨天恨地不公平啊！"冰倩想他如果是个女人，一定流下泪来了。无法安慰他，她便把他的茶杯往他面前推了推。

"谢谢。"到底是知识分子，在这么悲伤的情绪下依然没忽略礼貌。

"在她走后的一年里，女儿也劝过我，朋友也开导了我很多，现在总算走出来一些了，可我又不愿要熟人介绍，那会受到中间人的思想影响，所以我去了那家饭店。"

"哦，是我的一个同学帮我在那儿登记的，我现在还不知道在哪儿。"冰倩如实说。

"你的年龄、气质和留言都很好，见了人我也很满意。"

"谢谢！"冰倩也礼貌地回他。

不知不觉天就晚了，服务员过来加水的同时，告诉他们是吃饭的时间了，是不是再要点儿什么吃的。

冰倩只得微笑着问对方："我们……"

"你看呢，要不就在这儿随便吃点吧？"他可能还没有完全从回忆中走出来。

"好吧。"满腹的同情心让冰倩答应下来。

意大利煎饼上来了。教授感叹着说："这不是咱们家做的鸡蛋煎饼吗？

起个那么好听的名字糊弄我们，就这几小张要四十八块钱，你们也太黑了。”

服务员抱歉地笑着说：“这是老板的事，我们只管服务。”

“这种地方的东西就是贵了些。”冰倩不好意思，只得打个圆场。

结账时，张教授还是绅士地抢着拿出一百元的钞票。两人告别时，冰倩客气地伸出手说：“以后电话联系吧。”

“好的，你会想我吗?”

“……”冰倩一时不好回答，也没料到他会说出这么一句话来，便笑了一下。

“那我可以想你吗?”

“那是你的事。”

“不，是我们俩的大事。你必须承认。”

“你说是，就算是吧。”冰倩还是觉得应该顺着他说，就笑着这样回答。

后来，张教授又打来几次电话，杨冰倩依然没有拒绝也没有主动，可她总是在听他诉说过去时心里酸酸的，说不出到底是为什么。是嫉妒还是羡慕，是感动或者是同情，实在分辨不出是什么感觉。看来被刘翠云她们称为香饽饽的男人也只不过如此，他虽然确实是一个地地道道爱老婆、顾家的传统男人，头上有一顶教授的帽子，不会被人小看，可是自己却无论如何也找不到处对象的那种感觉。只为了要把自己嫁出去吗？还是图有个男人的名分？这也太荒唐了，简直太对不起自己了，她不愿这样委屈，又何必这样委屈？

一想到要找个比自己大十几岁的男人，她真还无法接受，心里瞬间就生出许多惆怅来。她怎么也想不明白，这女人一离了婚怎么就如此贬值了。年轻时找对象，男人大个三四岁就不得了了，可如今想找个品貌差不多、年龄相仿的比大海捞针还难。离过婚的女人仿佛隔夜的青菜，不大大降价就没人要了；而男人呢，却恰恰相反地增值了，正如当今走俏的反季节蔬菜水果一样，比时令蔬菜更抢手更有价值了。

恰在这时，刘翠云又打来电话，追问见面的感觉如何。冰倩说：“你真成了我奶奶了!”

“言归正传，快说怎么样吧。”她真是个热心人。

“有部外国电影《一树梨花压海棠》，曾引起很大反响，演员把主人翁演绎得淋漓尽致，风情无限又万分难耐。演洛丽塔的演员也因此一举成了国际影星。而如今这种老夫少妻的真实故事却每日都在重演！”

“你感叹什么呢，我怎么听不懂你在说什么啊？”刘翠云显然有些着急。

“你今天没看报纸啊？成都有一富翁，高调娶了个比自己小了二十岁的环球美女小姐，婚礼还像演出一样搞彩排，光鲜花就从昆明空运买了五万元的，整个婚礼开销有五十万元之多。”

“你在操什么心，这是哪儿跟哪儿的话啊？”

“而他的前妻呢，曾和他一起打天下发家致富，虽然也拥有和他相同的资产，却绝对不可能嫁一个小自己二十岁的小男人。”

“那是肯定的，你今天怎么关心起八竿子打不着的事了？”

“你不是觉得并不奇怪吗？”

“是的，这种事多了去了，如今是见怪不怪，笑贫不笑娼了。”

“可是，如果他前妻也这么做呢，找了小丈夫呢？即便是她再低调结婚，全国也会一片哗然吧？”

“那是，毕竟男女不一样嘛。”

“这是女性的悲哀，与叫喊了多年的女性解放、男女平等越差越远了！”

“无论是男大或女大，差距太了都会出毛病的。小时候会唱的顺口溜里说：月儿弯弯星星稀，年老别娶年少妻，娶了也是人家的。”

“你在哪儿听的，还蛮有哲理呢！”

“其实这是社会规律。任何不协调的婚姻都是红杏出墙的沃土。”

“理儿是这样的，但是社会上依然无法男女平等啊！”杨冰倩还是叹出了自己的那口郁气。

“我终于明白了，你兜了这么一圈，是不是说那个教授年龄太大啊？”

“算你聪明。说实话，他是个不错的过日子的男人，一个好丈夫，可是我确实难以说服自己做他的妻子！”

“要说也是，换我也不好接受。找一个爹不爹、丈夫不丈夫的男人，心里总舒服不到哪儿去。”

“你明白就好。不到两年就六十的人，天天在家等我下班，谈的是养生保健、如何防病治病之类的话题，我不老也先衰了，哪还能有一点朝气和活力？还不如自己过呢。”

“要说也是。不知道那些老夫少妻都是怎么沟通怎么个幸福法儿的?”

“这女人一离婚咋就这么可怜哪?”

“不单单是离婚，丧偶的女人也这样，就是老姑娘也一样难耐啊。你没听社会上流行的话说吗？男人越大越值钱，女人越小越好嫁。”

“好了，不说这些，烦死人。”

“那好，你自己觉得怎么好就怎么样吧，这种事委屈不得。鞋子穿在脚上，不单要抬起来还要落下去。我劝你不要只是看看就放弃了，还是穿上试试，最好再走两步你再作决定。”

“试试？哪能那么简单，试了不好岂不更麻烦了?”

“你啊，一朝被蛇咬十年怕井绳，这种观念得变了。”

“本性难移嘛。”

“我感觉你心里好像有人一样，至少有个影子总在左右着你。”

“也许吧。可是又没有真人，只是梦一样的影子总在我眼前晃悠。”其实她明白自己的思想，总是抹不去那个梦。

4

这天又有一位男士给冰倩打来电话。他滔滔不绝地介绍自己：大学毕业后分配在省直单位工作了三年，然后出国交流学习两年，回来后被派往一家企业任副总。在一次会议中，无意间结识了一位广州的朋友，他带自己走进了一个神话般的世界，于是我才觉得找到了真正能大显身手的舞台，在这个舞台上才体会到自己的价值。

“是吗？什么职业?”冰倩被他说得云里雾里一般，忍不住问道。

“先不告诉你。但如果你要请我吃饭，我就领你参与到这个神秘的世界里来。”

“呵呵，好啊。”林子大了，真是什么鸟都有，这人真是太有意思了。冰倩嘴里这么说着，心想你就等着吧，等到鸡扎牙狗下蛋，铁棒开花那一天吧。

“这么豪爽啊？可以，够意思，我已经喜欢上你了。晚上还是我请你喝咖啡吧。”

“谢谢，我今天有点事。”冰倩觉得男人的爱真是太简单，一句话就爱上了，太不可思议了。

“那好，我等你有空。我有足够的耐心等你。”

“以后再听你的神秘故事，再见。”冰倩不等他再说什么，就挂断电话。

第二天刚下班，手机就唱了起来，没想到又是昨天的那个神秘人物。

“你好啊，不知道我是谁吧？也怪我，昨天忘记告诉你名字了。”

“哦。”

“我姓崔，看你的资料你姓杨，对吧？”

“嗯。”

“想不想了解我的神秘职业和神秘故事？”

“听听也行。”冰倩还是难免有些好奇。

“那就约个地方面谈吧。”

“电话里说一样，先听一点吧。”

“咱们是以搞对象的形式结缘的，我还是先谈一谈我的婚姻吧。”

“也好。”

“我的婚姻，还有我的初恋，是一个凄美而伟大的神秘故事。你乐意听吗？”

“愿洗耳恭听。”冰倩用一种听故事的平静口气回答。

“我上大三的那年暑假，刚回到家，妈妈就告诉我家里来客人了，是爸爸最好的战友肖叔叔的女儿从新疆来了。妈还说，没想到十年不见，女孩子变化这么大，她一下子就喜欢上了，还诡异地问我说，不如把她娶回来吧。我虽然好奇，却也不可能让母亲包办给一个未曾见面的姑娘，所以我坚决地对她摇摇头说，不可能，你们就差没有指腹为婚了。我是现代大学生，还能找不到对象吗？妈妈便不乐意地说，她只是建议。

“妈妈洗完水果，和我一起来到客厅，并大声地叫彤彤。然后房间里走出了一个亭亭玉立的大姑娘，我当时简直看呆了。她长了一双欧式的大眼睛，新疆人独特的高鼻梁，樱桃小口，桃花般粉红的脸蛋儿，整个一朵含苞待放的芙蓉啊！天啊，这哪里是人，活脱脱就是仙女下凡来了。妈妈给她介绍说，这是你辉哥。立刻，从对方那胭脂红的小嘴里迸出银铃般的声音来：辉哥好。我当时差点晕了过去，脑子里瞬间想到，贾宝玉的林妹妹就应该是这个样子吧——不，应该比林妹妹还要美。就在这一刹那间，我产生了非她不娶的思想。呵呵，也许那就是世上的一见钟情吧。杨妹妹，你相信一见钟情吗？”

“没遇见过，只听说过。”

“那我就证实给你，我就是一见钟情。我的故事是不是有点神秘？”

“嘿嘿，可读性很强，传奇味特浓。”

“这就对了，把咱们的爱情也演绎成传奇吧，我一见你的照片就又一次迷上了，因为你有点她的影子。”

“哈……你别逗我了，我可不像你说的她那样神奇美丽。”

“不，你要懂得情人眼里出西施这句话啊，我认为谁最美丽最可爱，那么她就是世上最美的美女。”

“不争论这个，接着讲你的故事吧。”

“好，只要你爱听，就说明你对我有点感兴趣了，至少不烦我。OK，有发展的空间了。杨妹妹万岁！”

“哪儿跟哪儿的话啊，你不讲我就不要听了。”

“别别，这只是故事里的小插曲嘛。你没听那些说评书的，说着说着就会来点岔子啊，每次要结束时，再来点弯弯给人留下悬念和想头，这样才能吸引人啊。”

“那我就不听了，你留住讲给别……”

“好好好，我接着说，你别生气行不行？女人爱生气就不可爱了，宝贝儿别这样。”

“你要再说这话我就真挂了。”杨冰倩有些生气，她听不得别人这样称呼自己，一听就要炸。

“不说，不说。我的上帝，我的女神，我接着讲故事总行了吧。”

"……"

"彤彤妹见我那样看她，先害羞地红了脸，把果盘送到我手边说，辉哥吃葡萄吧。我这才醒过神来，自己也不好意思地红了脸，使了好大劲儿，硬是把眼珠子弄活泛了，才对她眨了眨眼，看妈妈嫣然一笑走了。我急忙快速地削了一个苹果，双手递给她。"

"你很会讨女孩子高兴啊。"

"这算什么，雕虫小技了。"

"大计是什么？"

"接下来，我就全力以赴陪天仙妹妹，把城里城外可玩可去的地方全走了个遍。走到哪儿都会吸引来很多羡慕的眼球，那时别提我有多自豪了，总感觉自己在飘，有一种神灵附体、如临仙境之感。二十天下来，妈妈有意无意地给我们让空间，我们迅速完成了人生最伟大、最神圣的使命。"

"不是强迫的吧？"

"哪能啊。我们情深似海，水到渠成，欲罢不能，恨不能二十四小时黏在一起。我那时有一个感受，神仙们也没我幸福，我才是天下最幸福最甜蜜的人。"

"那怎么现在成单身了？"冰倩有些疑问。

"唉，越是美好的事越容易出错，就像昙花只能一现。"

"为什么呢？"

"一个月后，她回新疆了，我也回到大学上学了。我们每周一封信，写不尽的情爱和思念，一年多下来有好几十封信。当时我们就约定好，等我们结婚时，把这些情书锁在一个箱子里，存到退休后再一封一封地拿出来看。我们同时把这个箱子起名叫做'爱情信箱'，开启的钥匙叫爱情钥匙。钥匙只有一把，我们要一起开启它，坐着摇椅慢慢看。"

"很美好又浪漫的爱情，现在怎么样了呢？"

"好景不长，我哥哥不幸得了绝症，父亲一改往日思想，坚决不同意这门亲事，母亲也大改以前的想法，一起棒打鸳鸯。因为彤彤妹是家里的独生女儿，也不可能嫁到内地来做媳妇，就这样，一对天造地设的鸳鸯被血淋淋地拆散了。为我流泪了吧好妹妹？"

冰倩不好再说风凉话，只好说："故事没了？"

"接下来，我大学毕业分配在省直单位，然后出国、下企业。这中间谈恋爱、结婚，可是却再也找不到那种甜蜜幸福的感觉了，至今我的爱情钥匙还依然珍藏着。我也告诉老婆，跟她只是结婚，老了我一定要去追求我真正的爱情。可是没能坚持到老，我们就分手了，爱情箱子却无人来打开啊。已经过去二十年了，我设法找到了我的情妹妹，她虽然也不爱现在的丈夫，却成了一个出色的女干部。不管是男人女人，一旦参政哪还敢提离婚的事？对于拥有爱情钥匙的权利她也表示放弃了，惨不忍睹啊，我只得再找别人。于是，我在芸芸众生里发现了你，她的影子在你身上闪现，我想把这把爱情的钥匙交给你，到老了，请你陪我一封一封地看那些信，坐着摇椅慢慢聊。"

"谢谢，只是我不配。"

"你配。我说你配就绝对配。"

"是吗？"

"还想知道我的神秘事业吗？这是我人生的最高追求和境界，我要带上我亲爱的爱人，共赴最美丽的人生大宴，完成苍鹰的鸿鹄之志，享受人间最理想的神话。"

"你到底做的什么行业啊，这么伟大？"

"告诉你吧，我既然选择了你就要引领你走进这个神秘国度。你听过'新利美'吗？"

"哦，传销啊。"冰倩有些失望。

"错，是直销。拜托，准确定位再说话。这么说你也知道了？"

"呵呵，地球人都知道啊。"

"我已经做十五年了，在这里早就是博导了，见面可以跟你详细介绍这里面的博大和神奇之处。"

"这么说，你应该是年入七位数的领军人物了？"

"六位数没问题，正往七位数进军。直销行业是开放的中国最有发展潜力的事业，也是最能体现能力的地方，天有多高胆有多大，新利美就能提供给你一个多么高多么大的平台。所以说，我要带着我的爱人踏上最高级最完美的征程，活出人间神仙的境界。"

“哈……”冰倩听着一直在忍住笑，这时再也忍不住了，干脆放开捂嘴的手笑出声来。

“这是真的，不久的将来我们就可以一起见证。”

“多谢。只是我没有这个福，享受不起，说不定还会折了我的寿。你啊，还是另找他人吧。”

“我就选择了你，这是你的荣幸也是我的荣幸。此生就是你了！”

“对不起，我儿子就要回来了，以后再聊吧，再见。”冰倩不想再听他神吹，苦笑着挂了电话，想着国家啥时给爱吹牛人的也定个税就好了。

第十三章

男人部落：给女人排排队

1

因为阿慧，李先后心里的痛苦无处发泄，特别是痛苦中的寂寞。就像失去航标的船，在水里打着旋，他急于抓到一个能让自己稳下来的东西，或者说需要有个人来填补一下心里的失衡。他不由得又想起了小敏，忙翻出以前的电话本查了好久才查到。当接通电话才知道，小敏已经找到一个比自己大二十岁的男人，对方老婆病故女儿出嫁，很乐意接受小敏和她儿子，一家三口虽然年龄不太协调，过得却也蛮不错。听小敏的话音，能感觉到她溢出话外的满足，她又反问他现在怎么样，他支吾了两句才醒过神来，忙说自己很好，并振作了情绪提高声音，故意洪亮着嗓门祝福小敏幸福，往后好好过日子，说完就先挂了电话。

挂了电话的李先后，一直对着手机屏幕看，直到屏幕完全变黑他也没合上手机盖，他说不出自己此时是什么心情，到底是自己太贪了还是被别人利用了？自己应该把握住的人到底是哪个，该放弃的又是哪些？如果不是小敏的那个表姐插一杠子，或许那时就接受了小敏。在和小敏打得火热时，他曾偷偷庆幸过汪宜文的出现，可如今他感觉这个女人太不该出现了，就是她愿意嫁自己，那样的女人自己也养不起、喂不熟，除非一辈子甘愿戴绿帽子。不知道自己怎么会一时糊涂胡思乱想的，事情过后才明白走过的路哪个弯不该拐，哪个山应该绕过去。他觉得自己还是应该冷静一下头脑，平静一下心态再说吧。

周末，姬明打电话约李先后喝酒，让寂寞的李先后正中下怀，他爽快地如约来到他家的饭店。

李先后来到以后才知道，还有一位姬明的朋友在，他们正在面对面地侃大山，面前也斟好了白酒。见他进来，两人都站起跟他握手。"就等你了。我来介绍一下，这是咱们省医院的外科'一把刀'陈子明大夫，我的铁哥儿们。这是我的好同学李先后法官。大家以后就是朋友了。来，我们先来个见面礼，干了这杯。"姬明端着酒杯站起来说。

三只玻璃杯碰撞时发出了一声脆响，三个人异口同声地说："干！"

干完落座后，李先后说："接着你们的话聊，别被我打断你们谈的什么事了。"

"也没什么，陈大夫也和你一样，是单身，在感叹他的经历呢，你听听也好。"姬明说。

"单身好啊！自由，没人管，多好的事。"陈子明也不看大家，边说边拍了拍自己谢了顶的头。

李先后苦笑了一下，也没接话。

"你女朋友多得我都数不过来了，就是好。"姬明接过话。

"这就是潇洒。人生在世图的什么？'快活'二字罢了，能过得快活那就是没白活一世。你再有钱再有权，整天提心吊胆地生活，如履薄冰地为人，在单位钩心斗角地算计，回家还要被老婆束手束脚，这日子比坐牢还苦，活着有什么意思？我算是活明白了，人生就这么几十年，生不带来死不带去，日进三餐，晚宿一席之地，还是让自己快活点才是真理。"说着，陈子明拿了一块生萝卜狠咬了一口，吃得清脆而香甜，嚼得很夸张。

"是啊，生不带来死不带去！"李先后重复着这话。

"你是当今自由、幸福又时髦的男人，想爱谁就大胆去爱。老李啊，他还传统着呢。"姬明说。

“也不全是。我再花再爱玩，绝不玩‘同志’。”

“什么意思?”姬明好奇。

“老李也不知道?”

“不知道。你的新名词太多，时髦得跟小青年一样，我们显然不入流了。”姬明摇着头回答。

“同志，就是同性恋，男人跟男人睡，女人跟女人睡。”陈子明平静地回答着。

“现在什么事都不奇怪了，什么人也都有啊!”李先后这才明白过来，也接过话。

“我有个病人，就是‘同志’。她一生未婚，只爱她的一个姐妹。”

“为什么?”姬明不由得插话。

“具体理由不清楚。我跟她闲聊过一次，听她说就是从心眼里不喜欢男人。说她小时看见父亲天天打母亲，懂事后看着姐姐整天哭着回娘家，身上新伤摞旧伤，从此后她发誓要独立，自己养活自己，绝不靠男人。后来就喜欢上了一个中学同学，两个人互相体贴入微，在外租房子同居，都不愿回自己的家。那个年代没有人敢说什么同性恋，也有好多人给她们介绍对象。从二十多岁到三十多岁，谁去相亲，另一个就作陪。相来相去，两人都不嫁人。渐渐地，人们发现她们之间在发生着不断变化。大两岁的女人个子高脚也大，无论是穿着还是生活做派都是男性化的。她一直是齐耳短发，一年四季只穿长裤、平底男式鞋；而小两岁的这个呢，则是十足的女人味儿，说话柔柔的很有女人味儿。两个人生气时也吵嘴打架，事后总是大的哄哄小的，第二天就和好如初了。”

“她们真能过一辈子?”姬明感叹着说。

“这个谁也说不准，据说她们已经从二十多岁过到现在的五十多岁了。至于之后的事，八十岁的老夫妻还有打离婚的呢，谁能说得定?”

“也是也是，如今什么事都有可能发生。别光说话，喝酒喝酒。”姬明热情地让着他们说。

李先后没有再接话的意思，只一味地喝酒。一瓶白酒一会儿就见了底，姬明又拿来一瓶，三个人也不客气，推杯换盏很快又喝完了。只李先后一个就喝有七八两的样子，所以他有些晕了，觉得浑身火热，眼睛也红红的。他有个毛病，喝醉酒总是爱笑，没来由地傻子一样地笑。姬明看他已经醉到八分了，散席时就请陈子明务必把他送到他的家，陈子明爽快答应下来。

周日一早，姬明就打电话让李先后一定再去他那里一趟，有事要跟他说。李先后不知道前一天自己喝醉时发生了什么事，便匆匆朝“姻缘饭店”赶来。

他刚进门姬明就说：“上楼吧。”又转身对服务员说：“把早点弄一份送上楼。”

上得楼来，姬明认真而严肃地说：“我今天就是把饭店的门关了也要陪你一个个地选。我就不信，这上千位女人里就没有一个适合你的。我跟你一起选，给你长长眼，俗话说旁观者清，你自己容易挑花眼。”

“我还以为昨晚我喝多了胡言乱语了什么，得罪你朋友了呢，这么火烧屁股地让我来。”李先后说。

“老陈就长着一张臭嘴，别太在意了。”

“他说的什么话啊，说法官的钱来得容易，敢情是他医生做手术收红包收成惯例了，天下职业就都那样了？”

“也别说，你们办案就不收红包？”

“那要看什么案件，我们民事庭，我刚当庭长一年，吃请是难免的，能有什么钱？”李先后说着气话，可他同时也想到曾经帮汪宜文的一个老板朋友的一宗案子，后来小敏不是也送来一捆钱吗？他虽然没要，可是说明了问题，原来钱可以来得那么容易，难怪老陈那样说。与其这样痛苦，不如想点办法，堤内损失堤外补。

“我陪着你找，先不要失去信心啊。人生，就如那歌里所唱的，走了一弯又一弯，只有你走出来再回头看时，你才明白那个弯其实并不算什么。但是，如果你停下不走了，你一生将永远走不出那个弯啊。这样的道理还用我说吗？正像刘欢的歌里所唱：只不过是从头再来。别听老陈瞎捏捏，他是有钱作怪罢了。”

“也许他说的对吧。中年人不可能为爱寻死觅活了，大都很现实。因为不是原配，谁觉得吃亏，就容易产生放弃的思想。我这次跟阿慧不是决定好好地过吗？可是她竟然如此对我，恨上来我真想找到她痛打一顿，恨不能把她绳之以法判个几年才解气，可是谁给我证据？”

“是你自己不让人家打借条的，怪谁？凭你一生的办案能力，我想你一样不难查出结果，但是我明白，你丢不起这个人。”

“是啊，你说这要让同事知道了，该怎么笑我？所以还是算了，吃个哑巴亏吧。对了，你不要告诉嫂子啊，我也只说给你一个人。”

“放心吧，男人之间的事绝不让女人知道，我不该说你的痛处。算了，水往低处流，人往高处走，把希望寄托给下一站吧。”

“好，不说她。其实从心里说，我还没有找到我最喜欢的那种感觉。阿慧虽然没达到我的梦想，可是我也明白自己那个梦将要被埋葬到永远，也就不再追求完美，不想那么认真地计较了，有个差不多的就结了，我这才放弃美梦决心过下去。现在，心里恨阿慧，却也忘不了她，接触这么多女人，只有她给了我一点美好的感觉。因为这个，我才下决心要牢牢地抓住她的。她虽然走了，无论走到哪儿，她这一生也不可能忘记我的存在。”

“你的美梦到底是什么？”

“那是我十六岁的事了，那时她才十二三岁，可能她不知道我的感觉，但是无论我跟哪个女人在一起，总是忘不了她，更没有人能给我她的手才能给我的那种感觉。”

“你又在编了！不说她了，这样吧，我来念给你听，不用你再一个个地看，省去你戴老花镜时给脑子增加压力。我念到哪个你觉得有意向，就记下来，我们当场打个电话听听对方的真实性，你可以感觉一下声音带来的真实感。有些人，也许某一句话某一个举动就能让人产生爱意的，或许你能从声音里与哪个有了共鸣呢？当然，定不定都可以先记下来以后慢慢选。”

“反正我不抱什么希望。一个人过也没什么，习惯了也是一样，等儿子成家了，我就去老年疗养院去，退休工资也用不完，还有人服侍，大家庭的生活我也很喜欢。”

“看看，我就怕你听了老陈的话更灰心，今天才一大早把你拽过来，我就不信那个邪，一个光棍能有什么快乐？老伴老伴，有些苦闷你只能对那个人说，别人替代不了，儿女再多也没一个老伴知心。现在的老年心理专家都在呼吁，越是老年越需要伴儿，老年性生活需要社会关注，正常的协调的生活才有利于延年益寿，才能保证身心健康，这道理谁不懂？”

“我也不想像陈子明一样去玩，我只想好好过正常人的日子，是生活对我太不公平了！”

“别这样。面包会有的，一切都会有的，听我的没错。”

“好，听你的。看你能玩出什么花样来。”

2

姬明取出一摞档案袋，拿出第一个念道：

李莉莉，女，二十八岁，离异五年，带三岁男孩，事业单位工作，有房。想找五十岁以内，有责任心重感情、宽容大度、经济条件良好的男人为终身伴侣。

“这个除了有个男孩，别的条件倒也不错啊。”

“不行，孩子那么小，我都可以当爷爷了。这么多年没有小孩子在身边都习惯了，忽然弄一个来，不管孩子接受不接受我，首先我就疼不到心里去，爹不爹爷不爷的难为情。”

“你不也跟小敏谈过好久吗？”

“那是一时同情她的遭遇，后来不还是放弃了吗？其实她倒真是一个好女人，很为自己惋惜。”

“既然如此就该珍惜。”

“你不知道，我担心年龄差别是一方面，更多的是情趣和生活态度差别太大了。”

“那就再选。”

方兰平，女，四十岁，离异七年，教师。女儿大学在读，有房两套，愿你是一个风流倜傥的重情感会体贴人的男人，经济条件优越优先考虑，条件不符勿扰。

“这个差不多，你看照片，很靓的，人也蛮洋气，很有生活朝气，女儿已经成人了，经济条件也不错，很好吧。”

“老弟，你不懂啊，这么好的长相和条件，她离婚七年还没找到，要么是条件要求过高，要么是性格粗暴难以容人，再不就是她挑花了眼。女人离婚两年以上就不纯情了，你不懂中年女人的心事啊?”

“你打个电话听听，万一合适呢，不要错过任何一个可以成事的机会啊。”

“那就打个试试也行，感觉没什么希望。”

“凡事要有信心才好。没听年轻人说吗?有梦才能成真。你连梦都不愿去做，啥时也难成真啊。”

“我做梦都梦游了，还怎么梦?你是饱汉不知饿汉饥啊。”

“好好，现在就打。找找感觉。”

“喂，你好，我看到你的征婚档案，想互相了解一下……我，四十八岁，一米七八，丧偶，在政法单位工作。”

“我希望对方长相对得起观众，当然越漂亮越好了。不可能没有孩子，孩子大了最好，但不找带儿子的，闺女大了出嫁就没什么事了，儿子就不同了。”

“我的是儿子，房子肯定要给儿子，结合后只能跟你住……好的，拜拜。”

“怎么样?”姬明迫不及待地问。

“没戏。”李先后面无表情地答。

“为什么，她怎么说?”

“人家听说我房子给儿子就没劲儿了，接下来就不高兴再说什么了，还能怎么样?”

“这女人，如今是什么世道，又不是跟房子结婚!她有两套房子，还要那么多房子当饭吃啊，又不是情人，多几个多点味道。让她干脆抱着房子过一辈子吧。”

“唉，也许是我不会说话。”

“你啊，这么快就说实话干什么?等有了感情再说，说不定人家为了爱情就包容了，可你上来就说，难怪人家吓跑。算了，继续选。”

“包容个屁！中年人，不是小青年那样能为爱疯狂。认识久了再说，人家会说你是骗子，反正是福不是祸，是祸躲不过。”

“不对。这俗话说，老房子失火不言救。就是说老年人动起情来也很疯狂。”

“那是说老年人，中年人则都很清醒，功利性还很大呢。再说人家指的是两个相爱的人才那样，咱们现在是在征婚，怎么能跟两情相悦比！”

“我就不信没一个看中你的。继续继续。”

陈练，女，三十二岁，离异四年，儿子随父。报社记者，有车有房，需要一个文雅、有风度、有一定实力的男性一起走完下半生。

“这个好，就是年轻了点。”

“你不懂，这是找浪漫找大款的，也就是要找当前流行的钻石王老五那一类人的。你想想，记者啊，她接触过多少人，见过多少优秀男人？咱在她面前排不上队的。我敢说，她离婚四年来，最少与八个男人有过性交往，这样的女人你敢要我还不敢要呢。首先我就养不起，她的胃早已洋化了，传统男人她都不会正眼看一下！”

“有这么可怕吗？你别骇人听闻说得这么悬乎，我听着跟聊斋故事一样。”

“唉，如今的社会啊，复杂得很。你没有渗透到某一个生活环节里去是无法想明白的。通过征婚这么久的体验，我把中年单身们归纳成五个类型：第一类人，是高级金领或钻石级的，第五类则为贫民级的，这两种都不去说了，因为一类想找什么样的都能找到，而五类的只要是个人就能结婚。接下来就是第二类人群，他们属于白领级有追求和理想的人，自然他们的眼光高傲，无论男人女人都要求对方好上再好，把一切都要求得尽善尽美极其理想化，是这五类人群中不好成事的人。而第三类的人呢，则是长相上等条件也还算不错的，算是五类人中最难成事的人群。因为第一类的根本看不上他们的自傲，第二类的他们又觉不出比自己优越到哪儿去，于是他们就不死心，挑了再挑，选了再选，有的遇巧还能成一部分，有的干脆不愿再婚索性自己过，房子有住钱有的花，那就找个把情人混吧。而第四类人呢，他们不讲什么追求和理想，只要能踏踏实实过日子就行，所以，除了一类和五类好找外，第四类人群，是单身人群中成功率最高的人们。”

“我怎么没感觉到你说的这么个规律？看来，你属于二类或三类的了？”

“一个普通干部只能算到三类里，二类还排不上。这就是俗话说的，隔行如隔山啊。等你是单身时，才能感受到我的感觉和体会。”

“说到这儿，其实我们在围城里的男人，还真是有点羡慕你们呢。你看那些一生相守的夫妻里，有几对又是真正美满的呢？那么多婚外恋发生，多是因为疲惫无趣的婚姻和家庭。”

“话是这样说，可婚外恋很多，真正为这个而离婚的并不是太多。你没看你这里吗，女人多少男人又有多少？所以说，女人闹离婚，要不是太强硬，要不就是太傻。”

“你真是越来越懂女人了。可是我不明白，你是夸女人呢还是骂女人？”

“我是说实话。其实女人太聪明了并不好，男人的一举一动都让她预感到了，这样的生活你说还有什么意思？但也不能太傻了，只是要她崇拜你，愿意听你的话，甘心跟你过日子的最好。也就是小事糊涂，不事事较真儿，这样的女人才是最幸福的。”

“婚姻里学问太大，我都在里面二三十年了，怎么让你这样一说，我像听小说一样，啥也不懂了。”

“哈……”

他们同时笑了起来，姬明又拿起一个说：“继续。”

王燕菲，女，三十五岁，因留守分居四年而离。传统重情，有一男孩十二岁，有房，愿结识重情中年男士，相守终生，可AA制生活。

“这个好，正是你要找的类型。快打电话，一定能行。”

“你自己没看到吗？有一男孩十二岁，只这一条就不行。还有那个AA制，你感觉像好好过日子的吗？在中国，我们这里是夫妻共有制，不是浪漫的欧洲，我接受不了。”

“为什么？孩子那么大了，自理没问题了，人家爹在国外，还能没钱供儿子上大学？甚至大了就带出去了，那时不就全了结了？多好啊。”

“你不懂，如今的孩子，十几岁时正处在叛逆期，如果犯错误了，我是管还是不管？不管吧，看着难受；管吧，人家有亲爹亲娘，只为这个两人就会产生许多矛盾。”

“你啊，能不能别想那么多，先了解一下情况再下定论好不好？”

“这种女人眼高得很，咱配不上。”

“她不说要传统重情的吗？”

“是啊，可人家也没说钱多刺手啊，如今有几个愿意找穷光蛋的？中年女人都很务实了，就连找情人都要找有钱的。”

“行啊你，还一套一套的，真是经验之谈啊。你真算是实实在在的‘蹚过女人河’的男人了。可怜我们这样的穷男人，一生只尝到一个女人，不明白什么叫好也不懂得什么是坏，反正如太阳出来落西山一样，日复一日年复一年，千篇一律地过着，没有你们那么多感受，说来真是太亏了。”

“你别站着说话不腰疼。如果不是你弟妹发生意外，我也不会走这一步啊，心酸你不是没看到，倒吃起醋来。我梦遗醒来的难堪你知道吗？我被人骗了的心情你想感受吗？我跟白狐精离婚的痛苦你要体会吗？性，只是人生中少得可怜的一点点东西，如果一个人只追求这一点，那他活得就没什么价值和意义了。人活一世，关键还是活一种心境、一种品格。什么是幸福？快乐过一生，平平安安相守到老，那就是人生的最高境界，别身在福中不知福了你。好好珍惜眼前的，保护怀里拥有的，这就是最好的生活。”

“没想到你经历了一些事，都快成为婚姻专家了，这么多的感受啊。将来你也可以学学那些作家，把自己的体会写下来，说不定还能一举成名走红起来呢。”

“好了好了，别笑话我了，我家坟地里也没那棵能让我当作家的蒿子啊，我这半老快枯的人，不去装那个嫩了。”

“好，好，言归正传，不打嘴皮子官司了。下一个。”

马建敏，女，五十岁，处级干部，丧偶。有房无负担，儿女工作单过，愿找一位真心过日子、有经济基础、年龄相当的干部为伴。

“这个怎么样？”

“年龄稍大了点，条件倒很合适。只是女人到这个年龄早已有了自己的生活模式，重组后，要想互相融合进对方是有一定难度了。就像老姑娘一样，为什么中年男人愿意娶小寡妇而不愿找老处女呢？这也是婚姻里的一门学问，生活中处处是学问。老处女虽然没有负担，却有着多年养成的毛病或个性，可塑性很窄，一旦犯了脾气常人是难以驾驭的，所以还不如找小寡妇，说不定遇上懂得珍惜的，真能踏踏实实过一辈子。”

“你啊，歪理邪说太多了，一说一大套。我看这个除了年龄大点，别的没得说，你考虑考虑为好。”

“你不懂啊，我在征婚时也见过一个大我五岁的，妈啊，我感觉像跟个阿姨站到一起差不多，你说这日子怎么过？也见过一个五十岁的女人，就跟我大姐一样，我都不知道怎么说好了。”

“你想怎么样？还想重演一段杨振宁啊？或者学学大画家齐白石，七十多岁再生个儿子出来？别遭罪了，那是造孽。”

“哈……我倒是想，却没那么个本事哟！”

第十四章

女人部落：当网上的男人走到网下

1

杨冰倩想，在姻缘饭店登记的人还真是不少呢，隔三差五的总有电话打过来。老被问来问去的，还真有点难为情，可如果不接电话，又不太礼貌。想想打来电话的人里，总是没有自己向往的那类男人，所见过的几个男人，也没有特别中意的，她真是有些灰心。真如刘翠云所说，好男人早被人抢了，等是等不来的，可是自己就是坚信婚姻这种事可遇不可求，看来真的遇不到了。唉，如今这再婚咋就那么难啊？

她想去登记的地方撤下自己的资料，但是一想自己并没有去过那儿，都是刘翠云一手操办的，自己去撤反而不太好。反正自己的手机号也没几个人知道，亲戚都知道家里的座机，不如关一段手机，让自己静一静。

恢复了宁静后，杨冰倩又觉得很无聊。这个周末，是妹妹旖旎约着早点回家的，她便收拾了一下，早早回家帮母亲做饭。母亲自然就唠叨起她们姐妹俩的婚事上来。父亲虽没直接参与说，也有很为她们着急的意思。柳玉娥叹着气说："现在什么世道，好好一个家硬是被人拆散！你倒好，还帮人家和好，天下哪有你这样的傻子？"冰倩不想解释，她认为跟母亲越说越说不清，干脆回避。

“那一个更好，再好的人家就是不嫁，我算是让你们气得没一点脾气了！死老头子也不管，这个家还像个什么样儿?”冰倩知道母亲最气妹妹独身主义，可是这是别人管不了的事，她只得安抚母亲说：“妈，你再这么叨叨，她更不回家了。”

“真是儿大不由爷啊，我算服了这个姑奶奶了！”提起小女儿就来气的柳玉娥，其实早已领教到小女儿的厉害了，只有她不在时才敢这样骂。如果她在家，听到这些定会摔门而去，一去就是半年不回家，这样几次当妈的才不敢再骂。

杨旖旎回来了，两手提着两大包东西。她买的有给爸妈的保暖内衣和毛衫，有给冰倩的大衣和披肩，新的是刚买的还没拆封，旧的说是自己不喜欢颜色了，还客气地说，姐姐别嫌是旧的，其实自己只披了两次。

吃完饭后，杨旖旎有意问杨冰倩最近过得怎么样，她面无表情地说：“就这样，还能怎么样?”

“我工作太忙，谈恋爱的时间都没有，就是有也不想嫁一个男人一起过日子。你跟我不一样，古典、传统又保守，是爷爷的传人，就找个差不多的嫁了吧，如果经济有困难只管说一声。”

“我又不做生意，儿子上学的钱还是有的，谢谢你的好意。”冰倩说。

“看你，跟我还客气！总住单位那一套旧房子也不是事，回来我帮你注意一下，有合适的还是订一套期房算了。”

“也行，回头把老家房子卖了再说。”

“你下了班在家干什么？有没有人给你介绍?”

“看电视，看专业书，别的没什么事可做。”

“没事自己找点事做，你不是也会打字、查资料吗？也上网玩玩，网上可以学的东西多了。”

“那都是年轻人玩的，我怕儿子染上网瘾，就没给家里联网。”

“你啊，别太苦了自己。上网学聊天，找个人说说心里话没什么不好的。别信那些报道，网上骗子多，生活中谁说就没有骗子？只要我们慧眼能识别就是了。你儿子又不是不懂事，学习那么紧张，偶尔玩一下游戏放松放松脑筋也是可以的，只是别走火入魔了。”

冰倩认为妹妹的话在理儿，也没说什么。旖旎却话锋一转说：“要不要我帮你推荐几个人选？”

冰倩说：“先操操自己的心吧，爸妈都为你快愁死了。”

“他们就是爱瞎操心，我是独身主义者，早就跟他们讲白了，还非要费尽心机。”

“你啊，只能当你自己有孩子了，才能明白做父母的多么不易。在父母心里，不管是儿子还是女儿，不能正常地成家立业，父母就是死了也觉得没有完成他们应该完成的任务。”

“社会发展到现在的时代了，他们也要跟上才行。”

“你永远也理解不了做父母的心情啊！”

“说实话，我倒想要个孩子，去医院买个试管卵子受孕。要个孩子倒差不多，真的不愿意结婚，还要充当贤妻良母，看他人眼色做事，磕磕绊绊多麻烦，一个人多自由啊！”旖旎看着姐姐认真地说。

“胡说八道吧。让妈妈听到，不骂死你才怪。别装妖精了，就是不结婚你也安生点儿，让父母多活几年吧。”

“看你，年纪轻轻的也这么保守，在大城市要放开点儿，不然人家会说你是老八路。”

“管人家怎么说，各人有各人的生存法则。我劝不了你，你也别拿你那一套让我学。”

“那我给你物色几个吧？”

“我相信缘分，也不用你瞎操心，不是我的抢也抢不来，是我的，他终会来找我的。”

“我的好姐姐啊，幸福是掌握在自己手里的，要去寻找去争取，不是能等来的！对了，年底有老乡聚会，你去吗？”

“不去，我又不是名人也不是商人，凑那热闹干什么。”

杨冰倩虽然不同意妹妹的观点，却认为她说的上网聊天这事在理儿。白天上班时，她让单位的小同事给她申请了一个QQ号，又让妹妹教她怎么上网怎么跟人聊天。晚上下班不想看书了，就打开电脑登上QQ，好友栏里只有两个同学，头像也都在黑着。她不知道怎么找人说话，也怕上当受骗。还没学会上网时，大家都在告诫她说，网络是灵魂扭曲的温床，在网上可以发泄心里的苦闷，可以骂生活里不敢骂的人，却不能够对任何人付出爱，也不能让任何人爱上你。每天晚上她小心翼翼地上网，有一句没一句地与网上的人胡侃，聊了一段时间便觉得没意思了。

这天，她仍然有一句没一句地在聊天室挂着，正要下时，一个号称“实实在在”的男人邀请她加好友。她打开对方资料看到这样的留言：寒士京南卧，冷月挂窗前；安步牵玉兔，佳人伴书韵。吴刚闲时坐，诗酒案上陈；往来皆仙客，一语可通神。再往下看他的年龄和职业、爱好都还差不多，就加了他，仍是有一搭没一搭地和他聊，对方好像明白杨冰倩的戒心，就一股脑儿地把自己说了个透彻，同时还开了视频，问她看他像不像坏人。见他慈眉善目的，杨冰倩也就不再警惕了，还渐渐地对他有了点好感，话也就多了起来。他们谈人生谈文学谈旅游谈感想，漫天胡侃，想到哪儿说哪儿，无遮无拦地畅所欲言，好不开怀。杨冰倩正高兴着，忽然对方发来：某男，一米七八，四十六岁，双硕士。不重钱财重缘分，希望寻得一份真情，共走人生旅程。

杨冰倩看完，脸一下就红了，难道他猜透了自己的心事？于是急忙关了电脑，心“咚咚”跳着走出书房，好像那人能从电脑里下来拉她一样可怕。

第二天一天，杨冰倩心里就没平静过，不知道该怎么对待那个网友。吃完晚饭她就打开了电脑，说不出自己是渴望还是害怕见到那个网友，心情复杂地又登上了QQ，男人的问候一下就蹦了出来：您好！

她忙不迭地回过去，却忘了切换输入法，打成了“nihao”。对方并不介意，就问她吃饭没有，这一天过得好吗？她还没来得及回话，对方又发来话说：“我先来自我介绍一下吧，我大学毕业留校任教三年，然后出国深造了两年，回来后就成了社会经济学方面的专家。”

“现在呢？”她不由自主地打上这几个字来。

“可以这样看，大学老师——专家——投资者。”

“想找一个什么样的女性谈对象，比如年龄、职业或长相？”

“生活中，追我的女孩子真的很多，可我还是愿意偏重中年女性。中年女人经历了很多人生，更有头脑，不会只想着靠在男人身上享清福。长相么，对得起大众就行。”

“哦，是这样。”杨冰倩听这话很顺耳，到底有不愿找小女孩而偏重中年的男人，总算给自己找到了一点儿安慰。她也说不清为什么，人家又不是专对她说的这话，自己怎么就这么舒心呢。

“能听听你的个人经历或条件吗？”

冰倩不知道如何是好，拒绝回答吧，有点没礼貌，可是她又不想说出自己的真心话，正犹豫着，对方又说话了。

“前妻出国，把孩子也带去了，我不愿去，就这么分手了。财产全部给了她，因为我相信自己能够东山再起，凭我的资历和能力。”

“你现在具体做什么工作？”他这么自信，杨冰倩觉得很有男人气概。

“我还是律师，1993 年获得律师资格，英文水平也很好，《美国之音》我已经听了十年了。是经济学和法学的双硕士。1994 年我辞去公职在投资界混，有省内多家行业邀请我讲课，也发表过很多论文，这就是我目前的职业。在金融评论方面我是省内高手，但我的兴趣还是投资，主要是能快速得到成就感。我现在虽不是富人，但我一定能过得很好。虽然现在也不错，但是未来会更好更幸福。你和我接触多了就会知道，认识我这样的人很有必要，无论我们谈不谈对象，和我交朋友对你来说没有坏处。目前是全民投资理财的绝好时机。再说了，我们已经是中年人了，中年人的强项是什么？是经历和智慧，我们不能再透支健康了，要用智慧赚钱。理清了这种理念，我们就能让钱来给我们生钱，也就是那句大实话：青年人用健康换钱，中年人让钱生钱，老年人拿钱买健康。”

对方严肃而沉稳地诉说着，让杨冰倩觉得耳目一新，他不像别的男人一样不懂装懂或一味炫耀自己，而是说出了自己感觉得到却说不出来的道理，于是，她对他产生了一种前所未有的好奇心，这种好奇很快变成一种好感。

“你在现实中没有找到吗？看你说话如此老到，应该有很多网友吧？”冰倩还是有些顾虑。

“说实话，真是有不少少女跟我聊，我都回绝了。也有一些家庭妇女型的女性，聊几句就能略知一二对方的水平，就能感知到是什么文化修养，一个人的气质和水平都是在交流中能感觉得到的，我认为她们不配我，还只有你能跟我聊这么久呢。我也只跟你才说了这么多。如果你对我没有反感的话，我们可以约个时间见见面，更近地彼此了解和认识。行吗？”

“还不知道怎么称呼你呢？”冰倩脱口而出问道。这不是不打自招自己是单身了吗？又一想，管他呢，也没什么可怕的。

“对不起，我们聊得高兴，竟然把最重要的事忘了。我叫李成欲，桃李满天下的李，说实话我真有很多学生，也不算学生，他们听了我的课都老师老师地叫着，把我叫得也找到了老师的感觉；成功的成，欲望的欲。”

“听你这么解释，好像是自己给自己起的名字一样。”一个姓李的“李”字，杨冰倩就感觉拉近了与这个陌生人的距离，她说不出为什么，就是觉得亲近。

“多数人叫我李老师，李专家。”

“我应该叫你什么呢？”杨冰倩感觉有些好笑，便这样问。

“随你吧，叫老李也行。不过我真希望你能重视起我来。需要提醒你的是，在茫茫人海里，优秀的人只有百分之十。你要想找到这百分之十里的一员做对象，就别忽略我的存在。我也一样，我们要紧紧地抓住擦肩而过的那一瞬间。”

“谢谢。今天就这样，周末再联系吧。”

“好，一言为定，不见不散。我再也不跟别人聊了，只等你姗姗而来。拜拜。”

杨冰倩忽然有了一种迫切要见李成欲的意思，正如他说的，就是不谈对象，认识一个这样的朋友也不错啊。

周末，两人约好了晚上八点在“梅花三弄”茶楼见。

杨冰倩准点赶到。当她进得门来，看到一个极帅的男士向她招手，她不由得脸上一热。刚到李成欲面前，他就很绅士地一伸手，做了个请的姿势说：“杨女士，请坐。”

说着话，他也落了座，扭头对服务员说：“把你们所有的瓜子、水果都上齐了。”

又正面对杨冰倩微笑着说：“喜欢喝什么茶？”

“毛尖吧。”

“好，一壶上等毛尖。”

他侧身从随身带的公文包里拿出了几本书来，放在杨冰倩面前说：“这是我的讲课资料和工作资料。”

杨冰倩一看，分别是《投资与理财》、《金融证券》、《世界金融》、《时代金融》、《今日证券》等。杨冰倩从来没有涉足过金融行业，对于投资理财这样的事感觉好奇又新鲜。李成欲则兴致极浓，口若悬河。冰倩只出耳朵当听众，很多话她并没有听明白，但是为了配合对方，她还是不住地点着头发出“嗯嗯”声。

“我的知识面不单在证券这一个行业，我在出国之前，就专业学透了佛、释、道三大家。这是中国的三件看家宝，国外的经济学家对这些特别感兴趣。《道德经》他们都逐句逐条地用到管理和经营中去了，可是我们自己抱着金碗却去跟人家要饭吃，这种悲哀你不出国门是感觉不到的。我们不只是落后人家十年八年，而是几十年啊。”

冰倩有点敬佩起眼前的男人来。他的皮肤白皙细腻，连他的手看上去都那么细白，看人的眼神是那种定定的、很有城府的类型，不快不慢的标准男中音给人一种稳重、成熟的感觉。

“我不是社会上那种爱吹牛皮的人，但是也不能把自己的优势全藏起来，好酒也怕巷子深嘛。不客气地说，我应该属于社会上那优秀的百分之十里的人。正如电话里我说过的一样，这个百分之十不好找，你遇到了是你的荣幸，我遇到你也是我的荣幸。其实，我还是社会学专家，我正在着手搞一项社会调查。对了，你抽烟吗？”

“不会。”冰倩不明白他忽然转话题的意思。

“那就好。我前妻就抽，虽然我也抽，但是我很反感女人抽烟。这也是我同意离婚的理由吧。你再看看当今社会上，抽烟的女人很多了，我真是不明白，女人怎么都变成这样了？我在本城两个大型商场做过抽样调查，结果表明，每十个买烟的人里就有三到四个是女人。这真是悲哀啊！”

“不会吧，我怎么没发现有这么多呢。”

“那是你没有认真观察社会，没有用心考察生活。我始终在考虑一个问题，到底女权该以怎么样的形式体现出来，才最合适？我现在处处感受到女权主义在泛滥。”

“看来你真是专家啊，这种事只有专家才有能力解析。”

“所以说你交朋友就一定要结交那百分之十的人。”

“嘿……那我该怎么称呼一个具有如此高水平的人呢？”冰倩感觉他也有点吹的意思，真是那句话，说你胖你就喘，说你白你就不洗脸了。

“不用，我们是平等的。你知道我的与众不同就行了。言归正传，你离几年了？”

“三年。”

“哦，孩子学习怎么样？”

“还可以。”

“那就好。今天看来，咱们都很欣赏对方，应该说我已经喜欢上你了。我们都是成年人了，也不用扭捏做作，还是多了解多接触吧。”

“你现在以投资为主，还是以搞研究和讲学为主？”冰倩还是没弄清这个“李专家”到底是什么职业，还是忍不住又问了一次。

“我没告诉你吗？主要是投资理财，就是做股票和期货。兼职流动在本省各个证券公司讲课，上海、北京等地也去讲过多次，按小时收费。”

“哦，是这样。”

“你们总是局限在传统的职业里不愿走出来，其实一个人一生多换几个职业，无论是对自己的思想和眼界，还是对下一代的教育和影响，都有很大好处的。你说你们上一辈子班，一个月就是那么两千来块钱，啥时候才能买得起大房子小轿车啊？整天算着账过日子。欲穷千里目，更上一层楼就是这个意思。那种一生只在一个行业里的人们，见识很短浅，知识面也很狭窄，这样的人生是不完全的，应该说是很不完美的人生。”

“要说也是。我们除了专业知识，对社会的了解度、对理财观念的感悟确实很差。”冰倩不由感叹着说出心里话来。

“所以说，你认识我很有必要。无论现在怎么样，将来我一定让你过上丰富又殷实的生活。请你珍惜我们的这次缘分，好吗？”他认真地直视着杨冰倩，等着她回答。

"缘分不是我们说好就能好的。"冰倩只得不置可否地这样说。

"不。成事在天，谋事在人，我很相信这话。我的投资观点也与别人不同，所以很少失败，被业内同仁一致看好，所以我走到哪里，专家这个名称就跟我到哪里。"

"你这些年下来，应该是盆满钵满了吧？"

"我最早是两千元起家的，现在粗略算一下，纯利应该在百万以上了吧。但是我说过，绝大部分都给了前妻，因为她带着孩子在国外不容易，所以我现在基本上算是穷人，只有少部分钱在股市里。不过你放心，我会让它如雪球一样滚出一个大世界来，供我们安享晚年的。"

"这么自信啊？"

"那当然了。我打拼了这么多年，再没有这点本事还能行？我的能力不在于钱的数量上，而在于我的水平，我已经掌握了一套赚钱的方法。无论做事做人，都不要要小伎俩，这是做投资和干企业的原则，也是做人的基本品德。"

杨冰倩听着这话，心里很舒服，觉得任何一个女人都会被吸引。她觉得与李成欲这样的人处处也行。

"再比如说，如何选股或估值，简单了说，就是在苹果以白菜的价格时大量吃进，这就要有水平和信心，当然更要有一定的实力。我们要学会选择，在千万只股票里，也一样只有那百分之十才是稳赚钱的，我，就是那个有能力识别出百分之十的那种人，所以也就敢大胆投注。这是专业性很强的学问，你跟我接触多了，就了解我的能力大小了。我现在虽然不太了解你，但是我能感觉到你是一个受过伤害的女人，我要用我的智慧和我的下半生赋予你幸福。"

"谢谢。"

这一聊竟然快到十二点了，他们约定了以后多联系，李成欲招手叫来服务员结账，并对冰倩连声说真是不好意思，忘了你还有孩子要照顾，我送你。冰倩说不用，但是他一把拉着她上了一辆的士，虽然态度有些强硬，出发点却是好的，冰倩只得顺从地紧挨着他坐在后排。可是就在他的强硬中，杨冰倩找回了童年记忆的影子，小哥哥就是这种态度多次关照过她的。后来成为丈夫的韦民，和她又接触的任何别的男人，再没有人让她感觉到过那种呵护。

车一直开到冰倩家楼下，李成欲这才让出租车调头送自己回家。大约过了二十分钟，冰倩的手机响起，是李成欲打来的，他说自己也安全到家，让她放心，照顾好自己的同时也要照顾好儿子，快点休息，并道了保重，预祝她做个好梦。他还开玩笑地说，最好有他出现在梦中。

2

周六下午，李成欲约杨冰倩听一场他的讲座，是关于投资理财、如何选股票的，杨冰倩因为从来没有了解过股票的事，听得一头雾水。可是场内确实有人纷纷说李成欲的课讲得好，水平高，很多人当场要了他的电话，请他评论某一只股票。他口若悬河滔滔不绝说的全是专业术语，冰倩听不明白那些专业术语，几欲起身走开，却被李成欲一个接一个情意绵绵的眼神看得动不了身，只得硬着头皮装模作样地听下去。

等到结束了，李成欲微笑着躲开别人的追问，说自己有个很重要的会要参加，这才对冰倩一招手，大步走出课堂。等冰倩走过来，他大大地出了一口气说："怎么样？我讲得还可以吧，没骗你吧？"

"说实话我没听懂几句，我应该先听听初学入门的课吧。"冰倩抱歉地说。

"我明白，看你的表情就知道了。我讲的是高层次的专业课，你只能听懂初级的基础课，以后我会慢慢教你的。今天想吃什么？我今天账上就净赚了五万呢。"

"是吗？"冰倩有点惊呆了，不相信地问。

"当然，我还骗你啊？没看他们那么崇拜我吗？这样吧，咱们吃海鲜去。"

他们并排坐在出租车上，李成欲很自然地抓住了冰倩的手，冰倩的脸上不由得泛出一层红晕。这是一双柔软而有弹性的手，那手还时不时地动作着，在她手心里不停地挠，把表面沉稳的杨冰倩挠得心里像投下一块石头的水面，水波荡漾，她红着脸把头扭向窗外。

“我原来也有车，因为出了一次车祸，我把它处理了。”

“你迷信这个？”

“不迷信不行啊。如今的车不怕开，最怕出事，我们最忌讳这个了。”前面的司机接过话说。

“面包会有的，一切都会有的！以后再买就买奥迪 A6，3.2 的。”说着，他又拍了拍冰倩的腿，用手下劲儿地捏了一把。

“没必要买那么高档的。”

“你不懂，如今人们交往先看你的派头，然后才肯跟你合作。车是与人交际的一张硬牌名片。真正的生活是要实实在在，交际场上却需要派头十足。”

李成欲点了几样海鲜，要了一瓶绍兴黄酒，结账时竟要一千多元。冰倩说：“星级酒店的东西太贵了。”

“那两小碗鲍鱼汤就是八九百啊，钱是为人服务的，不用心疼它。”

杨冰倩又张了一下嘴，这才第一次深情地看李成欲，因为他把自己那一碗也让给她喝了。说是一碗，那碗其实比酒杯大不到哪儿去。当时，李成欲说让她喝了，自己不想喝，她没想那么多就喝了，原来是他故意让自己多喝的。现在想想，这个男人还真不错。

后来冰倩也去了他的家里。他的家虽然简单却也干净整洁，他们一起去超市买菜，一起做了几样菜，感觉很开心。李成欲说杨冰倩很有女人味儿，自己特别满意。他提议说，不如趁孩子“五一”放假去外婆家，他带冰倩回老家一趟，让她认认老家，看看自己的根在哪儿。

他说自己父母几年前就过世了，只有一个姐姐在农村老家，“五一”带冰倩回老家，一来让冰倩全面了解自己，二来也加深一下两人的感情。冰倩觉得他说的很有道理，就同意了。

两人坐了火车又坐了半天汽车，来到一个叫安南县的县城，然后又转乘了好长时间的昌河车，又走了几里地的土路，这才在一个小村庄停下来。李成欲也是个有心人，很有孝心，在镇上下车后，他就去买了一捆当地的黄表纸、一把香和几沓大额冥币，外加一瓶酒、一盒烟和一挂鞭炮。亲眼见到李成欲购买这么多东西，她觉得这个男人该粗的地方粗，该细的地方还真比自己细啊。他们先直接去了坟地。李成欲把黄表纸推散开，从兜里掏出打火机点燃了纸，又把冥币打开来放上去，把香也点燃了。

“爹、娘，儿子回来给你们送钱了，你们也别不舍得花，只管花吧。没钱了只管给儿子托个梦，我就是再忙也会回来给你们送的。”

纸烧得差不多了，李成欲站起来点燃了那挂鞭炮。然后他跪下来磕了九个头，又转身对冰倩说：“愿意为我父母行个见面礼吗？”

杨冰倩怔了一下，才明白了李成欲的意思，只得在他跪过的纸上，学着他的样子也跪下磕头。李成欲说：“你就磕三下吧，我父母是很宽容的人，他们一定很高兴了。”同时他又在旁边说：“爹、娘，这是你们以后的儿媳妇，她叫杨冰倩。她来跟您二老见个面，请你们为我们祝福，在天堂多保佑我们。”

冰倩听他这样说，心里好不感动，觉得这个男人还真是不错，看来他是真心实意地要和自己好，把自己当成老婆对待了。

在这个本让人感觉荒凉的坟地，杨冰倩却感觉如此温暖而亲切，她仿佛真的感受到坟里埋的就是自己的亲人，眼前的一切都是这样的亲切、安宁，那遍地的不知名的野花都让她觉得是那么可爱。骄阳下一阵阵风吹来，她感觉有一种甜丝丝的味道。不远处的水塘里，已经生出许多绿色水草，这是典型的江南水乡。

李成欲又围着坟包转了一圈，这才说：“走吧，回村里去看看。”

李成欲领着杨冰倩到了一户人家，一位老太太在家。李成欲没进门就高声叫她大妈，他们亲热地用方言谈了几句家常话，李成欲这才转身把杨冰倩拉过来说：“这是您侄儿媳妇。”又对冰倩说：“叫大妈。”

冰倩只得叫了一声大妈，说您好啊。老太太又伸出右手拉住冰倩说：“真好，真好，多排场的女娃子啊。这脸皮咋这么嫩呢？”

“她还小呢，是我的小媳妇。”李成欲说了，坏坏地看着杨冰倩笑。

冰倩被老太太拉住坐在一把竹椅上，然后说：“我去给你们煮蛋吃。”

“不用了大妈，我们还有事。来看看您，坐一下就要赶车呢，她不爱吃荷包蛋，您就别忙活了。”李成欲大声地说。

说完，他们又笑着用方言极快地说了一些家常话，冰倩大都没有听懂。他们说完又哈哈大笑一阵后，临走时他把带来的一包礼物放下，说这是他们孝敬老人的，然后转身对冰倩说：“大妈留咱们吃饭呢，在这儿吃吗？”

杨冰倩说：“不了。咱们走吧。”

李成欲又跟老太太说她不愿在这儿吃饭，老太太有些惋惜地走过去拉了冰倩，不知说了句什么。李成欲又翻译说，大妈夸你漂亮，说你长得跟画上的一样美。

“其实我们应该留下来吃顿饭的。怕你不习惯农村的卫生条件，我提前推辞了。”李成欲有些惋惜地说，“唉，说来话长，我带前妻回来过两次，她每次都让我很没面子。”

“为什么？”

“她不但不吃人家尽最大能力做出来的好东西，连水都不肯喝一口。”

“是吗？”

“是的。只有去县城，她才肯吃饭喝水。所以我今天也是这样安排的。咱们一会儿去县城再吃饭，顺便也找个宾馆住下。”

原来李成欲这样做是有一定理由的，怪不得人家也不硬留呢。

3

到了地方，他们先找了一家比较考究的饭馆，点了当地特有的两样素菜，又要了清蒸鱼和咸水鹅块。李成欲介绍说这都是当地的特色小吃。杨冰倩觉得已经很饿了，什么都能吃得下，哪管它特色不特色。吃完饭他们找了一家宾馆，想早一点儿休息劳累了两天的身体。

登记一个房间时，冰倩等于已经默认了。进了房间，关上门时，李成欲就说：“我不会伤害你的，除非你自愿。”说完深情地看着杨冰倩。

冰倩看了他一眼，不置可否地坐在沙发上，嘴里只说：“累死了，我要让脚先解放解放。”

“也是。”李成欲忙拿来一次性拖鞋，为她分放在她的两只脚边。又说：“不如先洗个澡吧，这样全身都放松了。我去给你放热水。”

杨冰倩刚脱下外衣就听李成欲说：“可以了，水很热的。”

等冰倩走过去，李成欲一边往外走一边说：“已经调好了，你不用动了。”说完自觉地带上门出来。

足有半个多小时，杨冰倩才带着一身水蒸气打开门，身上依然穿戴整齐，她不断用毛巾擦着头发上的水说：“你洗吧。”

李成欲忙从电视屏幕上移开视线，从沙发上站起来，随手把正吸着的烟掐灭在烟缸里说：“好，你洗完了?”

“嗯。”

李成欲在去卫生间与冰倩擦肩而过时，故意低下头从冰倩滴水的头发下往上看她的脸说：“出水芙蓉呀，脸蛋儿红红的好可爱。”

“讨厌。”冰倩扭过头向沙发走去。

等李成欲洗完从卫生间走出来，看到杨冰倩手里拿着遥控器已经睡着在沙发上了，他慢慢地整理好靠近沙发的那张床，轻轻地把冰倩抱到床上去，又轻轻地给她盖上毛巾被，这才去关了电视和所有的灯，到另一张床上睡下。

其实，已经是中年的杨冰倩哪能睡那么死呢？坐了一夜卧铺车，今天又跑了一天，她确实很困了，所以在看电视时就真的睡着了，但她不想先上床，即便是再默许了两个人同居，也还是保留住一点儿女人的矜持吧，她宁愿这样睡在沙发上。当李成欲抱她时，她已经醒了，可是她不愿睁开眼，想看他怎样对待自己。虽然刚进门时他就宣布不会怎么样，但是男人的话能有多少可信度呢，往往口是心非，说话不算数的，特别是对男女之间的这种事。当她在外面透进来的微弱光线下，看到李成欲真的去了另一张床上睡下时，起初心里很高兴，认为这个男人还真有点风度，快做到坐怀不乱了。但是，不多久，当李成欲那边发出了轻微的鼾声时，杨冰倩又觉得不太对劲儿：四十多岁的男人，虽然没了旺盛的精力和激情，却正是喜欢性的年龄段，从和李成欲认识以来，他除了表示对自己有好感，时不时拍一下或抚摸一下自己外，最过火的也就是亲吻了自己两次，并没有过真正强烈的性要求。要说是自己不主动，那也是女人的本性，在性爱方面，女人多是半推半就的。无论是初恋的小青年还是再婚中年人，只要已经在恋爱中了，男人大都会软硬兼施地达到男女之欢的目的的。

杨冰倩觉得不太对劲儿，她猛然想起，他离婚的原因是什么？还有就是他已经离了这么久了，又有着这么好的条件却没找女人，理由是什么？单凭他自己说的那些理由，多少还是有些牵强，难道……冰倩不敢想下去了。怎么能不想呢，思想有时候是不听大脑指挥的，以前国人传统又保守，好多人结了婚才了解到配偶有性缺陷。不会的，他怎么可能呢，他有过老婆更生了孩子，然而面对这样的男人，她不得不考虑，怎么说都像有些不正常，除了与无能有关还能怎么解释？

是啊，一个无能的男人，他确实不敢找姑娘玩，情人更是不敢涉足。可是我现在又该怎么办呢？主动去找他试试，或者说就这样接受他，以后慢慢治疗？对了，他好像就是听说自己是医生后才那么主动的吧，难道真是这样？自己也不年轻了，只要有个男人疼自己，对儿子好，无能就无能吧，没有性的夫妻生活在这片土地上的应该不在少数，只图有个男人疼爱、关心就算了。这样想着，冰倩不由得落下泪来，再婚真难啊，好容易遇着个差不多的男人，竟然还是这样子，想想也只能算了，无论如何都是自己的命，还是先睡觉吧。

杨冰倩想了这么多便没了困意，越是想快点睡就越睡不着，她采用以前自己睡不着时的数数法，当她数到一千了头脑还是十分清醒；再采用憋气法试试，憋得她差点喘不过气来，今天却都不管用了。她又怨起这床来，可能是太软了，也许就是因为这床自己才没有困意吧。她又想起常听人说过的一种“择床”的毛病，以前自己并没有过这种现象啊，难道说自己真的老了，已经到了睡不着的年龄了？想到这儿，她又恨自己怎么这么爱胡思乱想，翻来覆去更觉得腰也疼了，再在床上折腾也没困意，还不如起来吧，可她又怕影响了李成欲休息。怎么办？她觉得后背躺得发疼，就蹑手蹑脚地起来去卫生间。

在有些昏暗的灯光里，她看着自己在镜子里的容貌，不知道是该可怜自己还是喜欢自己，自己说老并不太老，更不算丑，难道李成欲真的有病？越是这样怀疑了，她就越想试试，可这种事又不能直接说出来。她叹了口气，用手接点凉水在脸上拍了拍，对自己摇了摇头，然后关了灯再蹑手蹑脚地向床边走。

“醒了？”

“哇，你吓死我了。”杨冰倩不由倒吸一口气说。

“看你很困，就没敢打扰你，怎么样，歇差不多了吧？”

“嗯。”冰倩坐到自己床上有些不高兴地回道。

“还困吗？不如我给你按摩按摩吧。”说着话，他起身来到冰倩床上，开始帮冰倩脱衣服。冰倩只稍稍犹豫了一下，心里因为有想法，就没坚持，配合着随他脱去了自己的衣服。

“我说过我不会伤害你，更不会强迫你，除非你愿意。”

冰倩没接话，只顺从地让他的手在自己背上游走，当走到两个大腿内侧时，冰倩敏感地激灵了一下，也明显地感觉他犹豫了一下。一刹那间，他又恢复正常，手上下游动了几个来回，揉捏着她全身的各个部位。冰倩心里感到很温暖，却更渴望有实质性动作。按摩告一段落，他轻轻地把冰倩翻过身来，很激动地亲吻她，两人都有点喘不过气时，他便从冰倩的额头开始，用舌尖游走在她身体上。冰倩的全身颤抖了起来，不由发出轻微的“哼哼”声。他一手紧紧地捏住她的脚，另一只手在她的大腿内侧上下抚摸，冰倩有点招架不了，“哼哼”声改成了“啊啊”声。她有些不好意思，可又实在控制不了这种叫喊，只得顺手拉过另一只枕头，紧紧地压在自己嘴上，心里却依然在想，这是无能男人之作为，是用此种方法来代替做爱吧。

好像这种想法传递给了李成欲，他一个转身跨过冰倩，一个硬硬的东西就抵在了冰倩脖子里。她先是愣了一下，之后一下子扔下捂在脸上的枕头，忍不住说：“我受不了了。”

“愿意吗？”

“嗯。我想……”冰倩有气无力地说，不由自主地就把自己的嘴唇送了上去。

一阵暴风骤雨之后，杨冰倩不由自主地大声哭了起来，嘴狠狠地咬在李成欲的肩上。

“幸福吗？”平静下来后，李成欲边拿起床头的纸擦着脸上的汗边问冰倩。

“嗯。”

“怎么最后不控制自己了？你哭时，真吓我一跳，后来，感觉你是幸福的哭我才放心，那会儿别提我多兴奋了，心情好极了。”

“你坏死了，那样折磨人。”

“错，那叫享受。不是折磨。作为女人，如果没有这样的享受，就枉为女人一生。”

“没那么夸张吧，人生不只是为了性而活着。”

“是，我同意你的观点，可是这也是人生一大享受和必不可缺的生理需要。”

“那和尚、尼姑不是一样活得好好的，他们有很多还著书立说、长寿百年呢。”

“亏你还是搞医的！”

“搞医的怎么了？”

“你应该学会享受，别太压抑自己。比如，你刚才那样捂自己的嘴。”

“就是啊，我刚才怎么会那样呢，仿佛有一股气流堵在心里，不叫出来要憋死一样，大有艄公喊号子、山民高唱山歌之感，不叫出来就憋闷得难忍。”

“这就是女人的极乐世界，能享受到这样境界的也只有百分之十，我们两个百分之十合拢了。嘿嘿……”

“去你的。让你的百分之十见鬼去，我不喜欢听。”

“不说了不说了，能博人一笑当是人生之幸事，可不能生气哦。”

第二天早晨，李成欲打开一个精致的首饰盒，亲手把一枚钻戒戴在杨冰倩的无名指上，说她已经彻底是他的人了，以后有什么苦难、病痛都是他的责任了。说得杨冰倩感动不已，从心里真正爱上这个男人了。洗漱后他们一起去吃地方小吃——卤鸭脖和臭豆腐干，没想到真吃起来别有一番风味。看看时间尚早，李成欲说带你逛逛江南小城，难得来一趟。

他们逛到服装区时，李成欲非要杨冰倩试穿一套裙子，李成欲见她有喜欢的意思，就问多少钱，说完就照数付钱，杨冰倩还想问能不能优惠，他大方地说："小本生意不容易，咱多投一股就用不完。"杨冰倩还想说点什么，钱已经付过了，她只得作罢。

回家后，杨冰倩与李成欲正式交往了，他们出双入对地热恋了一个夏天，不再回避熟人和朋友。由于杨冰倩刚调到新单位不久，只有临时住房，李成欲离异后也没有房子，他们就商量着先贷款买一套房。

李成欲的意见是，现在是股票最低谷时，先把钱投在股市或期货上，等冬季翻一倍时，拿出一百万一次性付款买一套大房子，还可以享受不少优惠，省下来的钱款就够装饰房子、买家具和办几桌结婚宴等的开支了。商量来商量去，杨冰倩觉得他的话确实很在理，同意就这么办。女人只要爱上了男人，只要觉得值，都会把自己的全部交出去的。杨冰倩卖掉老家房子的所得有十几万，加上自己这么多年的积蓄，母亲也很大方地一把给了她十万元，心里想着算是给她一点补偿。李成欲那儿已有了二十万，杨冰倩想着两人应该平等，就把钱存在两个折子里。冰倩把存着二十万的折子给了李成欲说："我还是想再看看行情。"

"怎么了?"

"不怎么。二十万对我一个工薪族来说，就是一辈子的辛苦钱，一下子投出去，我还是不太放心。"

4

几天后，李成欲跟冰倩说他要去银川出差，去和那里的一家证券公司签订一个合同。正是秋高气爽时，难得的旅游好时机，他要冰倩一同去领受一下西部风光。

杨冰倩不怎么想去，但是又听他说，那里是著名的塞上古城，是伊斯兰教走入中国的门槛，也是回族人最多的地方，可谓三步一教堂，五步能听到诵经声，那里既有奇特的沙漠湖，又有大草原，西夏王陵号称东方的金字塔，《红高粱》电影就是从那儿走向世界的。西北有丝绸之路，是联结古代文明的枢纽。冰倩听得心动了，同意了和他一起去。

列车过了宝鸡后，就显出了西部的特色来，大片的荒地和寸草不生的土山，让人一眼看不到边的边陲广袤的原野。看惯了农田和绿色树木的眼睛，怎么也难以接受这苍茫的景象，杨冰倩禁不住说："这不是太浪费土地了吗？咱们内地天天在大叫计划生育，对于这里来说，人烟太少了，移民一部分人到这里多好。"

李成欲浅浅地一笑："都说女人是头发长见识短，眼里看的只是自己的小家，心里念的只有柴米油盐，看来你真是对自己的专业太专心，对大自然规律了解太少。没有水，万物都不能生存；没有草地，沙漠就会蔓延整个土地，沙化了土地，所有的生灵都无法存活了；没有森林，地球更是无法呼吸，无法运转。正因为它的生态平衡了，我们人类和动植物才能在这里生存和繁衍，一旦我们破坏了它的某一个部位，让它失去均衡性，气候就要发生恶劣变化，像别的星球一样动、植物都无法生存。维持合理的生态平衡，是当下我们人类的首要选择。我们是汉民，在内地生活得习惯，把一切土地都看成是该种粮食的地方，人们需要吃粮食来生存，可是没了大环境的平衡，土地都沙化了，就什么也长不出了。前些年，人们没有意识到这些大环境的重要，不太注重大形势、大趋势，一味地开发、破坏草原、森林这些自然环境，现在怎么样？沙漠已经快围攻北京城了。多次发生的沙尘暴和全球的气候变暖，据说都是因为破坏草原太严重而引起的。近几年国家才出台了法规和政策，保护草原，保护动物，然而，那不是一年两年就能改变得了的。正如一个人生病一样，你更应该知道病来如山倒、病去如抽丝啊，这话说得再形象不过了。病不是一下子得的，而是人们在不知不觉中忽视它，一点点累积而成的。在你面前这样比喻，我真是鲁班面前玩大斧。"

看冰倩没有接话的意思，李成欲又接着说："现在已经发病了才引起人类的警觉，这时再想消除病害，还得慢慢地来。草原更是这样，不知道要多少年才能回到原始的'风吹草低见牛羊'的情景呢。"

他们住好宾馆后，李成欲先给办事单位打了个电话，然后约定时间，只用了一天就办理好这次出差的公事，接下来就是旅游了。

他们先去了号称塞上明珠的宁夏沙湖。实在不敢相信，在这样的大沙漠里，能有一个近千公顷的大湖泊。湖里的芦苇如大山里的蘑菇，一簇一簇的好不惹人爱怜，所不同的是，山里的鸟儿是藏在树林里的，这里的各种鸟类是从一朵一朵的“蘑菇”里飞来游去的。冰倩说：“成欲，这里好可爱。”

“不可爱能让你来吗？”

“谢谢。”

“荒凉的沙漠平添了这惊人的美景和生机，真不愧是塞上明珠。”

冰倩常听妹妹说这儿风景迷人，那儿是人间天堂，说得她也心里痒痒，总说等她闲了，一定游遍祖国的名山大川。这样说多了，她就在心里大致定了一些点，因为她一直对大海、大山、大草原、大沙漠有种渴望之情，可是要想都去看一看玩一玩，那要多少时间啊！儿子才上中学，又刚刚调动了工作，哪一项也不允许啊，没想到这一次终于如愿出游了。

“‘天水一色’这个词，我曾经听妹妹感叹过，她描绘得虽然有声有色，我却只是听而没有任何感觉。可眼前，你看，再往远处使劲儿看，是不是天、沙一派啊？那白茫茫雾蒙蒙分不出天在哪儿、沙在哪儿隐没了地平线，浪漫中我感到了凄凉和孤独。”说着她用手指着前方。

“是啊，那漫无边际的沙丘，一个接一个地延伸到视野以外，仿佛是沙漠在对懂它的生灵描写、诉说着沙漠秘语。”李成欲接着说。

初进沙漠，冰倩还保持着在城市中生活的矜持，当她走向沙漠深处，看四下没人时，她脱下鞋袜，像孩子一样跑出离李成欲好远的距离，在松软无尘的沙滩上肆意地用脚往沙里拱。李成欲在给她一路抓拍不同的动作和造型，拍完照也走了过来，扔下相机，把自己放倒在沙漠上，用身体画出一个“大”字，闭上眼做深呼吸，说：“我和大地融为一体了。”

“你这融得也太简单了。”

“我听到大地的声音，听到美国人在下面说话呢。快，你也躺下听听，说不定更有不同感受。”

“就是瞎吹牛，我是小孩子？”冰倩用脚拱不动沙子了，就用手去挖，挖了好深好深，沙子钻到她的指甲里，她感觉疼痛时，只见到一点潮湿而并没有水出现，她摔了摔两手放弃。李成欲滚了一个圈，然后又一个又一个圈地滚，逗得冰倩“哈哈”笑起来。她急忙捡起相机抢拍下他那些自由奔放、童真十足的开怀笑脸。然后，她翻看着数码相机里的满脸是沙的自己和李成欲打滚的傻样儿，两个人一起大笑。不料想，李成欲一下子抱住她故意向沙丘下滚去，两个人一下就成了一个整体，远远看去也成了一个大沙球。看着她傻笑，李成欲问："很浪漫吧？"

"看过沙漠了，咱们再去看看草原吧，我太想躺在草地上的那种感觉了，那一定是清香、柔软、最浪漫的了。"

"听我安排吧，绝不亏你此行就是。"

"钱够吗？"

"钱的事不用你操心，只说怎么样你高兴就行了。"

当他们在电影拍摄基地和西夏王陵游玩后，又参观了最早的回族教堂，冰倩说："时间不多了，去大草原看看就回家吧。"

他们在吃饭的时候跟人一打听，这里离真正的草原还很远，有一个汉人开辟的仿真草原，他们就上路了。一路上，同车的人笑他们傻，把冰倩笑得毛毛的。当他们孤单地被赶下车说是到了时，那一望无际的荒漠确实没有心里草原和电视中草原的影子，只有几个蒙古包，就这样，一股崭新的感觉还是涌上她的心头。

"既来之，则安之。回去的车要到下午五点才有，不如向里面走一走吧，总算也到过草原。"李成欲这样说，冰倩也觉得有理。

也就是恋爱中的人，不然，在这样遍地无人、草黄无趣的空旷荒野中，是没有人愿意漫步的。李成欲是一个会说话，并有说不完的话的人，没让冰倩感觉失落。特别是他的小笑话，让冰倩不停地发笑。

"我想给你讲个小笑话，你别介意我才说。"

冰倩只抿嘴笑，对他点点头。

"在一个单位的会议上，他们的领导说，我们的工作总是搞不上去，有三个原因：一是寡妇睡觉——上面没人；二是像妓女身上的男人，上面的人换得太快；三是像回家跟老婆睡，整天自己搞自己的人太多。"

"你啊，真是人前是人，人后是鬼，哪儿来这么多胡说八道的狗屁话。"冰倩听了忍不住笑弯了腰。"你看，那儿，五颜六色的小彩旗是什么啊，是不是他们蒙古人的坟墓啊？"

“你啊，对于少数民族的风俗民情了解得太少了。那是古今中外闻名遐迩的蒙古青年人、情人的聚会胜地——敖包。”

“啊？那就是敖包？”冰倩有点不好意思，也有些失望地说：“小时候唱过《敖包相会》的歌，以为它是个很美丽很浪漫的造型，这样像汉人刚刚土葬完的一座坟墓，只不过不是用土而是用光滑的鹅卵石堆起来的，顶上多了这么一堆干树枝，向四周再拉几条各色掺杂的五色小旗子，这就叫敖包？太失望了。”如果不是旁边立一块碑上有说明，只凭李成欲的话她是不会相信的。

“既然它就是敖包，还是在这儿留几张照片吧。”虽然她有些怀疑，觉得破坏了心里美丽的遐想，心里还暗暗想着自己的心事，想着自己身边的这个情人能不能陪伴自己下半生，想到这里心里不禁掠过一层淡淡的忧虑，她不愿再想多了。这时耳边传来一阵马头琴声，她一下子来了兴致，不由得脱口而出：“马头琴？我最爱听马头琴、古筝、古琴、二胡这样忧郁而深沉的乐器了，我想去看看草原人真正的马头琴是什么样子。”

“你知道为什么马头琴拉出的曲子那么哀伤吗？这里面有一个凄美的人畜不了情的故事呢。”他给她讲了起来：

在很久以前，蒙古有个小伙儿，他把一只捡来的小马驹养成了一匹膘壮的草原白马。这匹白马不但能通人性还会救人，两次在大火中救了主人的命。一个凶残霸道的蒙古王爷看中了这匹马，就要据为已有，但是这马却宁死不从二主，把骑在身上的王爷摔断了腿，恶毒的王爷就命人乱刀砍死了白马。白马被砍得只剩下一个马头是完整的了，可怜的小伙子苦苦地抱着马头哭得昏死了几次，他最终舍不得丢下马头，就用马头和残留下的马腿骨制作成了如今的马头琴样子，以此诉说怀念白马的情怀。后来，蒙古族人为了纪念他们俩之间的友爱，就模仿他做的样子制作了他们民族特有的乐器。马头琴的音质听起来是那么地让人哀思，因为蒙古族人民生活在漫无边际的大漠中，这样凄婉而忧伤的曲调连绵悠扬，在静静的大草原上传得最远，回音最长。

“故事太凄惨，听着让人心痛。”

冰倩没想到这个满口经济的人，对社会、大地、人情还这么了解，自己一心搞自己的专业，心里总是佩服爷爷的满腹经纶，没想到对于工作以外的事情，自己这么无知，而李成欲又这么全面，她感觉自己已经深深地爱上了他，不再怀疑。

大凡女人爱一个男人，总有这样那样的理由、有她的尺度的。如李成欲，虽然没有高贵的社会地位，却有不凡的学识，一贯看重男人才华的杨冰倩，怎么能不被他深深地迷倒呢？“爱来如山倒”，冰倩决定束手就擒。

当冰倩终于和拉马头琴的姑娘照了几张合影，才一改对这里的遗憾说：“没有白来，总算让我看到了敖包、马头琴的真面目了。风吹草低见牛羊的草原如今可能找不到，来了这里也很知足，我会把这种诗情画意的景象永远地留在心里。”

“你说好，就是最好的！地球人都知道。”

“时间快到了，去等车吧。”

“来了就要感受这里的实景，到包里照张相去。”说着他已进到包里，跟一个小女孩说：“我们是来旅游结婚的，请你给我们两口子照张合影好吗？”

“当然可以。”甜甜的小女孩接过相机，等他们坐好了，给他们拍了两张。

“你们在节假日来就好了，那时有敖包相会，晚上还有篝火晚会呢。”小女孩说。

“是吗？真可惜，可惜我们那个时候没时间。”说着他们走出包房，跟女孩子告别。

回家的第二天，杨冰倩就把存折密码给了李成欲。头几天，她还总是担心股票下跌、期货下滑，整天心惊胆战的，李成欲笑她这样的心态不好，做股票和期货最忌讳犹豫不决，要保持一颗平常心，静静地把握好时机。他在电脑里找出一个期货流线图对冰倩解释，并讲给她听：“你看看，当前的糖，价格的走势判定为横盘，近期出现了一个新低。但是我可以看到只有短线组均线是向下发散的，这代表当前的走势只是短期的，因此我们的空头头寸也被界定为短期头寸。我们暂时将空头头寸的止损点设定为 10 月 4 日的最高价。目前，这笔单子就处在最安全状态，我们需要时刻关注价格变化，随时加仓，到年底不翻一番决不收兵。”

“你这么有把握?”杨冰倩生来对数字的东西有些迷糊，让他这么多理论一说就更糊涂了。

“当然了，你老公是谁，是那……”

“百分之十里的人。”冰倩替他说出来，幸福地白他一眼。

李成欲深情地摸了一下她的下巴，说：“这叫该出手时就出手。要做到不同凡响。”

“逮住老鼠才是好猫。”

“那是。茫茫股市有上万只股票，同样也是只有百分之十可以买。有时候比选老婆还难。老婆选错了可以换，大不了几年白混了，而选错了股票则会倾家荡产，死无葬身之地。”冰倩听得更害怕了，说咱们的钱会不会有什么危险，李成欲笑着说，我这是说别人，我就不同了，我浑身上下，身体里随便找出一个细胞来，也不会惨到那种程度的。他拍着胸脯打包票说你就把心放到肚里吧，在家安安心心地上班，等着年底做新娘住新房子吧。

反正冰倩也确实不懂，只得把希望全寄托在李成欲身上。嘱咐了再嘱咐，绝不能让钱赔了。

有三天时间了，李成欲说要去外地讲课，也没打个电话过来，杨冰倩开始很生气，赌气不去主动联系他，直到她实在忍不住了，拨他的电话时，电脑语音却提示关机。一直打，一直就是那个不厌其烦的女声回话，她实在气不过，下了班就直接找到他的住处。可是自己所带的钥匙却怎么也打不开前几天还能打开的锁了。她怀疑是自己拿错了钥匙，可明明就是这一把啊。在她正着急时，一个五十多岁的女人走过来说自己是房东，告诉她李成欲已有好几天没回来了，因为房租到期，她又联系不到他，就换了一把锁。女人说着从兜里掏出钥匙开了门，杨冰倩进来一看，物品还是原封不动地摆放着，为什么人就不见了呢？她又一次掏出手机拨打，回答她的仍然是那个她最烦的电子声音。

杨冰倩跟房东说他可能是出差了，顺手从包里拿出钱来，把所欠的房租补上并让房东放心，房东忙露出笑脸说：“也不全是为了钱，主要是见不到人回家，我怕出什么事才换的锁。”

冰倩没再听她解释，这才想起快去证券公司找找，也许他跟女房东闹了矛盾，故意不回这个家。这样想着，她招手打了辆的士，直奔恒通证券公司而去。

证券市场是下午三点就停市了，现在已经是晚上六点了，虽然天还很早，可她看着眼前紧闭的大门，她进不去。她只来这里听过两次课，并不认识其他人，就是找到一个熟人她又能问什么呢？就算是能进去，又去何处找人？她除了知道李成欲的电话和这两个地方外，别的一无所知，唯一还知道的就是农村他的老家、他父母的坟地，还有什么呢？

杨冰倩又找了一周，证券交易所的负责人说李成欲只是他们临时请来讲一下课，平常只是电话联系，并没有人知道他住在哪儿，也无法联系到他。没有一点希望找到李成欲了，她也想到过报案，可她又以什么身份去报案呢？是说李成欲骗了自己还是自己要寻找情人？她身上的传统东西太多，实在不敢这么做。

第十五章

当命运让我们再次相遇

1

相亲要吃饭，吃饭要花钱，李先后没了存款总觉得心里发虚，可这话也不能说出去，所以再遇到花钱的事，就没了男人风度，总是想后退。这时，有个老乡叫秦强，打电话说好久不见了，要聚一聚。他跟这个秦强之前并没有交情，别的老乡请客时，他们在一起吃过一次饭，之后也没怎么联系。他觉得一个人在家也没意思，就答应下来。饭桌上他才明白，是一个大款养了二奶，老婆知道了大闹一场，男的就起诉到法院说感情破裂要离婚。一审因为男人有势力、提前疏通好了路子，说是女方反诉男方包二奶证据不足，只分给女方一套房子结了案。女方觉得分的财产太少太亏了，就上诉到中院，案子落在李先后的手里。这不，女方通过朋友认识了老乡秦强，就这么七拐八弯的，请来了李先后吃饭。

女的当场承诺说，如果她赢了，也就是分得一多半财产，给李先后十万元的好处费。李先后笑了笑，并没答应一定帮忙，只是同意回去仔细看一下一审转过来的卷宗，不一定帮得上忙，他说法律是公正的，儿戏不得。

第二天，李先后刚看完这个卷宗，秦强就及时打过来电话，问他怎么考虑的，并说这是一举两得的好事。李先后不明白他什么意思，电话里问他怎么个两得法。他说，第一，保护弱者也就是女方，为社会弘扬了正气；第二，也是做好事，帮人又帮己，两相情愿。在以往，李先后会不软不硬地噎他说："法不认人，只认证据。"可是今天他只是有点不高兴，并没生气，说："让她的律师来一趟。"

离婚案如期开庭，女方律师侃侃而谈，并出示了有力的证据和照片，让男方和男方律师有些措手不及，在他们心里，二审也只是走走过场，翻不了大船，没想到，弱女人找到了铁的证据，他们个个目瞪口呆，在威严的法律面前，审判长一脸的严肃，谁也不敢乱说了，最后就只得认栽。听着宣布双方所得财产的结果，男方一下丢掉傲气，并当庭反悔说："我不离婚了。"女人问他，吐出的唾沫能舔回去她就同意，大家都知道覆水难收。

李先后为弱者伸张了正义，保护了妇女的合法权利。秦强送来的钱，他推来让去最后只收了一半。看着这钱，他感慨颇深，深切体会到社会在变，人也在跟着变。以前，他总是只吃请，有次一个朋友帮助他装修房子，只象征性地收了一点钱，他心里好久不能安稳，日子久了，才自己安慰自己说，并没收人家的钱，还付了工钱，这不算受贿；接下来，是帮助小敏的表姐一案，只是和经济庭庭长打了声招呼，说是自己的亲戚，让他务必重视，没想到结案后，小敏却送来一万元酬谢金。虽然他没要，却也明白了这其中的水深水浅。如今都是论价值、论案件的款额收费，看来经济庭的油水确实了不得。自己这是第一次遇到如此大额的离婚案，也只是公正地提醒了对方一句话，就这么简单，再想想自己为阿慧那点钱生了那么大的气，还真是不值得，天无绝人之路，堤内损失堤外补。

以后，凡是来民事庭的案子，李先后都要亲自当审判长，没有他的同意，副庭长是不能结案的。在以往，他都把权力下放给三个副庭长，他在不在都可以结案，而如今他学会了一把手当权，大小案件务必他最后亲判，不签字不能结案。自然，大家也明白其中道道儿，只是看透不说透。

2

痛苦的杨冰倩，怎么也不相信一个大活人就这么无影无踪了，在痛恨李成欲的同时也为他的安全担心，难道出了什么意外？这一切她都只是自己在家瞎想，不敢告诉父母，更不敢让儿子知道，连妹妹杨旖旎问来问去也没问出只言片语。她只说李成欲出差了，要好久才能回来。

一天晚上，旖旎忽然打电话说她就在楼下，停好车就上来。

刚进门，旖旎就拉开手提包的拉锁，掏出一张报纸给杨冰倩，说但愿你别遇到报纸上这样的男人就行了。报纸在冰倩面前展开，原来，这是一个退伍军人，多次变换身份证，以不同的方式和身份在社会上征婚，专骗中年单身女人，一周前已有人举证，被捉拿归案。杨冰倩看了，不露声色地扭身去了卫生间。她能怎么说？说李成欲不是骗子，对她如何体贴，如何大方又如何真诚？可人呢？就这么无声无息没了，到处找不到了。说他是骗子？可他对自己真正付出的是真情，给自己买了那么多衣服和钻戒，还有他的一切都让她知道个透，包括他父母的坟地都让自己去认了，能有这样的骗子吗？但是，谁又能证明这一切到底是怎么回事呢？她这时想起爷爷来，觉得爷爷不妄自评价一个人的做法是很对的，无言中其实有很多语言不能替代的意境，一切自会有水落石出的一天，时间是最好的见证。

杨旖旎是何等聪明的女子，她能看到姐姐的心里去，也认定了姐姐遭遇了欺骗。见姐姐实在不愿说出来，她也不愿再揭姐姐的伤疤，便软硬兼施地拉姐姐去专业“女子 SPA”美容店享受。她们做完了“蓝色妖姬”的全套美容项目系列，又开始了美体项目，在享受美容师、美体师工作的时间里，她们说话谈心。妹妹几次打开话题，杨冰倩总是默默地听，并不接任何话。到了冲浪项目，很多温水龙头向躺椅上的人的身体各个部位喷射过来，把皮肤打得又疼又舒服。听着“哗哗”的水声和打击在身体上的“啪啪”声，杨冰倩有种想发泄的感觉，她紧闭双眼任水拍打，心里还想着力度能再强一些才好，大有“让风雨来得更猛烈些吧”的意思。正在她感觉整个身体的舒畅时，十分钟的时间已经到，水流自动停下了。规定是每个人只冲一次的。冰倩从进美容院后第一次开口讲话，并且是以请求小美体师的口气说："再给我来一次。"

旖旎刚要开口说话，她却闭上眼躺着不动说："不行加钱吧。"美体师看了看杨旖旎，后者点了一下头，于是又响起"哗哗"的强力水声和打击身体的"啪啪"声。也许是水力太强温度有点高，又一个十分钟过去后，旖旎再看姐姐时，感觉她的眼红红的像哭过一样，整个身体也是红中透白、白中露红。

杨旖旎不敢断定杨冰倩到底是不是受骗，只是想着法子多陪她，常常一语双关地让她想开些，钱是身外之物等，总是热情地硬拉姐姐一起逛街散心，不让她一个人老待在家里。人一没事就容易胡想，胡想多了总会有这样或那样的事发生，旖旎怕她再上网再受骗，很后悔当初不该劝姐姐上网。网上的人像无根的云，让人看到的只是美丽外表，不知道它真实的根系和复杂的过去，让人更难判断那云里是雨是雪。哪个好人和骗子的脸上也没贴着标签，所以，她总觉得自己是愧对姐姐了，认为姐姐以前藐视网络是对的，是自己错了。想想自己的爱情史，在男人海里游刃有余从不动真情，而忘了姐姐思想传统，为人正经，无法像自己一样拿得起也放得下。

每个周末，杨旖旎都会开上自己的银色"别克"小轿车，缠着姐姐去不同的地方玩，带她去省城的各个广场、歌厅、酒吧、洗浴中心、健身娱乐部等，说是让姐姐好好熟悉一下这个城市的一切，应该享受的都去感受一下。她一语双关地说："看着大街上的人都一样的走路，其实人与人之间却有着天壤之别，有很多享受是常人所不知道的。人活一生不容易，享受人生才是硬道理。"

她猛一拍头，忽然说："姐，春节老乡聚会，我遇见李先后了，感觉他没变多少，很城府的样子，我还开玩笑说祝他和新老婆幸福。看他有点难为情，又好像有话说，只是我太忙，和要员们坐在一席不敢乱跑，后来又被电话招走提前退场了。"

"你也知道他找了个当官的老婆啊？"冰倩不动声色地问妹妹。

"怎么不知道！老乡里就那么一些场面人物，谁怎么样，都知道的。对了，他在前年聚会时还跟我问起过你呢，我说你很好，他就没再问了，我们也没联系过，只是老乡聚会才见一下面。”

“哦，再见了替我问他好。”

“对了，如果他没结婚，你们倒是很不错的一对啊。”旖旎忽然这样说。

“又瞎说了。”冰倩听妹妹这口气，明白她并不了解自己的过去，也懒得跟她翻旧账。

姐妹俩又扯了些家里的闲事，旖旎又提出让冰倩买套房子，说房价越来越高了，投资什么也不如房产稳定，她说跟全国比较，大河省的省会算是中下等房价，北京、上海和一些省会城市的房价都高出这里几倍呢，现在先订下一套，说不定马上就要疯涨了。孩子大了也该有自己的天地了。两人说好，等忙过这一阵子，一起去看几家楼盘，不够的钱全由她给补上。

这样过了几周，杨冰倩也平静了自己的心绪，就让妹妹不要这样对她了，她这么大的人了，是能担起一些事的。旖旎觉得姐姐的话里有话，也感觉到她平静多了，便又去全力忙自己的事。

杨冰倩不想老待在家里，有时也主动去刘翠云家玩。刘翠云看着冰倩平静下来，也明白她打电话告诉杨旖旎是做对了，到底亲姐妹心贴得近，她这才放下心来。今天她正好约了几个朋友在一起打麻将呢。她给冰倩介绍着她的几个朋友：姜倩丽、李亚菲、程小亮。冰倩跟他们笑了笑算是打了招呼。

杨冰倩不会打，只得充当了为他们倒水的服务工作。三女一男，今天明显是男性处于弱势，李亚菲就带头说：“今天把小亮宰宰算了。”

“还不知道谁宰谁呢，赢不了也不能硬掏我的家伙吧?”程小亮也不是吃素的，同样回着不干不净的话。大家心里明白，却也没人发笑，只有坐在一边的杨冰倩觉得脸红，这男人和女人都说的什么话嘛，不是黄的却色彩丰富无比。

“多大的家伙，有本事拿出来亮亮。”李亚菲眼睛都不眨一下就说出这话。

“走，找个环境优秀的地方练练就知道了。”

“练得让你下不了床，只嘴是硬的。”

“我看你啊，欠……”

“说啊?”李亚菲有些咄咄逼人地看着他。

“问你个问题：女人和男人最怕什么?”还没等李亚菲回答，程小亮就自己接着说，“女人怕 12 月 1 日，男人最怕 1 月 31 日。”

大家都大笑起来，李亚菲还大声说：“这问题太经典了。”

杨冰倩不明白这话有什么可笑的，更糊涂这两个日子怎么是男人和女人的最怕，她本来想问为什么的，见大家如此放肆着笑，感觉不是什么好话，才不再张嘴。她觉得自己如坐针毡的难受，正想找个什么借口走开时，刘翠云说：“你们啊，说的话太有失自己身份了。李亚菲就凭这当的酒店副总吧?还有你程小亮，还教授呢，真应了市面上流行的话：人前是教授，人后是禽兽。我说你就不能给自己正正名，来点高雅的?”

“我不高雅吗？哎，你们说说，我不够高雅吗?”程小亮有些故作严肃地问大家。

“怎么不够，是太够了，没有人能比你再高雅的了！对吧丽姐?”李亚菲使着眼色征求左手旁的姜倩丽，同时翘起右手一个大拇指比画着说，然后才起了一张麻将来。姜倩丽点着头并没抬头看程小亮，眼也不眨地只看麻将。

“在当前社会下，我们已经列在贵族行列了，能不高雅?”

“是啊是啊，你不但高，还雅，当今是男人的天下了!”姜倩丽看着牌说了话。

“屁话。应该说是绝对平等的年代!”李亚菲就是不让人，“时代不同了，我们不需要苦苦求你们男人留下来养活，不再做一个男人会爱自己到地老天荒的梦，我们是觉醒的一代女性，也可以自由地活一把，潇洒活一生。”

“是啊，所以我也想通了，干吗非要把自己拴在一个人身上啊，婚姻也可以与时俱进，只讲曾经拥有不要天长地久。说实话，刚离婚那两年我还真想好好的再找个如意的过好下半生，安安分分地过平凡日子，可是离第二次后，我被女人伤透了心啊，那心啊，真可谓洼凉洼凉的！现在就是天仙下凡，我也不会跟她谈婚论嫁了。”

“女性惨啊!”姜倩丽有些伤感。

“你还没吃够围城里的苦啊？还为他的话叹气，非要嫁，结果怎么样，只会更受伤吧?”李亚菲拍了拍左手边姜倩丽的右手说。

“不过，她的婚礼真让我兴奋了一把，好浪漫的，我们这个年龄的人谁结婚不是凑合一下？难得丽姐有个补的机会。”刘翠云附和了说。

“老程和我应该说都是老江湖了，我们都离了两三次，经验丰富着呢。对眼了就同居，腻了就各走各的，还是自己过最舒心。不过我也有和老程一样的感受，除了生病和有事想找个人诉说外，平时还真觉得一个人挺好的，真弄个人在身边反而会觉得碍手碍脚。”

“一个人本来就是一片天，不受别人约束，自己悠然自得，想干什么就干什么，这就是一种‘品’。想通了，我们何必再去找个人，让自己去逢迎他适应他呢？一个人只要活得开心舒畅，就是最好的。这是一个张扬个性的时代，没必要再看别人的眼光，在乎别人的唾沫星儿。”

“真是教授，你是搞社会学还是婚姻学的啊？”李亚菲又一次跷起大拇指说。

“你们都是圣贤之士，就我是庸人一个。”刘翠云看着牌说。

“你那婚姻也叫婚姻啊？整个一死家伙。”李亚菲有些轻蔑又带着几分同情地说。

“到站，我赢了。”姜倩丽高兴地推倒面前的麻将，大家伸过头去看了一眼，只得推倒自己的牌。杨冰倩还没看明白，他们就开始洗起了牌。她起身为大家又续完一次水后，微笑着说：“我儿子要回来了，你们玩，我先走了。”

大家都说玩一会儿吧，刘翠云起身要送，嘴里埋怨着说：“往后你也要学学了，现在有几个人只工作不会玩啊？看你，在哪儿都不入流，这样怎么能交到朋友呢。”

“你回去吧，人家等着你呢。”冰倩忙这样说，反手把刘翠云家的门带上。

回到家里，她脑子里一直回忆着他们的对话，虽然觉得多是玩世不恭的话，却也不无道理，自己干吗非要嫁人呢？妹妹说的也有道理，多个男人，家里的事外面的事，都要这个人乐意了才能做，中间有个儿子，难免会发生这样那样的事。为了家庭的平衡，自己的精力能放在儿子身上的自然就少了，至少没有现在这么专一吧，难道说自己养活不了儿子吗？等儿子长大了，自己也还有很多事可以做。或者接过爷爷的班，也如他一样开个门诊，不图发财只图为一方人们解除痛苦，或者每年参加旅游团到全国各地看一看。如今的城市里，四十岁的女人应该说是女人最难耐的年龄，说老不怎么老，说年轻却将要步入更年期。找年轻于自己的，自己就觉得不是那么回事；找太老的吧，自己又觉得亏。

其实那个教授说得很对，一个人习惯了，也是拥有一片天，又不是在农村，需要男人承担重体力活儿。一个男人都能那么有滋有味地活着，女人不是更可以活出自我来吗？妹妹已经为她订了一套两室的房子，并给她付了一半钱，她手里的钱足够付清余下的款了。等儿子大了，自己一样也能如爷爷那样，活出真正的“品”来。

杨冰倩在心里转过了弯，周末约刘翠云一起逛街买衣服。自然逛的都是大商场，而不是小自由市场。中年女人的她们，眼光高了。她们转了一上午，走得脚有点疼了，也没看中一件要买的衣服，想着难得逛一回商场，冰倩就顺手买了几件小饰品挂件。一个绿色的中国结，很别致很个性；还有一双手工编的中国红的小鞋子，虎头虎脑的，轻轻一动还眨着眼睛，冰倩觉得真是可爱极了，价也不讲就买了下来。心里高兴了，看什么都有了灵性。她现在不需要回忆，只想再闹一些，让这个“闹”掩盖掉自己所有的情感记忆，那样她就没有烦恼痛苦了，忙碌着一天天过下去，就这样就行了。

杨冰倩有意要改变自己，一改过去不在街上吃东西的习惯，提议要去街边小吃店吃陕西凉皮。刘翠云怀疑地看着她说：“我没听错吧大小姐，你也会坐那东倒西歪的小板凳，使那不干不净的碗筷，吃两元钱一碗的食物？”

“体会一下不行啊？我又不是妖怪，看你用啥眼神瞧我？”冰倩白了她一眼，带头先一步找了个小摊，顾自找了个小凳子坐下，对老板说：“来两碗凉皮。”

刘翠云吃着凉皮还是有些怀疑地问：“你怎么忽然跟变了个人似的，我真不敢相信。”

“社会在变，人也要变了。”冰倩拉长了声音回她。

“我还是爱原来的杨冰倩，上进又严谨的工作和生活作风，温文尔雅、气质非凡的女人味儿，我要是男人非你不娶，不过你看不上我。呵呵……”

“你到底是夸我还是贬我？”

“我这破嘴你还不知道，想到哪儿说到哪儿，一直崇拜你到如今。你啊，千万不能变，我就爱你高傲又亲和的那个味儿，真心话。”

冰倩接过老板端来的凉皮，怎么看那一次性卫生筷也不卫生，又低头认真看着碗里的食物，犹豫着挑了挑凉皮，发现里面有一根黑头发，她嘴张了张想说点什么，看着身边左右的人吃得正香，只得把筷子放下，从包里掏出钱付账。

刘翠云看了看她还没吃一口的凉皮碗，也没说什么，又低头吃了两口才说：“走吧。”

就这样，杨冰倩还是不想用老板提供的劣质卫生纸，从自己包里掏出纸巾，递给刘翠云的同时下意识地擦了一下嘴和手。

“怎么样，泰山好移，秉性难改!”

“什么啊，不是有根头发，我坚决要吃的。”

“那你怎么不早说，让他给你换一碗啊?”

“算了，怎么换我也吃不下了，人家做小生意也不容易，还有那么多人吃得正香，与人为善的好。”

两人一路斗嘴说笑着，慢悠悠地走在大街上。刚拐到山城路口上来，刘翠云指指对面说：“你看，我同学姜华的‘姻缘饭店’。”冰倩没什么反应，也懒得看，只在嗓子里“嗯”一声算是回答。

“咱们去玩玩，难得路过，大冷天的，喝杯热茶也好啊。”

“走得都热了，不想去了。”冰倩懒洋洋地说。

“玩一会儿就走，你不是一直闹着要把你的资料撤回来吗?这不正是机会吗?专门来你更是懒得来。”

“你以后记得来撤下就是了，都是你多事儿。”

“你不去我就不撤，多认识个人有什么不好?”

“你就爱强迫人，啥时也改不了你的作风。”

“没人吃你，走吧!”

冰倩想想也是，还是自己去拿走好一点儿。她还在犹豫，刘翠云硬拉着她，杨冰倩不情愿地跟着一起进去。

女主人热情而大方地欢迎她们的到来，刘翠云也不客气，让她只管忙她的，就直接拉着冰倩上楼，这时却听到屋里有说话声，她们站在门外进退不是。

“我选了这么久，仍然两手空空，没找到自己最心仪的人选，看来世上根本就找不到我记忆中的人。我今天来是想撤掉我的资料，不找了，自己过吧。”

“你啊，还男子汉呢，就这就放弃了？我告诉你，不是没有最好的，是你把你心里的那个人总当成了模子，看什么人都用你这老花眼跟少年记忆作比较，所以你看谁都是花了眼的，这样就错过了一个又一个佳配。找对象不是选货物，有些人有些事是无法再回头的，捡最大的麦穗那个故事你是知道的吧？选错一次不要紧，关键是你要把握好新的机会，对任何事任何人都不要太苛刻，宽容人的同时就是在宽容自己，生活离不开宽容。”

她们正听得入神呢，江华猛一声在楼下喊：“老姬，替我招待一下我的好同学，我忙着呢。”

当杨冰倩她们转过身来，看到李先后和姬明已经出来了，近视的杨冰倩只看到李先后一个轮廓，又有姬明的身体挡住，她只觉得不好意思，忙转过身面无表情地对刘翠云说：“我们还是先走吧，有客人呢。”

“我不是什么客人，既然遇到就是缘分，既来之则安之。看见就走，显得是我撵你们走的一样，让我也很没面子啊。”李先后只感觉眼前一亮，似曾相识的样子让他心里一惊。

杨冰倩本来是真要走的，让他这么一说，先自红了脸，就不好意思马上离开了，一只脚刚抬起来就又放了回去。刘翠云一看这阵势，两只眼睛不停地在他们身上转动，仿佛心里装了一杆秤，这么一看就找到了平衡，自己先编起戏来，急忙打圆场说：“我去楼下拿点好毛尖来。姬大哥，你也快下去帮忙吧，我可不走了，别慢待了我哟。”

刘翠云转身时，还不忘偷偷地重重捏了一下杨冰倩的手指，冰倩心里又骂又恨，说不定这是他们设的连环局，又要乱点鸳鸯谱呢。她立刻就想跟着走，只是碍于姬明的面子才犹豫着没走。

正在杨冰倩走也不是留也不是时，李先后严肃地说：“如果你是杨冰倩，就请你留步。”

姬明和刘翠云不约而同道：“你们认识？”

听到对方准确无误地叫出自己的名字，杨冰倩这才转过身来，不由得愣住了。不明白眼前的人怎么就变成了他！她怀疑自己眼花了，可是他那声音是自己再熟悉不过的，这分明是跟自己说话才故意露出的乡音，她一阵迷茫，这才认真看过去，不由又近了一步，嘴惊讶成“O”形，最后脱口而出道：“先后哥？”

“倩倩，小倩，你认出我了，我……我终于找到你了！”李先后虽然很激动，人却钉住一样动弹不得。

冰倩伸出手，李先后却没有伸手迎接，只是傻傻地定定地看她，脸上的表情说不出是惊还是喜，两腮的肌肉急速颤抖着，仿佛有股冷风掠过，他感觉身体一阵发紧。冰倩看他不伸手，也只得收回手红了脸笑着说：“你还好吗？”

刘翠云对姬明使了一个眼色，悄悄下楼，姬明忙说：“既然认识快请坐下说，我泡茶去。”

李先后指了指沙发，示意杨冰倩坐下。为了控制自己激动的情绪，他坐下时左手紧紧地握住右手。杨冰倩感觉脸被李先后看得有些发热，却又不知道如何是好，心里的激动也让她一时难以找到合适的话开头，该从何处开始说起呢？

……

刘翠云在楼下很不明白地问姬明，这个人怎么没看到杨冰倩的简历？姬明说他也没看到，然后就拍了一下脑袋说：“是我忘了，杨女士的简历就没登记在本子上，而只是存在电脑档案里，老李不喜欢看电脑。”

3

看着李先后如此激动，杨冰倩反而冷静了下来。她不动声色地在另一个沙发上坐了下来，以双手合抱式端着刘翠云递给她的茶杯，不知道她是在用开水取暖，还是在控制自己的情绪。总之，表面看去，她已经冷静如常。

这座中原城市的冬天，也不像前些年那么寒冷了，冰倩穿了件素白色羊毛衫，外穿一件黑色进口呢中长式大衣，配一条暗格子呢料过膝裙子，和一双黑皮配红色装饰线的半高筒高跟鞋。披肩的漆黑长发里隐隐有几丝白发，双眼皮的大眼睛周围，已有些许外人看不到的松弛和细细的皱纹。虽说徐娘半老，却真真是风韵犹存。不，在李先后眼里应该说更有可读性。

从冰倩一坐下开始，他就滔滔不绝地诉说着自己这么多年在寻找她、想她的一切往事。乍听起来，还真让杨冰倩感动不已，一股久违的亲近感袭满身心。冰倩静静地听着，禁不住脸红心跳起来，还是老相识好啊，知根知底先不说，光生活习惯方面就少了许多摩擦，更不说还有那人生最珍贵的纯情在。她很惬意地小口品着茶，眼睛不好意思再看李先后，只定定地看着手中玻璃茶杯里的茶叶。玻璃杯里的茶叶在热水的溶泡下，一片片地伸着懒腰，好像少女圈在不太宽敞的房间里久了，终于走出门来，不由得尽情地舒展着自己，活动着全身，有的好想高歌一嗓，有的更想跳个舞，都是那么自由奔放。冰倩一直在微笑着边听边看茶叶们跳舞，偶尔也会把眼睛转到自己的脚尖上，今天走的路多，真想把脚从皮鞋里拿出来，让它们也舒展一下。

“别只听我说啊，也说说你的情况吧?”李先后终于感觉自己说得太多了。

“没什么好说的，就是到结婚年龄就结婚了，过得不太好就离婚了。孩子跟了我，他爸爸偶尔看看，就这些。”

“我可是回去找过你几次，你不是出差就是不在单位，我真的很想你，哪怕见见面也好，可我们一次也没遇到。”

“这不是遇到了?”冰倩平静地苦笑着说。

“是啊，终于遇到了，老天有眼哪，更得感谢老姬和姜华两口啊!”

“看来，你是这儿的常客? 条件这么好，应该很抢手吧?”

“女人再多我也只能要一个，当然更想好上再好，却还真没一个能超过你的呢。”

“怎么可能啊！之前结婚的那个，听保姆说很优秀啊。”

“是啊，她的外表、职位都让我满意，但她却是那种‘白狐精’式女人，你懂吗?”

“……”

“再说，那人太精，爱算计人。后来又交的这个阿慧倒感觉比她大方、大度多了，人也还可以。对了，她长得有点像你，人却坏到极点，半年不到骗走了我十万，真恨不能找到她，把她碎尸万段。”

“就没遇到好的啊?”冰倩不知道怎么接话了。

“女人都他妈不怕用尽身体，只看男人的包不看男人的心。”他也大口地喝了口茶水，又说：“不过，现在已经无所谓了。”

“为什么?”

“我现在大小也有点专权了，钢笔字写出来也能值点钱。”

“哦!”

“你也说说这么些年想没想过我，现在情况怎么样?”

“天天忙工作，现在孩子正上中学，又是叛逆的年龄，需要人管教和帮助，我只顾忙他了，周末还要照顾父母，忙忙碌碌着一天天就过去了。”

“再忙也要有自己的情感空间啊。我的意思是，还没有找到合适的人吧?”

“……”

“如果还没有，我会好好待你的，把你失去的全部补回来!”

她并没有接李先后的话，却举了举手中的茶杯说：“明明是上品的‘雨前’毛尖，主人却没有好好保存，现在还没过年呢，这茶就像陈茶了，泡出来的不再是绿莹莹地透着清香，而是浑浊见黄。唉，真是可惜了啊！虽然我们明白这是上等茶，当我们喝到嘴里也还有一些好茶的味道，却经不得细细地品，怎么咂嘴唇，也没有令人回味的甘甜和毛尖独有的清纯了，远远失去了它真正的价值，很可惜。”说着，她示意李先后也品品，然后又说：“你知道，我爷爷喝茶很讲究，我啊，也从他那儿继承了这点毛病，无论好茶劣茶，都要讲究个真实本色。”

姬明两口子都很好客，已经在他们谈话间备好了一桌菜，热情地请他们入席。

席间，大家话里话外都在祝贺李先后与杨冰倩的相逢，李先后更是兴奋地诉说着自己的荣幸，冰倩仍然很冷静，并没有表示出惊喜和激动。

饭局结束后，李先后执意要去冰倩家看看。大家明白他的意思，也觉得是人之常情，刘翠云推托还有事，冰倩也不好拒绝，就带着李先后去了自己家。

到家后，他们又说了一些家长里短。果然，李先后刚喝了一口杨冰倩双手端给他的绿茶，就赞美起茶叶够品位。她嫣然一笑说："这还是老茶，级别虽够，保存久了多少还是会跑一些色泽。或许是你不太注重茶道，或许你在有意夸我吧。"

"不是有意夸，是真的。比老姬家的茶，不，比我家里朋友刚送的新茶都要好多了。看这色泽，你不说是老茶我根本看不出，再喝这茶味，从嘴里到嗓子都有甘甜之感，咂一下嘴，回味无穷。"

正说着，李先后的手机响了，好像是一个案件的当事人打来的，刚才还和风细雨的李先后立刻就严肃地恢复到审判长的冷面孔，后来对方说了什么，他慢慢地又缓和了口气，最后就客气起来，还不住地说，好说好说……

也在此时，杨冰倩的手机好像比赛一样叫了一下，她一看号码，心里一惊，是李成欲发来的，只有一个"!"号和"?"号。

杨冰倩虽很意外，表面上却依然平静，她沉思了一下，回了一个"。"。

还不到一秒钟，她的手机就唱了起来，冰倩看了看手机，知道李先后在看着她，她还是平静地接通说："你好，有事吗?"

"冤死了，当了个替罪羊，怕你受惊吓，所以不敢告诉你。今天我身上有霉气，明天再去找你。"

"不用了。人没事了，回来就好。"说完她挂了电话并关了机。

李先后觉得不对劲儿，也不好问三问四，两个人一时再也找不到什么合适的话说，他只好站起来说："来日方长，我会常来看你。"

"谢谢，欢迎。"

本来很和谐的气氛，他却画蛇添足地说："我们能回到从前吗？让我们找回我们的旧情好吗?"

冰倩还是看着茶杯说："茶还是纯点好，新与旧、好与劣都不太重要，重要的是别跑了原气，更不能让它吸收到不该吸收的东西。这就要在收藏的时候把它包装好，让它和别的物品在一起时也不变质。特别是一些人人痛斥的污秽又腐臭的气味，一旦浸染上，再极品的茶也无法要了，谁也不想再喝。”

“确实是这样。”

“好茶放坏，是最令人痛心的事。”

“那有什么痛心的？不就一点茶叶嘛，扔了就是了。”

“扔了，扔了……是啊，该放下的我们就得放下了。”

……

尾 声

生活中的超市里，大凡是一些必需品，都是明码标价，可谓童叟无欺。总之，超市是一个供人任意选择的大市场，是生活中不可或缺的好去处。

大凡来逛超市的人们，有一见而起意购之，此类人，属有的放矢或称鲁莽型购物者；有多看多比再思而购之，这类人属智慧型购物者；更有初选想买，再选还想比较，选了再选，最终走到尽头，选花了眼，却一样也没买成，只得空手而归，这类人属多虑型，结果可想而知。

而再婚中的超市则是无影无踪的，随处可遇又无处可寻。在这里，没法走回头路，也没有同样的人等你再来。梦境和现实总是有差别的，就算你能找到过去，找到同一个人，那也早已物是人非了。社会在前进，人更是在不断变化，谁也不可能永远是一个样子——就算他还是原来的样子，自己也不会是原来的样子了，因为自己也在不断地前进变化中，怎么可能还像原来那样两小无猜的单纯？

图书在版编目(CIP)数据

再婚超市/王婕著. —郑州:河南文艺出版社,2012.2

ISBN 978-7-80765-371-4

Ⅰ.①再…　Ⅱ.①王…　Ⅲ.①长篇小说－中国－当代　Ⅳ.①I247.5

中国版本图书馆 CIP 数据核字(2011)第 267565 号

出版发行　河南文艺出版社
本社地址　郑州市鑫苑路 18 号 11 栋
邮政编码　450011
本社网址　http://www.hnwycbs.cn
电子信箱　master@hnwycbs.cn
售书热线　0371－65379196
承印单位　郑州市毛庄印刷厂印刷
经销单位　新华书店
纸张规格　700 毫米×1000 毫米　1/16
印　　张　16
字　　数　243 000
版　　次　2012 年 2 月第 1 版
印　　次　2012 年 2 月第 1 次印刷
定　　价　25.00 元